LA DERNIÈRE PROPHÉTIE

LA GUERRE DES
CLANS

Livre I

Minuit

L'auteur

Pour écrire *La guerre des Clans*, **Erin Hunter** puise son inspiration dans son amour des chats et du monde sauvage. Erin est une fidèle protectrice de la nature. Elle aime par-dessus tout expliquer le comportement animal grâce aux mythologies, à l'astrologie et aux pierres levées.

Du même auteur, chez Pocket Jeunesse :

Vous aimez les livres de la collection

LA GUERRE DES
CLANS

Écrivez-nous
pour nous faire partager votre enthousiasme :
Pocket Jeunesse, 12, avenue d'Italie, 75013 Paris.

Erin Hunter

LA DERNIÈRE PROPHÉTIE
LA GUERRE DES CLANS

Livre I
Minuit

Traduit de l'anglais par Aude Carlier

POCKET JEUNESSE
PKJ·

Titre original :
Midnight

Loi n° 49 956 du 16 juillet 1949 sur les publications
destinées à la jeunesse : octobre 2011.

© 2005, Working Partners Ltd.
Publié pour la première fois en 2005
par Harper Collins *Publishers*.
Tous droits réservés.
© 2008, 2011, éditions Pocket Jeunesse,
département d'Univers Poche
pour la traduction française et la présente édition.
La série « La guerre des Clans » a été créée
par Working Partners Ltd, Londres.

ISBN 978-2-266-21920-4

Je dédie ce livre à Chris, Janet et Louisa Haslum.

Remerciements tout particuliers à Cherith Baldry.

CLANS

CLAN DU TONNERRE

CHEF

ÉTOILE DE FEU – mâle au beau pelage roux.

LIEUTENANT

PLUME GRISE – chat gris plutôt massif à poil long.

GUÉRISSEUSE

MUSEAU CENDRÉ – chatte gris foncé.
APPRENTIE : NUAGE DE FEUILLE.

GUERRIERS

(mâles et femelles sans petits)

POIL DE SOURIS – petite chatte brun foncé.
APPRENTI : NUAGE D'ARAIGNÉE.

PELAGE DE POUSSIÈRE – mâle au pelage
moucheté brun foncé.

APPRENTIE : NUAGE D'ÉCUREUIL.

TEMPÊTE DE SABLE – chatte roux pâle.
APPRENTIE : NUAGE DE CHÂTAIGNE.

FLOCON DE NEIGE – chat blanc à poil long,
fils de Princesse, neveu d'Étoile de Feu.

POIL DE FOUGÈRE – mâle brun doré.
APPRENTIE : NUAGE AILÉ.

CŒUR D'ÉPINES – matou tacheté au poil brun
doré.
APPRENTI : NUAGE DE MUSARAIGNE.

CŒUR BLANC – chatte blanche au pelage constellé
de taches rousses.

GRIFFE DE RONCE – chat au pelage sombre et
tacheté aux yeux ambrés, anciennement Nuage
Épineux.

PELAGE DE GRANIT – chat aux yeux bleu foncé et
à la fourrure gris pâle constellée de taches plus
foncées.

PERLE DE PLUIE – chat gris foncé aux yeux bleus.

PELAGE DE SUIE – chat gris clair aux yeux
ambrés.

APPRENTIS
(âgés d'au moins six lunes, initiés pour devenir des guerriers)

NUAGE DE CHÂTAIGNE – chatte blanc et écaille aux yeux ambrés.

NUAGE D'ÉCUREUIL – chatte roux foncé aux yeux verts.

NUAGE DE FEUILLE – chatte brun pâle tigrée aux yeux ambrés et aux pattes blanches.

NUAGE D'ARAIGNÉE – chat noir haut sur pattes au ventre brun et aux yeux ambrés.

NUAGE DE MUSARAIGNE – petit chat brun foncé aux yeux ambrés.

NUAGE AILÉ – chatte blanche aux yeux verts.

REINES
(femelles pleines ou en train d'allaiter)

BOUTON-D'OR – chatte roux pâle, la plus âgée des reines.

FLEUR DE BRUYÈRE – chatte aux yeux verts et à la fourrure gris perle constellée de taches plus foncées.

ANCIENS
(guerriers et reines âgés)

PELAGE DE GIVRE – chatte à la belle robe blanche et aux yeux bleus.

PLUME CENDRÉE – femelle écaille, autrefois très jolie, qui est la doyenne du Clan.

PERCE-NEIGE – chatte crème mouchetée.

LONGUE PLUME – chat crème rayé de brun.

CLAN DE L'OMBRE

CHEF
ÉTOILE DE JAIS – grand mâle blanc aux larges pattes noires.

LIEUTENANT
FEUILLE ROUSSE – femelle roux sombre.

GUÉRISSEUR
PETIT ORAGE – chat tigré très menu.

GUERRIERS
BOIS DE CHÊNE – matou brun de petite taille.
APPRENTI : NUAGE DE FUMÉE.

PELAGE D'OR – chatte écaille aux yeux verts.

CŒUR DE CÈDRE – mâle gris foncé.

PELAGE FAUVE – chat roux.
APPRENTI : NUAGE PIQUANT.

FLEUR DE PAVOT – chatte tachetée brun clair haute sur pattes.

ANCIEN   **RHUME DES FOINS** – mâle gris et blanc de petite taille.

CLAN DU VENT

CHEF   **ÉTOILE FILANTE** – mâle noir et blanc à la queue très longue.

LIEUTENANT   **GRIFFE DE PIERRE** – mâle brun foncé au pelage pommelé.

APPRENTI : NUAGE NOIR – mâle gris foncé, presque noir, aux yeux bleus.

GUÉRISSEUR   **ÉCORCE DE CHÊNE** – chat brun à la queue très courte.

GUERRIERS   **MOUSTACHE** – mâle brun tacheté.

PLUME NOIRE – matou gris foncé au poil moucheté.

OREILLE BALAFRÉE – chat moucheté.

AILE ROUSSE – petite chatte blanche.

ANCIEN   **BELLE-DE-JOUR** – femelle écaille.

CLAN DE LA RIVIÈRE

CHEF   **ÉTOILE DU LÉOPARD** – chatte au poil doré tacheté de noir.

LIEUTENANT   **PATTE DE BRUME** – chatte gris-bleu foncé aux yeux bleus.

GUÉRISSEUR   **PATTE DE PIERRE** – chat brun clair à poil long.
APPRENTIE : PAPILLON – jolie chatte au pelage doré et aux yeux ambrés.

GUERRIERS	**GRIFFE NOIRE** – mâle au pelage charbonneux.
	GROS VENTRE – mâle moucheté très trapu.
	PELAGE D'ORAGE – chat gris sombre aux yeux ambrés.
	JOLIE PLUME – chatte gris perle aux yeux bleus.
	PLUME DE FAUCON – chat massif au pelage brun tacheté.
REINES	**PELAGE DE MOUSSE** – chatte écaille-de-tortue.
	FLEUR DE L'AUBE – chatte gris perle.
ANCIENS	**VENTRE AFFAMÉ** – chat brun foncé.
	PELAGE D'OMBRE – chatte d'un gris très sombre.

DIVERS

GERBOISE – mâle noir et blanc qui vit près d'une ferme, de l'autre côté de la forêt.

NUAGE DE JAIS – petit chat noir au poil lustré, avec une tache blanche sur la poitrine et le bout de la queue, ancien apprenti du Clan du Tonnerre qui vit avec Gerboise.

ISIDORE – vieux matou tigré qui vit dans les bois près de la mer.

Hautes Pierres

Ferme de Gerboise

Camp du Vent

Quatre Chênes

Chutes

Arbre aux Chouettes

Rivière

Rochers du Soleil

Camp de la Rivière

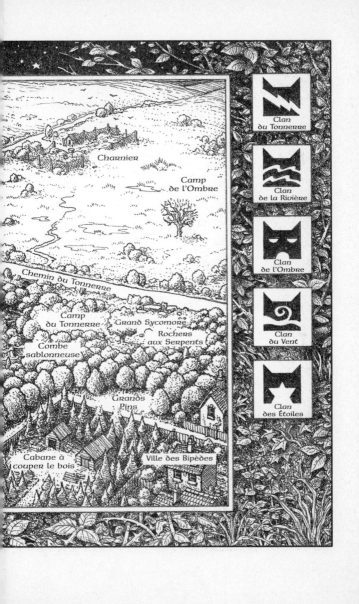

Charnier

Camp
de l'Ombre

Chemin du Tonnerre

Camp
du Tonnerre

Grand Sycomore

Rochers
aux Serpents

Combe
sablonneuse

Grands
Pins

Cabane à
couper le bois

Ville des Bipèdes

Clan
du Tonnerre

Clan
de la Rivière

Clan
de l'Ombre

Clan
du Vent

Clan
des Étoiles

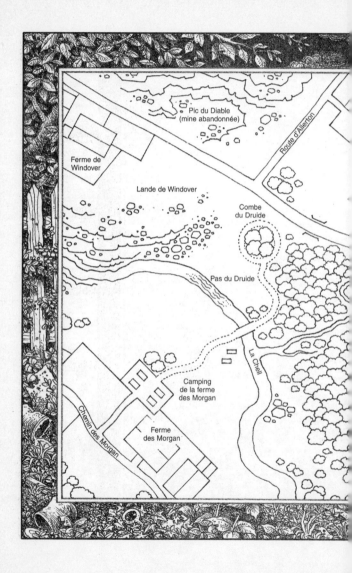

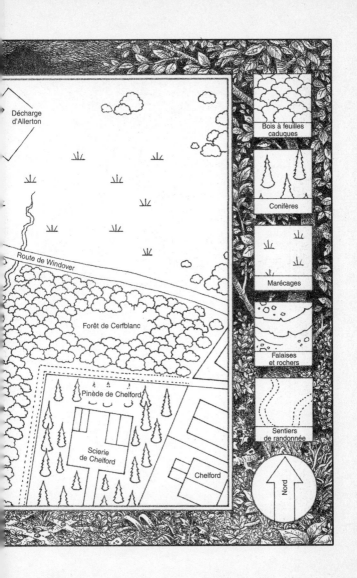

Décharge
d'Allerton

Route de Windover

Forêt de Cerfblanc

Pinède de Chelford

Scierie
de Chelford

Chelford

Bois à feuilles
caduques

Conifères

Marécages

Falaises
et rochers

Sentiers
de randonnée

Nord

PROLOGUE

L A NUIT RÉGNAIT sur la forêt. La lune demeurait invisible, mais les étoiles scintillantes de la Toison Argentée nimbaient les arbres de leur froide lueur. Au fond d'une combe rocailleuse, un étang reflétait le ciel. L'air, chargé de lourds parfums, annonçait la fin de la saison des feuilles vertes.

Le vent soupirait à travers les arbres, faisant onduler la surface de l'étang. Au sommet de la combe, les frondes des fougères s'écartèrent pour laisser passer une chatte à la fourrure gris-bleu ; gracieusement, elle sauta de rocher en rocher jusqu'au bord de l'eau.

Assise sur une pierre plate qui surplombait l'étang, elle regarda alentour. Comme s'ils avaient attendu ce signal, d'autres chats arrivèrent de toutes parts pour se faufiler dans la combe. Les uns après les autres, ils prirent place au bord de l'eau, et la combe fut bientôt envahie de silhouettes penchées sur l'étang.

La chatte gris-bleu se leva.

« L'ère d'une nouvelle prophétie est venue ! miaula-t-elle. Les étoiles ont prédit l'avènement d'un âge sombre où rien ne sera plus comme avant. »

17

Sur la rive opposée, un chat à la robe fauve hocha la tête.

« Je l'ai vu moi aussi. Une période de doutes et de grands défis se profile à l'horizon.

— Les ténèbres, l'air, l'eau et le ciel s'uniront et feront trembler la forêt, poursuivit la chatte. Le présent, le passé, tout sera oublié.

— Un orage sans précédent va s'abattre sur la forêt », lança une autre voix.

Le mot « orage » fut repris et répété d'un chat à l'autre ; une rumeur pareille à un grondement de tonnerre s'éleva des rangs de l'assistance.

Lorsque le silence revint, un chat noir au pelage lustré s'exprima :

« Rien ne peut-il donc empêcher ce malheur ? Pas même le courage et la détermination du plus grand des guerriers ?

— Cet âge sombre adviendra, répondit la chatte gris-bleu. Mais si les membres des Clans l'affrontent comme de vrais guerriers, ils ont une chance de survivre. » Elle leva la tête, et son regard lumineux parcourut l'assemblée. « Vous avez conscience de ce qui doit arriver. Et vous savez ce qui doit être fait. Quatre chats seront choisis pour porter le destin de leur Clan sur leurs épaules. Êtes-vous prêts à les désigner devant le Clan des Étoiles réuni ? »

À ces mots, la surface de l'étang frémit malgré l'absence de vent, puis redevint lisse.

Le chat à la robe fauve se mit debout. Sous la lumière des étoiles, le pelage de ses épaules devenait argenté.

« Je vais commencer », miaula-t-il, avant de lancer un regard en coin vers un matou à la fourrure claire et tigrée. « Étoile Balafrée, ai-je la permission de parler au nom du Clan de la Rivière ? » Comme l'autre acquiesçait, il poursuivit. « Alors je vous invite tous à contempler mon choix et à l'approuver. »

Immobile, le félin plongea son regard dans l'étang. Une forme grise et floue apparut à sa surface, et tous les autres chats tendirent le cou pour l'examiner.

« Celle-là ? murmura la chatte gris-bleu, les yeux rivés sur l'étang. Tu en es sûr, Cœur de Chêne ? »

Le chat à la robe fauve agita le bout de sa queue.

« Je pensais qu'un tel choix te ferait plaisir, Étoile Bleue, répondit-il, l'air amusé. Ne penses-tu pas qu'elle a eu un excellent mentor ?

— Un excellent mentor, en effet, répéta-t-elle, le poil hérissé. Le reste du Clan des Étoiles approuve-t-il ce choix ? »

Un murmure favorable s'éleva de l'assemblée. La forme grise se brouilla puis s'évanouit.

Le chat noir se leva à son tour pour gagner le bord de l'étang.

« Voici mon choix, annonça-t-il. Que le Clan le contemple et l'approuve. »

Cette fois-ci, une silhouette dorée aux épaules puissantes apparut dans l'eau. Étoile Bleue contempla un instant cette image et déclara :

« Elle est forte, et courageuse.

— Étoile Noire, es-tu sûr qu'elle est loyale ? » lança un autre chat.

Le chat noir tourna la tête brusquement, ses griffes plantées dans le sol.

« L'accuses-tu de déloyauté ? feula-t-il.

— Ma question n'est pas absurde, rétorqua l'autre. Elle n'est pas née dans le Clan de l'Ombre, n'est-ce pas ?

— Raison de plus pour la choisir, alors, intervint Étoile Bleue d'un ton posé. Si les Clans ne peuvent agir ensemble maintenant, ils courent à leur perte. La présence de ces chats, qui ont une patte dans deux Clans différents, est peut-être nécessaire pour que tous comprennent l'urgence de s'unir. » Elle marqua une pause, mais personne ne souleva d'objection. « Le Clan des Étoiles approuve-t-il ce choix ? »

Certains hésitèrent, mais bientôt des petits miaulements affirmatifs s'élevèrent de l'assistance. La surface de l'étang se rida un instant avant de redevenir lisse – l'image de la chatte dorée avait disparu.

Un félin noir à la patte tordue s'approcha de l'eau en claudiquant.

« À mon tour, je pense, croassa-t-il. Voici mon choix. Que le Clan le contemple et l'approuve. »

Il fut difficile de distinguer la forme apparue dans l'eau, assombrie par la voûte nocturne. Les chats l'observèrent un moment avant de se prononcer.

« Quoi ? fit soudain le chat à la robe fauve. C'est un apprenti !

— J'en ai bien conscience, merci, Cœur de Chêne, répliqua le matou noir d'un ton sec.

— Patte Folle, tu ne peux pas envoyer un novice affronter un tel danger, lança un autre chat depuis les derniers rangs.

— Il n'est peut-être qu'un apprenti, mais son courage et son adresse n'ont rien à envier à ceux des plus grands guerriers. Un jour, il fera, j'en suis sûr, un noble chef pour le Clan du Vent.

— Nous n'y sommes pas, fit remarquer Étoile Bleue. Et les qualités d'un meneur ne sont pas nécessairement celles dont les Clans ont besoin pour le moment. Souhaites-tu changer d'avis ? »

La queue de Patte Folle s'agita furieusement et sa fourrure s'ébouriffa tandis qu'il lançait un regard mauvais à Étoile Bleue.

« J'ai fait mon choix, je ne reviendrai pas dessus, insista-t-il. Oses-tu – quelqu'un ose-t-il – prétendre qu'il n'est pas digne de cette mission ?

— Qu'en dites-vous ? demanda-t-elle en balayant des yeux le cercle. Le Clan des Étoiles approuve-t-il ? Rappelez-vous que tous les Clans seront perdus si l'un de nos élus échoue. »

Les membres de l'assemblée se consultèrent par petits groupes, jetant des regards hésitants vers la silhouette sur l'eau et le félin qui l'avait choisie. Patte Folle soutint leur regard, les yeux furieux et la fourrure toujours ébouriffée : il était prêt à en découdre.

Peu à peu, les murmures s'estompèrent et Étoile Bleue répéta sa question :

« Le Clan des Étoiles approuve-t-il ? »

Les félins finirent par donner leur accord, mais presque à contrecœur. Certains préférèrent garder le silence. Patte Folle émit un feulement contrarié avant de retourner à sa place, clopin-clopant.

Lorsque l'eau redevint claire, Cœur de Chêne prit la parole :

« Tu n'as toujours pas fait ton choix pour le Clan du Tonnerre, Étoile Bleue.

« — C'est vrai… mais je suis maintenant prête. Le voici : que le Clan le contemple et l'approuve. »

Elle regarda avec fierté l'image d'un guerrier tacheté apparaître dans les profondeurs de l'étang. Cœur de Chêne observa la silhouette, la gueule entrouverte, riant intérieurement.

« Lui ! fit-il. Étoile Bleue, tu ne cesseras jamais de m'étonner.

— Et pourquoi donc ? s'enquit-elle, piquée au vif. C'est un noble guerrier, digne des épreuves que cette prophétie lui réservera.

— Ai-je prétendu le contraire ? » s'exclama Cœur de Chêne, les oreilles frémissantes.

Sans le quitter des yeux, Étoile Bleue demanda aux autres :

« Le Clan approuve-t-il ? »

Lorsque les guerriers-étoiles exprimèrent leur accord d'une voix forte, Étoile Bleue adressa un battement de queue méprisant à l'intention de Cœur de Chêne puis se détourna.

« Chats du Clan des Étoiles, déclara-t-elle en haussant le ton, vous avez choisi vos élus. Il leur faudra bientôt partir pour affronter le terrible orage qui s'abattra sur la forêt. Retrouvez votre Clan, et assurez-vous que chaque félin est prêt. »

Elle s'interrompit, les yeux brillant d'une lueur farouche.

« Nous pouvons choisir un guerrier pour sauver chaque Clan, mais nous ne pouvons rien faire de plus. Que les esprits de jadis accompagnent ces élus, où que les étoiles guident leurs pas. »

CHAPITRE 1

LES FEUILLES FRÉMIRENT lorsque le jeune chat tacheté se faufila entre deux buissons, la gueule entrouverte pour détecter une odeur de gibier. Par cette chaude nuit à la fin de la saison des feuilles vertes, des bruissements de petits animaux résonnaient partout dans la forêt. Le félin perçut un mouvement, mais en tournant la tête, il ne vit rien d'autre que des touffes de fougères et de ronces, mouchetées d'argent par le clair de lune.

Il se retrouva soudain dans une grande clairière et regarda autour de lui, perplexe. Il ne se rappelait pas y être déjà venu. L'herbe courte et douce s'étendait jusqu'à un rocher arrondi où se tenait un autre chat. Sa fourrure semblait couverte de poussière d'étoile et ses yeux brillaient comme deux petites lunes.

Hébété, le jeune guerrier reconnut aussitôt la meneuse.

« Étoile Bleue ? » miaula-t-il d'une voix aiguë, incrédule.

Il était encore apprenti lorsque le grand chef du Clan du Tonnerre avait trouvé la mort, quatre saisons auparavant, en se jetant dans les gorges pour entraîner la meute de chiens avec elle. Comme tous les membres du Clan, il avait pleuré sa disparition et lui avait rendu hommage, saluant son sacrifice pour sauver les siens. Jamais il n'aurait pensé la revoir… Soudain, il comprit qu'il devait rêver.

« Approche, jeune guerrier, miaula Étoile Bleue. J'ai un message pour toi. »

Intimidé, tremblant de tous ses membres, il parcourut l'étendue verte jusqu'au bas du rocher et plongea ses yeux dans ceux de la chatte.

« Je t'écoute, Étoile Bleue.

— Une ère de troubles va s'abattre sur la forêt, lui apprit-elle. Une nouvelle prophétie vient d'être annoncée. Les Clans doivent agir. Il en va de leur survie. Tu as été choisi pour retrouver trois autres chats à la nouvelle lune. Ensuite, vous devrez écouter les paroles de minuit.

— Qu'est-ce que cela signifie ? » Le jeune félin sentit la peur fourmiller le long de sa colonne vertébrale, telle une coulée de neige fondue. « Quel genre de troubles ? Et que veut dire "écouter les paroles de minuit" ?

— Bientôt, tout deviendra clair », répondit-elle.

Sa voix se perdit dans un étrange écho, comme répercutée par les parois d'une caverne, au plus profond des entrailles de la terre. Le clair de lune faiblit lui aussi, recouvrant d'ombres noires et épaisses les arbres alentour.

« Non, attends ! cria-t-il. Ne t'en va pas ! »

Il émit un hurlement de terreur, agita ses pattes et sa queue, tandis que les ténèbres menaçaient de l'engloutir. Il sentit quelque chose lui heurter le flanc et il ouvrit les yeux : Plume Grise, le lieutenant du Clan du Tonnerre, se tenait au-dessus de lui, une patte levée, prêt à le réveiller. Le jeune félin se trouvait empêtré dans la mousse de sa litière, au milieu du repaire des guerriers, déjà inondé par la lumière dorée du soleil.

« Dis donc, t'as perdu la tête ? feula le lieutenant. C'est quoi ce raffut ? Tu veux faire fuir toutes les proies jusqu'aux Quatre Chênes ?

— Désolé. » Griffe de Ronce s'assit et entreprit d'ôter les brins de mousse de sa fourrure. « C'était juste un rêve.

— Un rêve ! » feula une autre voix.

Flocon de Neige s'extirpa de sa litière et s'étira.

« Franchement, tu es aussi casse-pieds qu'Étoile de Feu, poursuivit-il. À l'époque où il dormait avec nous, il n'arrêtait pas de gigoter et de marmonner dans son sommeil. Impossible de passer une bonne nuit ; même le gibier de la forêt s'en souvient. »

Griffe de Ronce remua les oreilles, étonné de voir le guerrier blanc parler ainsi du chef du Clan. Puis il se dit que c'était Flocon de Neige : le neveu d'Étoile de Feu et aussi son ancien apprenti, connu pour sa langue bien pendue et son esprit critique. Ses manières irrespectueuses ne l'empêchaient pas d'être un guerrier loyal.

Flocon de Neige s'ébroua et, avant de sortir, agita le bout de sa queue en signe d'amitié pour signifier à Griffe de Ronce que ses paroles avaient dépassé sa pensée.

« Allez, vous autres, miaula Plume Grise. C'est l'heure de se bouger. » Il gagna le nid de mousse de Pelage de Granit pour le secouer. « Les patrouilles de chasse vont bientôt partir. Poil de Fougère est en train d'organiser les équipes.

— Entendu », répondit Griffe de Ronce.

Le message inquiétant d'Étoile Bleue résonnait toujours dans ses oreilles. Le Clan avait-il vraiment énoncé une nouvelle prophétie ? Cela lui semblait peu probable. Il ne voyait pas pourquoi, de tous les chats du Clan, Étoile Bleue l'aurait choisi, lui. Les guérisseurs recevaient souvent des signes du Clan des Étoiles, et Étoile de Feu avait lui aussi été guidé plus d'une fois par ses songes. Mais ils n'étaient pas des guerriers ordinaires. Il mit son rêve sur le compte du repas copieux de la veille, puis il se donna un coup de langue sur l'épaule et suivit Flocon de Neige à l'extérieur.

Le soleil pointait à peine au-dessus de la haie d'épineux qui entourait le camp, pourtant il faisait déjà chaud. Les rayons dorés se reflétaient sur la terre nue au centre de la clairière. Nuage de Châtaigne, la plus âgée des apprentis, était étendue devant la tanière des jeunes félins et faisait sa toilette en compagnie de deux camarades : Nuage d'Araignée et Nuage de Musaraigne.

Flocon de Neige avait rejoint le bouquet d'orties où se restauraient les guerriers et déjà dévoré une partie de son étourneau. Griffe de Ronce remarqua que la réserve de gibier était presque épuisée. Comme l'avait dit Plume Grise, le Clan avait besoin de chasser au plus vite. Il allait rejoindre le guerrier blanc lorsque Nuage de Châtaigne bondit vers lui.

« C'est aujourd'hui ! annonça-t-elle, tout excitée.

— Quoi ? demanda-t-il en clignant des yeux.

— Mon baptême de guerrière ! »

26

Avec un ronronnement de bonheur, la chatte écaille se jeta sur Griffe de Ronce. L'attaque surprise le fit basculer, et les deux félins roulèrent sur le sol sablonneux et se bagarrèrent, comme au temps de la pouponnière.

Les pattes arrière de Nuage de Châtaigne martelaient le ventre de Griffe de Ronce – il remercia le Clan des Étoiles qu'elle n'ait pas sorti ses griffes. À l'évidence, elle ferait une guerrière redoutable.

« D'accord, d'accord, ça suffit, siffla-t-il en donnant un léger coup de patte sur l'oreille de la chatte. Si tu veux devenir une guerrière digne de ce nom, commence par ne plus te conduire comme un chaton.

— Un chaton ? » répéta-t-elle, indignée. Elle s'assit, la fourrure en bataille, couverte de poussière. « Moi ? Jamais ! Voilà bien longtemps que j'attends ce jour, Griffe de Ronce.

— Je le sais. Et tu le mérites. »

Alors qu'elle poursuivait un écureuil à la saison des feuilles nouvelles, Nuage de Châtaigne s'était aventurée trop près du Chemin du Tonnerre. Un des monstres des Bipèdes l'avait blessée à l'épaule. Elle avait reçu les soins de Museau Cendré durant trois longues et pénibles lunes, sans pouvoir quitter la tanière de la guérisseuse. Pendant ce temps, ses frères, Pelage de Suie et Perle de Pluie, étaient devenus des guerriers. Leur sœur s'était juré de les rattraper dès que Museau Cendré la jugerait apte à reprendre l'entraînement. Griffe de Ronce l'avait observée tandis qu'elle travaillait dur avec Tempête de Sable, son mentor, jusqu'à ce que son épaule soit guérie. Elle n'avait jamais montré la moindre amertume à l'idée de devoir travailler plusieurs lunes de plus que les autres apprentis. Elle méritait vraiment son baptême de guerrière.

« Je viens d'apporter du gibier à Fleur de Bruyère, miaula-t-elle à Griffe de Ronce. Ses chatons sont si mignons ! Tu les as vus ?

— Pas encore », répondit-il.

La deuxième portée de la chatte était née la veille.

« Vas-y maintenant, le pressa-t-elle. Tu as juste le temps avant la chasse. »

Elle se leva d'un bond et fit quelques pas de danse, incapable de contenir toute son énergie.

Griffe de Ronce se dirigea vers la pouponnière, dissimulée dans les profondeurs d'un buisson épineux près du centre du camp. Il se faufila par l'étroite ouverture, éraflant au passage ses larges épaules. À l'intérieur, la chaleur et le calme régnaient. Fleur de Bruyère était allongée sur un épais tapis de mousse. Ses yeux verts luisaient, rivés sur les trois chatons blottis confortablement au creux de son ventre : l'un était gris perle, comme elle, les deux autres brun moucheté comme leur père, Pelage de Poussière. Ce dernier, allongé près de sa compagne, les pattes ramenées sous lui, lui donnait de temps en temps un coup de langue affectueux sur l'oreille.

« Bonjour, Griffe de Ronce, miaula-t-il. Tu es venu voir les petits ? » Il affichait une expression de fierté intense, bien différente de son air irritable habituel.

« Ils sont magnifiques ! s'exclama le jeune guerrier tout en pressant son nez contre celui de Fleur de Bruyère en guise de bonjour. Vous leur avez donné un nom ? »

La reine secoua la tête, les yeux las.

« Pas encore, fit-elle.

— Rien ne presse », intervint Bouton-d'Or. C'était la plus âgée des reines, mais aussi la mère de Griffe de Ronce. Elle était allongée sur une litière de mousse, non loin. Elle n'avait pas de petits à allaiter, mais avait choisi de rester dans la pouponnière pour aider les reines plutôt que de reprendre sa place de guerrière. Elle irait bientôt rejoindre la tanière des anciens : elle reconnaissait que sa vue et son ouïe faiblissaient et ne lui permettaient plus de suivre les meilleures équipes de chasseurs. « Ils sont costauds, et en bonne santé, voilà ce qui compte, et Fleur de Bruyère a plein de lait. »

Griffe de Ronce s'inclina devant elle en signe de respect.

« Elle a de la chance que tu sois là pour la soulager, déclara-t-il.

— Tu peux peut-être faire quelque chose pour moi, lui souffla Pelage de Poussière tandis que le jeune guerrier s'apprêtait à sortir.

— Bien sûr. De quoi s'agit-il ?

— Garde un œil sur Nuage d'Écureuil, d'accord ? J'aimerais passer un jour ou deux avec Fleur de Bruyère et les chatons. Mais il vaudrait mieux que mon apprentie ne soit pas livrée à elle-même. »

Nuage d'Écureuil ! grogna Griffe de Ronce en son for intérieur. C'était la fille d'Étoile de Feu : huit lunes, apprentie depuis peu, et absolument insupportable.

« Ce sera un bon entraînement, qui te servira le jour où tu auras ton propre apprenti », ajouta Pelage de Poussière, comme s'il avait senti l'hésitation de son camarade.

Griffe de Ronce savait que le guerrier avait raison. Il espérait qu'Étoile de Feu lui donnerait bientôt un apprenti, à qui il pourrait enseigner le code du guerrier. Mais il priait pour que celui-ci ne ressemble pas à cette insupportable frimeuse qui pensait tout savoir sur tout et qui se vexait à la moindre remarque.

« D'accord, Pelage de Poussière, miaula-t-il enfin. Je ferai de mon mieux. »

Lorsque le jeune félin sortit de la pouponnière, il constata que d'autres guerriers avaient gagné la clairière. Cœur Blanc, une jolie chatte blanche, venait de prendre une pièce de gibier de la réserve et l'emportait vers Flocon de Neige, près du bouquet d'orties. Griffe de Ronce ne voyait que le côté indemne de son visage ; il en oubliait presque qu'elle avait été défigurée par la meute de chiens. En plus des cicatrices qui couturaient l'autre partie de son visage, son oreille avait été réduite en charpie, et à la place de son œil n'apparaissait plus qu'une orbite béante. Bien qu'elle ait survécu, le Clan avait longtemps redouté qu'elle ne devienne jamais une guerrière. Mais Flocon de Neige s'était entraîné avec elle ; ensemble, ils avaient trouvé de nouvelles techniques pour compenser sa cécité partielle, et la transformer en atout. Maintenant, elle pouvait se battre et chasser aussi habilement que n'importe quel chat.

Flocon de Neige la salua d'un mouvement de la queue, et elle s'assit près de lui pour manger.

« Griffe de Ronce ! Te voilà enfin ! »

Le jeune félin se tourna et aperçut un matou haut sur pattes qui se dirigeait vers le repaire des guerriers. Il changea de cap pour le rejoindre.

« Salut, Poil de Fougère. Plume Grise m'a dit que tu organisais les équipes de chasseurs.

— C'est vrai. Tu veux bien faire équipe avec Nuage d'Écureuil, ce matin ? »

D'un frémissement d'oreilles, il désigna la tanière des apprentis. Griffe de Ronce remarqua alors la présence de la rouquine, derrière le rideau de fougères. Bien droite, la queue enroulée autour des pattes, elle suivait des yeux les arabesques d'un papillon coloré. Lorsque Poil de Fougère l'invita à les rejoindre, elle se leva et traversa la clairière à petites foulées, la queue droite et la fourrure luisant sous les rayons du soleil.

« Il est temps d'aller à la chasse, lui annonça-t-il. Pelage de Poussière est occupé, aussi tu partiras avec Griffe de Ronce. Je vous laisse trouver un troisième chasseur pour vous accompagner. »

Sur ces mots, il fila vers Tempête de Sable et Nuage de Châtaigne.

Nuage d'Écureuil bâilla avant de s'étirer.

« Bon, miaula-t-elle. On va où ?

— Je pensais aux Rochers du Soleil, répondit-il. Après, on…

— Les Rochers du Soleil ? le coupa-t-elle, les yeux écarquillés. Espèce de cervelle de souris ! Par cette chaleur, toutes les proies seront cachées dans les rochers. On aura de la chance si on attrape une moustache de mulot !

— Il est encore tôt, rétorqua-t-il. Le gibier ne va pas disparaître tout de suite.

— Franchement, Griffe de Ronce, soupira-t-elle, tu penses toujours tout savoir mieux que tout le monde.

— Hé ! C'est moi le guerrier ! » fit-il remarquer, avant de regretter aussitôt ses paroles.

Nuage d'Écureuil s'inclina devant lui de façon exagérée.

« Pardon, ô Grand Manitou, ricana-t-elle. Dorénavant, j'obéirai à vos ordres. Mais quand nous rentrerons les pattes vides, vous admettrez peut-être que j'avais raison.

— Puisque tu es si intelligente, où devrions-nous aller, alors ?

— Vers les Quatre Chênes, près du ruisseau, répondit-elle aussi sec. C'est un bien meilleur endroit. »

Griffe de Ronce se rendit compte qu'elle avait raison, ce qui l'agaça au plus haut point. Malgré les chaudes journées qui s'étaient succédé tout au long de la saison des feuilles vertes, le ruisseau courait joyeusement, et les roseaux qui le bordaient offraient un abri au gibier. Il hésita, se demandant comment changer d'avis sans perdre la face.

« Nuage d'Écureuil ! » lança une autre voix, mettant fin à son dilemme. Tempête de Sable, la mère de l'apprentie, venait de les rejoindre. « Arrête de prendre Griffe de Ronce à rebrousse-poil. Tu piailles encore plus qu'une nichée de choucas. » Son regard vert courroucé se tourna vers le jeune guerrier. « Et toi, tu ne vaux guère mieux. Vous deux, vous vous chamaillez sans cesse ; on ne peut pas vous envoyer chasser ensemble si vous n'êtes même pas capables de quitter le camp sans effrayer toutes les proies des environs.

— Désolé, marmonna Griffe de Ronce, embarrassé jusqu'au bout de la queue.

— Tu es un guerrier, ce comportement est indigne de toi. Va demander à Flocon de Neige si tu peux l'accompagner. Quant à toi, feula la guerrière à l'intention de sa fille, tu viens chasser avec moi et Nuage de Châtaigne. Poil de Fougère ne s'en offusquera pas. Et tu feras ce qu'on te dira, ou ça va barder. »

Sans un regard en arrière, elle se dirigea vers le tunnel d'ajoncs qui menait hors du camp. Nuage d'Écureuil resta un instant sans voix et se mit à bouder.

Nuage de Châtaigne s'approcha et lui donna un coup d'épaule amical.

« Allez, la pressa-t-elle. C'est ma dernière partie de chasse en tant qu'apprentie. Il ne faut pas la gâcher. »

Nuage d'Écureuil s'exécuta à contrecœur, et les deux chattes partirent à la suite de Tempête de Sable. Au passage, la rouquine lança un regard mauvais à Griffe de Ronce.

Ce dernier haussa les épaules. Nuage d'Écureuil recevrait des conseils expérimentés de Tempête de Sable. Il ne trahissait donc pas Pelage de Poussière, même s'il lui avait promis de garder un œil sur son apprentie. De plus, il n'aurait pas à subir ses bavardages ennuyeux toute la matinée. Il n'arrivait donc pas à comprendre pourquoi il ressentait une légère déception.

Il décida de ne plus y penser et bondit vers le bouquet d'orties où Flocon de Neige et Cœur Blanc finissaient leur repas. Leur unique enfant, Nuage Ailé, venait de les rejoindre. Lorsque Griffe de Ronce s'approcha, il l'entendit demander :

« Vous allez chasser ? Je peux venir, s'il vous plaît ?

— Non », répondit son père en remuant la queue. Nuage Ailé sembla déçue, alors il ajouta : « Poil de Fougère t'emmènera. C'est lui ton mentor, après tout.

— Il m'a dit qu'il était très fier de toi », ajouta Cœur Blanc en ronronnant.

Le visage de la jeune apprentie s'illumina.

« Chouette ! s'exclama-t-elle. Je vais le chercher. »

Flocon de Neige lui donna un gentil coup de patte sur l'oreille avant de la laisser partir, toute guillerette.

« Ça vous ennuie si je viens avec vous ? leur demanda Griffe de Ronce, espérant qu'il ne les dérangerait pas.

— Pas du tout », répondit Flocon de Neige.

Il se leva d'un bond, fit un signe de tête vers Cœur Blanc, puis les trois chasseurs traversèrent la clairière d'un même pas jusqu'au tunnel.

Avant de s'y engager, Griffe de Ronce jeta un coup d'œil en arrière. Le camp était paisible, chacun vaquait à ses occupations. Tous les chats arboraient des fourrures brillantes ; ils semblaient bien nourris, et en sécurité sur leur territoire. Le message d'Étoile Bleue surgit dans son esprit. Se pouvait-il vraiment qu'un grand danger menace la forêt ?

Griffe de Ronce sentit ses poils se hérisser à cette idée. Il décida de n'en parler à personne. C'était la seule façon de se convaincre que ce rêve ne voulait rien dire et qu'aucun événement n'allait chambouler leur vie à tous.

Le soleil couchant, véritable boule de feu à l'horizon, enflammait la cime des arbres et projetait de longues ombres sur la clairière. Griffe de Ronce s'étira avant de pousser un soupir satisfait. Cette journée de chasse l'avait fatigué, mais son estomac rassasié lui procurait un intense sentiment de bien-être. Tous les membres du Clan avaient mangé, pourtant le tas de gibier était encore haut. La saison des feuilles vertes avait été plus longue et plus chaude que jamais, mais la forêt était giboyeuse et le ruisseau près des Quatre Chênes gargouillait encore.

Ce fut une bonne journée, pensa Griffe de Ronce, content de lui. *Toute la vie devrait ressembler à ce jour.*

Le reste du Clan gagnait peu à peu la clairière pour s'installer au pied du Promontoire. Griffe de Ronce comprit que la cérémonie de Nuage de Châtaigne allait commencer. Il s'approcha à pas légers et s'assit près de Pelage de Granit, le frère de Fleur de Bruyère, qui le salua d'un signe de tête amical. Plume Grise se tenait près du rocher, l'air aussi fier que s'il s'agissait de son propre apprenti. Le lieutenant avait deux enfants, mais ils avaient grandi au sein du Clan de la Rivière, le Clan natal de leur mère. Même s'il n'avait aucun petit dans le Clan du Tonnerre, le guerrier gris aimait surveiller les progrès de tous les jeunes félins.

Museau Cendré, la guérisseuse, vint rejoindre le lieutenant, suivie de son apprentie, Nuage de Feuille, la sœur de Nuage d'Écureuil. Malgré leur lien de parenté, elles ne se ressemblaient pas du tout : Nuage de Feuille était plus petite et plus fine que sa sœur. De même, les deux chattes n'avaient pas du tout le même caractère. Tandis que l'apprentie guérisseuse s'asseyait, la tête penchée pour écouter ce que son mentor et le lieutenant se racontaient, Griffe de Ronce s'étonna de la voir si calme alors que sa sœur ne cessait de babiller.

Étoile de Feu apparut enfin, sortant d'une fissure dans le Promontoire qui abritait son antre. Éclairée par le soleil couchant, la fourrure rousse du guerrier souple et puissant semblait enflammée. Il prit le temps d'échanger quelques mots avec Plume Grise puis banda ses muscles avant de sauter au sommet du Promontoire, d'où il pouvait dominer tout le Clan.

« Chats du Clan du Tonnerre ! lança-t-il. Que tous ceux qui sont en âge de chasser s'approchent pour une assemblée du Clan. »

La plupart des guerriers étaient déjà là, mais lorsque la voix d'Étoile de Feu retentit dans la clairière, les retardataires sortirent de leur tanière pour rejoindre les autres.

Nuage de Châtaigne se montra en dernier, accompagnée par son mentor, Tempête de Sable. L'apprentie venait de lisser sa fourrure écaille ; sa poitrine et ses pattes blanches étincelaient comme de la neige au soleil. Tandis qu'elle traversait la clairière, on pouvait lire de la fierté et une excitation contenue dans ses yeux ambrés. Près d'elle, Tempête de Sable paraissait tout aussi fière. Griffe de Ronce savait à quel point la guerrière rousse avait souffert en retrouvant son apprentie blessée au bord du Chemin du Tonnerre. Il leur avait fallu à elles deux du courage et de la persévérance pour arriver jusqu'à cette cérémonie.

Étoile de Feu sauta du roc pour accueillir l'apprentie et son mentor.

« Tempête de Sable, fit-il, utilisant les mots rituels, transmis de génération en génération dans tous les Clans, penses-tu que cette apprentie soit prête à devenir une guerrière du Clan du Tonnerre ? »

La chatte hocha la tête avant de répondre :

« Elle fera une guerrière dont le Clan pourra être fier. »

Étoile de Feu leva alors les yeux vers le ciel, où les premières étoiles de la Toison Argentée commençaient à scintiller.

« Moi, Étoile de Feu, chef du Clan du Tonnerre, j'en appelle à nos ancêtres pour qu'ils se penchent sur cette apprentie. » Le Clan se tut à ces paroles. « Elle s'est entraînée dur pour comprendre les lois de votre noble code. Elle est maintenant digne de devenir un chasseur à son tour. » Il se tourna vers l'apprentie et poursuivit : « Nuage de Châtaigne, promets-tu de respecter le code du guerrier, de protéger et de défendre le Clan, même au péril de ta vie ? »

En voyant la jeune chatte trembler d'excitation, Griffe de Ronce se souvint de ce qu'il avait ressenti lors de son propre baptême. Elle leva la tête et répondit d'une voix claire :

« Oui.

— Alors, grâce aux pouvoirs qui me sont conférés par le Clan des Étoiles, je te donne ton nom de guerrière : Nuage de Châtaigne, à partir de ce jour, tu t'appelleras Poil de Châtaigne. Nos ancêtres rendent honneur à ton courage et à ta patience, et nous t'accueillons dans nos rangs en tant que guerrière à part entière. »

Le rouquin s'avança et posa son museau sur la tête de Poil de Châtaigne. En retour, elle lui donna un coup de langue respectueux sur l'épaule avant de reculer d'un pas.

Les autres guerriers se massèrent autour d'elle en l'appelant : « Poil de Châtaigne ! Poil de Châtaigne ! » Ses frères, Pelage de Suie et Perle de Pluie, furent les premiers à scander son nouveau nom, extrêmement fiers que leur sœur les ait enfin rejoints parmi les chasseurs.

Étoile de Feu attendit que la clameur s'apaise.

« Poil de Châtaigne, selon la tradition, tu dois veiller toute la nuit en silence pour garder le camp.

— Pendant que nous autres, nous profiterons d'une bonne nuit de sommeil », railla Flocon de Neige.

Le chef du Clan lui lança un regard lourd de sens mais ne dit rien. Les autres guerriers se dispersaient déjà pour permettre à Poil de Châtaigne de prendre place au milieu de la clairière. Elle s'assit, la queue enroulée autour des pattes, les yeux fixés sur le ciel qui s'assombrissait peu à peu, tandis que l'éclat de la Toison Argentée s'intensifiait.

Les autres membres du Clan disparurent dans l'ombre. Griffe de Ronce s'étira en bâillant. Malgré sa hâte de rejoindre son confortable nid de mousse dans la tanière des guerriers, il s'attarda un peu dans la clairière pour profiter de la chaude soirée. Dans la journée, il s'était demandé si d'autres guerriers avaient fait ce même rêve perturbant, mais il n'avait rien remarqué. Pourtant, Étoile Bleue avait laissé entendre que trois autres chats seraient impliqués dans la prophétie. Griffe de Ronce sentit un ron-ronnement se former dans sa gorge, presque amusé de croire qu'un guerrier du Clan des Étoiles lui avait rendu visite en rêve. Voilà qui lui apprendrait à ne plus se goinfrer avant de dormir.

« Griffe de Ronce, l'appela Étoile de Feu en le rejoignant, Flocon de Neige m'a dit que tu avais bien chassé aujourd'hui.

— Merci, Étoile de Feu. »

Le regard du chef était rivé sur ses filles, Nuage de Feuille et Nuage d'Écureuil, qui se dirigeaient vers la réserve de gibier.

« Pelage d'Or te manque ? » lui demanda-t-il, à la grande surprise du jeune guerrier.

Pelage d'Or était sa sœur. Ils avaient vu le jour peu avant qu'Étoile du Tigre, leur père et lieutenant du Clan du Tonnerre, ne soit banni pour avoir attenté aux jours d'Étoile Bleue, le chef de l'époque. Une fois à la tête du Clan de l'Ombre, Étoile du Tigre avait projeté de prendre le contrôle de toute la forêt, mais il s'était fait tuer par un chat venu de la ville. Pelage d'Or avait toujours eu l'impression que le Clan du Tonnerre lui reprochait les crimes de son père, si bien qu'elle avait rejoint le Clan de l'Ombre.

« Oui, répondit Griffe de Ronce. Oui, Étoile de Feu, elle me manque un peu plus chaque jour.

— Jadis, je ne comprenais pas ce que tu pouvais ressentir. Jusqu'à ce que je voie à quel point ces deux-là sont proches, ajouta-t-il avec un signe de tête vers ses deux filles.

— Étoile de Feu, tu es injuste avec toi-même, rétorqua le jeune guerrier, gêné. Après tout, ta sœur te manque aussi, non ? »

Avant de rejoindre le Clan du Tonnerre, Étoile de Feu avait été un chat domestique. Sa propre sœur, Princesse, vivait toujours chez des Bipèdes. De temps en temps, le rouquin lui rendait visite, et Griffe de Ronce savait très bien à quel point ils tenaient l'un à l'autre. Princesse avait donné son premier-né à Étoile de Feu pour qu'il devienne un guerrier ; c'était Flocon de Neige, le loyal ami de Cœur Blanc.

Pensif, le chef du Clan inclina la tête.

« Bien sûr, Princesse me manque, miaula-t-il. Mais c'est une chatte domestique. Jamais elle ne pourrait vivre comme nous. Tandis que toi, tu pourrais regretter que Pelage d'Or ne soit pas restée dans le Clan du Tonnerre.

— C'est le cas, admit Griffe de Ronce. Mais elle est plus heureuse maintenant.

— C'est vrai. Le plus important, c'est que vous soyez tous deux loyaux envers le Clan que vous avez choisi. »

Une douce chaleur envahit Griffe de Ronce. Jadis, Étoile de Feu avait douté de sa loyauté parce qu'il ressemblait beaucoup à son père, Étoile du Tigre : il possédait le même corps musculeux, le même pelage sombre et tacheté, les mêmes yeux ambrés.

Le jeune félin se demanda soudain si un guerrier loyal aurait évoqué son rêve au sujet de la menace qui planait sur la forêt. Il cherchait ses mots lorsque Étoile de Feu se leva, le salua et partit rejoindre Tempête de Sable et Plume Grise près du Promontoire.

Griffe de Ronce faillit le suivre, puis se dit que si le Clan des Étoiles souhaitait réellement transmettre une nouvelle prophétie, il ne choisirait pas le plus jeune et le moins expérimenté des guerriers du Clan. Il l'enverrait au guérisseur, ou peut-être au chef lui-même. Or, à l'évidence, Étoile de Feu et Museau Cendré n'avaient reçu aucun signe, sinon ils en auraient averti le Clan. *Non*, se répéta Griffe de Ronce, *il n'y a aucune raison de s'inquiéter.*

CHAPITRE 2

L E SOLEIL NE S'ÉTAIT PAS ENCORE LEVÉ lorsque Griffe de Ronce partit avec la patrouille de l'aube. Peu après le baptême de Poil de Châtaigne, les feuilles avaient commencé à roussir et les premières fraîcheurs de la saison des feuilles mortes étaient apparues, mais il n'avait toujours pas plu. Le jeune guerrier frissonna tandis que les hautes herbes, ourlées de rosée, chatouillaient son ventre. Les toiles d'araignée recouvraient les buissons tel un voile gris, et l'air était chargé de senteurs humides. Les pépiements des oiseaux couvrirent bientôt les bruits de pas des félins.

Le frère de Cœur Blanc, Cœur d'Épines, qui menait la patrouille, fit une halte et se tourna vers Griffe de Ronce et Pelage de Granit.

« Étoile de Feu veut que nous allions inspecter les Rochers aux Serpents, miaula-t-il. Méfiez-vous des vipères. Il a fait tellement chaud qu'elles y sont plus nombreuses que jamais. »

Instinctivement, Griffe de Ronce redoubla de prudence. Les vipères se cachaient sûrement dans les failles ; dès que le soleil se lèverait, la chaleur les ferait sortir. Une seule morsure et c'était la mort assurée. Même les guérisseurs n'y pouvaient rien.

Bientôt, le jeune guerrier entendit des bruits, comme si un animal se déplaçait dans les sous-bois. Il jeta un œil derrière lui, espérant découvrir une proie facile. Il ne remarqua tout d'abord rien, puis vit des fougères frémir malgré l'absence de vent. Il huma l'air, la gueule entrouverte pour mieux identifier les odeurs, avant de pousser un long soupir.

« Sors de là, Nuage d'Écureuil », miaula-t-il.

Silence. Puis les frondes s'écartèrent, et la rouquine sortit à découvert. Dans ses yeux verts brillait une lueur de défi.

« Qu'est-ce qui se passe ? » demanda Cœur d'Épines en s'approchant, suivi de Pelage de Granit.

Griffe de Ronce désigna la chatte du bout de la queue.

« J'ai entendu du bruit derrière nous. Elle a dû nous suivre depuis le camp.

— Ne parle pas de moi comme si je n'étais pas là ! s'indigna Nuage d'Écureuil.

— Tu n'as rien à faire ici ! » rétorqua-t-il.

C'était plus fort que lui, dès que la chatte ouvrait la bouche, il avait l'impression qu'on le caressait à rebrousse-poil.

« Arrêtez de vous chamailler, vous deux, grogna Cœur d'Épines. Vous n'êtes plus des chatons. Nuage d'Écureuil, explique-toi. Tu nous apportes un message ?

— Si c'était le cas, elle ne se serait pas cachée dans les fougères ! fit remarquer Griffe de Ronce.

— Je voulais vous accompagner, c'est tout, répondit-elle en lançant un regard mauvais au jeune guerrier. Ça fait des lunes que je ne suis pas sortie patrouiller.

— Peut-être, mais personne ne t'a demandé de te joindre à nous, répliqua Cœur d'Épines. Pelage de Poussière sait-il où tu es ?

— Non, admit-elle. Hier soir, il m'a promis qu'il s'occuperait de mon entraînement, mais tout le monde sait qu'il passe ses journées dans la pouponnière avec Fleur de Bruyère et leurs petits.

— Plus maintenant, coupa Pelage de Granit. Plus depuis que les chatons ont ouvert les yeux. Nuage d'Écureuil, si Pelage de Poussière ne te trouve pas, tu vas avoir des problèmes.

— Retourne tout de suite au camp », ordonna Cœur d'Épines.

Les yeux étincelants de colère, elle fit un pas en avant et se retrouva nez à nez avec le guerrier.

« Tu n'es pas mon mentor ! Je n'ai pas d'ordres à recevoir de toi ! »

Les narines de Cœur d'Épines se dilatèrent ; il poussa un long soupir, et Griffe de Ronce admira sa patience. Si Nuage d'Écureuil lui avait tenu ce genre de discours, il lui aurait volontiers déchiré l'oreille.

Néanmoins, l'apprentie comprit qu'elle avait été trop loin.

« Je suis désolée, Cœur d'Épines, miaula-t-elle. Mais ça fait vraiment des lunes que je n'ai pas patrouillé dans la forêt. Je peux venir avec vous, s'il te plaît ? »

Cœur d'Épines échangea un regard avec les deux autres matous.

« Entendu, fit-il. Mais ne viens pas te plaindre si Pelage de Poussière te transforme en chair à corbeau à notre retour.

— Merci ! s'exclama-t-elle, ne pouvant réprimer un petit saut d'excitation. On va où ? On cherche quelque chose de spécial ? Il va y avoir de la bagarre ? »

Cœur d'Épines la fit taire d'un mouvement de la queue.

« Les Rochers du Soleil, répondit-il. Et si possible, la bagarre, on l'évite.

— Et prends garde aux vipères, ajouta Griffe de Ronce.

— Comme si je ne le savais pas ! persifla-t-elle.

— Et nous patrouillons en silence. Je ne veux plus t'entendre, sauf en cas de nécessité », lui ordonna le meneur.

Nuage d'Écureuil ouvrit la bouche pour répondre mais se ravisa juste à temps, hochant la tête.

Les félins repartirent. Griffe de Ronce dut reconnaître que, maintenant que l'apprentie avait obtenu gain de cause, elle se montrait prudente : elle suivit silencieusement les pas du meneur, à l'affût du moindre bruit.

Le soleil se trouvait bien haut dans le ciel lorsqu'ils atteignirent enfin les formes arrondies et lisses des Rochers du Soleil. Une cavité s'ouvrait au bas de l'un d'entre eux : là s'était cachée la meute de chiens. Griffe de Ronce réprima un frisson. C'est Étoile du Tigre, son propre père, qui avait tenté de mener les bêtes sanguinaires jusqu'au camp pour se venger de ses anciens camarades.

Nuage d'Écureuil remarqua son expression horrifiée.

« T'as peur des vipères ? le taquina-t-elle.

— Oui. Et toi aussi, tu devrais les craindre.

— Si tu le dis, répondit-elle en haussant les épaules. À mon avis, elles ont encore plus peur de nous. »

Avant qu'il puisse l'arrêter, elle bondit dans la clairière, prête à fureter dans la caverne.

« Arrête ! » La voix de Cœur d'Épines la figea sur place. « Pelage de Poussière ne t'a-t-il donc pas enseigné qu'on ne se précipite jamais ainsi ?

— Bien sûr que si, répondit-elle, vexée.

— Alors fais comme si tu l'avais écouté au moins une fois dans ta vie. » Cœur d'Épines rejoignit l'apprentie. « Renifle un bon coup. Dis-moi ce que tu sens. »

La jeune chatte leva la tête et inspira.

« Une odeur de souris, déclara-t-elle, toute joyeuse. Cœur d'Épines, on peut chasser ?

— Plus tard. Continue, et concentre-toi. »

Nuage d'Écureuil flaira de nouveau les environs.

« Je sens le Chemin du Tonnerre, par là, indiqua-t-elle avec un geste de la queue. Et un Bipède, avec un chien. Mais l'odeur est ténue. Elle doit dater d'hier.

— Très bien. »

Cœur d'Épines semblait impressionné ; l'apprentie courba la queue de plaisir.

« Il y a autre chose, poursuivit-elle. Une odeur horrible… je ne crois pas l'avoir déjà sentie. »

Griffe de Ronce leva la truffe à son tour. Il identifia rapidement les effluves repérés par l'apprentie.

« Un blaireau, miaula-t-il.

— Exact, confirma Cœur d'Épines. Il a dû s'installer dans la grotte des chiens.

— Pas de chance ! feula Pelage de Granit.

— Pourquoi ? s'enquit Nuage d'Écureuil. À quoi ressemblent les blaireaux ? Ils sont dangereux ?

— Pas qu'un peu ! grogna Griffe de Ronce. Ce sont les pires ennemis des chats. Si celui-ci nous voit, il nous tuera à coup sûr. »

L'apprentie écarquilla les yeux, plus impressionnée qu'effrayée.

Pelage de Granit s'approcha prudemment de l'entrée de la caverne, renifla avant de passer la tête à l'intérieur.

« Il fait noir comme dans un cœur de renard, annonça-t-il. Mais je ne crois pas que le blaireau soit chez lui. »

À nouveau Griffe de Ronce sentit l'odeur du prédateur. Cette fois, elle était bien plus forte. Il se retourna d'un bond et vit pointer entre deux arbres une tête noire rayée de blanc, de puissantes pattes dans l'herbe. Du museau, l'animal flairait le sol.

« Attention ! » cria-t-il, ses poils hérissés par la peur. Il n'avait jamais vu un blaireau d'aussi près. Il fit volte-face et fila dans la clairière. « Nuage d'Écureuil, cours ! »

Dès que Griffe de Ronce donna l'alarme, Pelage de Granit plongea dans les fourrés tandis que Cœur d'Épines allait s'abriter sous les arbres. Mais l'apprentie ne bougea pas, comme hypnotisée par l'énorme bête.

« Par là, Nuage d'Écureuil ! » l'appela Cœur d'Épines, qui revenait sur ses pas.

La jeune chatte hésitait toujours. Griffe de Ronce fonça sur elle et la poussa vers les arbres.

« Je t'ai dit de courir ! » hurla-t-il.

Les yeux verts de l'apprentie, où brillaient la peur et l'excitation, croisèrent un instant son regard. Le blaireau avançait d'un pas lourd. Ses petits yeux luisirent lorsqu'il sentit que des chats avaient pénétré sur son territoire. Nuage d'Écureuil détala vers l'orée de la clairière et grimpa au premier arbre. Elle se posta sur une branche basse, les griffes plantées dans l'écorce, la fourrure ébouriffée.

Griffe de Ronce la rejoignit aussitôt. En bas, le blaireau tournait en rond, comme s'il ne savait pas où les chats avaient disparu. Sa tête noir et blanc se balançait d'un côté, puis de l'autre, ses crocs étaient bien visibles. Le jeune guerrier savait que l'animal ne voyait pas très bien. D'habitude, les blaireaux ne sortaient qu'une fois la nuit tombée. Celui-ci revenait sans doute à son terrier après s'être fait un festin de vers et de larves.

« Tu crois qu'il nous mangerait ? demanda Nuage d'Écureuil, dans un souffle.

— Non, répondit-il, tentant de ralentir les battements de son cœur. Les renards tuent pour manger. Mais ce blaireau te massacrerait par principe. Ils ne tolèrent pas qu'on viole leur territoire. Pourquoi es-tu restée figée au lieu de courir comme on te le disait ?

— Je n'avais jamais vu de blaireau de ma vie. Pelage de Poussière dit qu'il faut profiter de chaque situation pour en apprendre le plus possible.

— Même au risque de se faire réduire en pièces ? » railla Griffe de Ronce.

Pour une fois, l'apprentie garda le silence.

Tout en parlant, le jeune guerrier n'avait pas quitté la créature des yeux. Il soupira, soulagé, en la voyant abandonner sa recherche et disparaître dans sa tanière.

Cœur d'Épines sauta de l'arbre où il s'était réfugié.

« C'était moins une, miaula-t-il tandis que les deux jeunes félins descendaient à leur tour. Où est Pelage de Granit ?

— Ici. » La tête du guerrier surgit de derrière une haie d'églantiers. « Tu crois que ce blaireau est celui qui a tué Fleur de Saule à la dernière mauvaise saison ?

— C'est possible, répondit Cœur d'Épines. Flocon de Neige et Poil de Souris l'avaient chassé du camp, mais nous n'avons jamais su où il était parti. »

Un voile de tristesse s'abattit sur Griffe de Ronce en pensant à la chatte gris argent. Fleur de Saule était la mère de Poil de Châtaigne, Pelage de Suie et Perle de Pluie, mais elle n'avait pas eu le temps de voir ses chatons devenir des guerriers.

« Qu'allons-nous faire ? s'enquit Nuage d'Écureuil, impatiente. On le suit dans sa tanière et on le tue ? À quatre contre un, ça devrait être facile ! »

Griffe de Ronce grimaça. Cœur d'Épines ferma les yeux et attendit un instant avant de lui répondre.

« Nuage d'Écureuil, on n'entre JAMAIS dans un terrier de blaireau ! Ni dans celui d'un renard, d'ailleurs. Ils attaqueraient aussitôt, il n'y a pas assez de place pour manœuvrer et il y fait tout noir.

— Mais…

— Non. Nous allons retourner au camp pour faire notre rapport. Étoile de Feu décidera des mesures à prendre. »

Sans attendre une nouvelle protestation de l'apprentie, le guerrier rebroussa chemin. Pelage de Granit le suivit, mais Nuage d'Écureuil s'arrêta à la lisière de la forêt.

« On aurait pu s'en occuper, maugréa-t-elle, lançant un dernier regard plein de regrets vers le trou béant. J'aurais pu l'attirer dehors, et là...

— Et là, il t'aurait tuée d'un seul coup de patte et, de la même façon, on aurait dû rentrer au camp faire notre rapport, miaula Griffe de Ronce pour la décourager. Et qu'est-ce qu'on aurait dit alors à ton père : "Désolés, Étoile de Feu, nous avons accidentellement laissé un blaireau massacrer ta fille" ? Et là, c'est lui qui nous aurait fait la peau. Ces bêtes-là sont dangereuses, mets-toi bien ça dans la tête.

— Peut-être, mais jamais Étoile de Feu n'aurait laissé un blaireau se balader sur le territoire du Clan du Tonnerre. »

Nuage d'Écureuil dressa sa queue en signe de défi et plongea dans les fourrés pour rattraper les deux autres.

Excédé, Griffe de Ronce leva les yeux au ciel et murmura : « Par le Clan des Étoiles ! » avant de les rejoindre.

En pénétrant dans le camp, le premier chat qu'il vit fut Pelage de Poussière. Le guerrier brun tacheté faisait les cent pas devant la tanière des apprentis. Tapis à l'ombre des fougères, Nuage d'Araignée et Nuage Ailé, deux novices, le regardaient craintivement.

Dès que Pelage de Poussière avisa Nuage d'Écureuil, il traversa la clairière à grands pas.

« Oh, oh, marmonna-t-elle.

— Alors ? » La voix du guerrier était glaciale. Griffe de Ronce grimaça : il connaissait son mauvais caractère. Seule sa compagne, Fleur de Bruyère, était épargnée par ses remarques acerbes. « Qu'as-tu à dire pour ta défense ? »

L'apprentie soutint son regard avec courage, mais répondit d'une voix mal assurée :

« J'étais en patrouille, Pelage de Poussière.

— En patrouille ! Allons donc ! Et qui t'en a donné l'ordre ? Plume Grise ? Étoile de Feu ?

— Personne. Mais je pensais…

— Ah oui ? Tu pensais ? Je t'avais dit que nous irions nous entraîner aujourd'hui. Poil de Souris et Poil de Fougère ont emmené leurs apprentis à la combe sablonneuse pour s'exercer au combat. Nous aurions dû les accompagner, mais nous n'avons pas pu à cause de toi. Tu te rends compte que tout le monde t'a recherchée dans le camp ? »

La jeune chatte secoua la tête tout en grattant le sol du bout de la patte.

« Comme tu restais introuvable, Étoile de Feu a emmené une patrouille dans la forêt pour suivre ta trace. Tu les as croisés ? »

De nouveau, elle secoua la tête. Avec la rosée qui recouvrait la forêt ce matin-là, il était presque impossible de suivre les odeurs, se dit Griffe de Ronce.

« Le chef de ton Clan a mieux à faire que de perdre son temps à rechercher des apprentis indisciplinés, poursuivit Pelage de Poussière. Cœur d'Épines, pourquoi l'avoir laissée venir ?

— Excuse-moi, Pelage de Poussière, mais je pensais qu'elle serait plus en sécurité avec nous qu'à vagabonder seule dans la forêt.

— Ce n'est pas faux, admit le mentor dans un grognement.

— Il n'est pas trop tard pour l'entraînement, suggéra Nuage d'Écureuil.

— Ah, non. Pour toi, fini les sorties jusqu'à ce que tu comprennes tes devoirs… Tu passeras le reste de la journée à aider les anciens. Assure-toi qu'ils ont assez de nourriture. Change leur litière. Vérifie qu'ils n'ont pas de tiques. » Il cligna des yeux. « Je suis sûr que Museau Cendré a plein de bile de souris à te donner.

— Oh, berk ! gémit l'apprentie, écœurée.

— Eh bien, qu'attends-tu ? »

La jeune chatte soutint son regard un instant, mais l'expression courroucée de son mentor persista. Elle fit volte-face et fila vers la tanière des anciens.

« Si Étoile de Feu est parti à la recherche de sa fille, nous attendrons son retour pour évoquer la présence du blaireau, fit remarquer Cœur d'Épines.

— Un blaireau ? Où ça ? » s'enquit Pelage de Poussière.

Tandis que Cœur d'Épines et Pelage de Granit lui rapportaient l'épisode des Rochers du Soleil, Griffe de Ronce détala à travers la clairière pour rejoindre Nuage d'Écureuil.

« Qu'est-ce que tu veux ? feula-t-elle.

— Calme-toi », miaula-t-il. Il ne pouvait s'empêcher de la plaindre, même si elle avait mérité sa punition. « Je vais t'aider à prendre soin des anciens, si tu veux. »

L'apprentie ouvrit la bouche, prête à l'envoyer balader, mais se ravisa.

« D'accord. Merci, marmonna-t-elle, maussade.

— Va chercher la bile de souris. Je m'attaque aux litières. »

Les yeux de la jeune chatte s'étrécirent malicieusement.

« Tu ne préférerais pas te charger de la bile de souris, par hasard ?

— Sûrement pas. Pelage de Poussière t'a ordonné de le faire. Il va probablement venir vérifier, non ?

— Ça coûtait rien d'essayer », rétorqua-t-elle en haussant les épaules.

Elle balança sa queue et partit rejoindre Museau Cendré.

Griffe de Ronce gagna le gîte des anciens : un carré d'herbe protégé par un arbre couché. Le tronc n'était plus qu'une carapace brûlée. Le jeune guerrier sentait encore l'odeur âcre du feu qui avait ravagé le camp plus de quatre saisons auparavant, alors qu'il n'était qu'un chaton. Mais l'herbe avait repoussé dru autour de l'arbre calciné. Elle offrait un refuge confortable à ceux qui avaient servi le Clan par le passé.

En se faufilant à travers l'herbe haute, il trouva les anciens installés au soleil. Plume Cendrée, la doyenne du Clan, dormait roulée en boule ; son pelage écaille se soulevait et s'abaissait, au rythme de sa respiration. Pelage de Givre, qui était toujours une jolie reine, jouait paresseusement avec un insecte. Perce-Neige et Longue Plume étaient allongés côte à côte et bavardaient. Griffe de Ronce avait toujours eu de la peine pour Longue Plume : le vétéran était encore jeune, mais sa vue avait commencé à baisser, si bien qu'il ne pouvait plus ni chasser ni se battre.

« Bonjour, Griffe de Ronce. » Longue Plume avait tourné la tête à son arrivée, entrouvrant les mâchoires pour sentir le nouveau venu. « Qu'est-ce qui t'amène ?

— Je viens aider Nuage d'Écureuil, expliqua-t-il. Pelage de Poussière lui a ordonné de s'occuper de vous, aujourd'hui. »

Perce-Neige émit un rire rauque.

« J'ai entendu dire qu'elle avait disparu. On a retourné le camp pour la retrouver. Mais moi, je savais qu'elle était partie seule dans la forêt.

— Elle s'est incrustée dans notre patrouille », lui apprit le jeune guerrier.

Avant qu'il puisse en dire davantage, l'herbe bruissa et Nuage d'Écureuil apparut. Elle tenait dans la gueule une brindille où pendait une boule de mousse imbibée de bile de souris. Griffe de Ronce fronça le nez en flairant l'odeur aigre.

« Bon, qui a des tiques ? marmonna l'apprentie entre ses dents.

— Tu es censée les trouver toi-même », fit remarquer le jeune guerrier.

La rouquine lui jeta un regard oblique.

« Tu peux commencer avec moi, suggéra Pelage de Givre. Je suis sûre d'en avoir une sur l'épaule. »

La jeune chatte rejoignit l'ancienne reine, inspecta sa fourrure blanche d'une patte et grommela en découvrant la tique. Elle la tamponna avec la mousse jusqu'à ce qu'elle se détache. À l'évidence, se dit Griffe de Ronce, la bile de souris dégoûtait autant les tiques que les chats.

« Ne t'en fais pas, ma petite, miaula Perce-Neige tandis que l'apprentie continuait à fouiller la robe de Pelage de Givre. Ton père s'est fait punir bien des fois lorsqu'il était apprenti. Et même après son baptême de guerrier, d'ailleurs. Jamais je n'ai vu un chat aussi doué pour s'attirer des ennuis, et regarde où il est maintenant ! »

Nuage d'Écureuil se retourna d'un bond vers son aînée. Ses yeux verts pétillants quémandaient une histoire.

« Alors, commença Perce-Neige avant de s'installer plus confortablement dans son nid d'herbes, une fois, on a découvert Étoile de Feu et Plume Grise en train de donner du gibier de notre territoire au Clan de la Rivière… »

Griffe de Ronce avait déjà entendu ce récit ; il entreprit donc de rassembler les litières usagées des anciens et de rouler la mousse en boule. En la sortant dans la clairière, il avisa Étoile de Feu qui émergeait du tunnel d'ajoncs, suivi de Tempête de Sable et de Flocon de Neige. Cœur d'Épines se hâta de les rejoindre.

« Que le Clan des Étoiles en soit remercié, Nuage d'Écureuil est saine et sauve, miaula Étoile de Feu lorsque Griffe de Ronce s'avança à son tour. Un de ces jours, elle va vraiment s'attirer des ennuis.

— C'est déjà le cas, feula Tempête de Sable. Attends que je lui mette la patte dessus ! »

— Pelage de Poussière l'a déjà punie, leur expliqua Cœur d'Épines, l'air amusé. Il l'a envoyée chez les anciens pour la journée.

— Très bien, dit Étoile de Feu.

— Et ce n'est pas tout, poursuivit Cœur d'Épines. Nous avons trouvé un blaireau aux Rochers du Soleil : il s'est installé à la place de la meute.

— C'est peut-être lui qui a tué Fleur de Saule, ajouta Griffe de Ronce, posant sa boule de mousse. Nous n'avons trouvé aucune autre trace de blaireau dans toute la forêt.

— J'espère bien que c'est le même, grogna Flocon de Neige. Je donnerais n'importe quoi pour lui faire tâter de mes griffes ! »

Étoile de Feu se tourna vers lui.

« Tu n'en feras rien sans en avoir reçu l'ordre, le réprimanda son oncle. Je ne veux pas perdre d'autres guerriers… Nous allons le surveiller. Avertis tout le monde qu'il ne faut pas chasser là-bas. Avec un peu de chance, il partira avant la mauvaise saison, lorsque le gibier diminuera.

— C'est ça, quand les poules auront des dents, grommela Flocon de Neige, avant de rejoindre la tanière des guerriers à grands pas. Les blaireaux et les chats ne peuvent pas cohabiter, un point c'est tout. »

CHAPITRE 3

« NUAGE D'ÉCUREUIL EST VEXÉE », remarqua Nuage de Feuille en regardant sa sœur quitter la tanière de la guérisseuse, une brindille entre les dents.

« Elle mérite sa punition », répondit Museau Cendré en levant la tête de son stock de baies. Son ton était ferme, mais empreint de sympathie. « Si les apprentis se mettent à quitter le camp de leur propre chef, qu'allons-nous devenir ?

— Je sais... »

Tout en préparant la bile de souris, Nuage de Feuille avait écouté sa sœur se plaindre. L'apprentie guérisseuse avait senti la colère bouillonner dans son propre ventre. Depuis toujours, l'une savait ce que l'autre ressentait. Nuage de Feuille se souvenait de l'excitation qui avait ébouriffé sa fourrure lors du baptême d'apprentie guerrière de sa sœur. De la même manière, la nuit où Nuage de Feuille s'était rendue à la Pierre de Lune pour devenir apprentie guérisseuse, Nuage d'Écureuil n'avait pas fermé l'œil. Une autre fois, Nuage de Feuille avait ressenti une douleur insupportable dans la patte et avait boité du lever au coucher du soleil. Le soir, Nuage d'Écureuil était revenue de la chasse avec une épine profondément enfoncée dans les coussinets.

Elle secoua la tête, comme pour se débarrasser d'une boule de bardane agrippée à sa fourrure.

« Nuage d'Écureuil s'en remettra, la rassura Museau Cendré. Demain, elle aura tout oublié... Si tu t'es mis de la bile de souris sur la fourrure, tu ferais mieux d'aller à la rivière pour te nettoyer.

— Non, Museau Cendré, j'ai fait attention. »

L'apprentie savait que, malgré ses efforts, sa voix trahissait son inquiétude.

« Allons, reprends-toi, lui murmura la guérisseuse qui la rejoignit devant sa tanière pour frotter son museau contre son flanc. Aimerais-tu m'accompagner à l'Assemblée ce soir ?

— Je peux ? s'exclama la jeune chatte, avant d'hésiter. Nuage d'Écureuil ne sera pas autorisée à venir, pas vrai ?

— Après ce qui est arrivé aujourd'hui ? Sûrement pas ! » Les yeux de son mentor la fixèrent d'un air compréhensif. « Nuage de Feuille, ta sœur et toi, vous n'êtes plus des chatons. Et tu as choisi un chemin bien différent du sien. Vous serez toujours proches, mais vous ne pouvez plus tout faire ensemble. Le plus tôt vous l'accepterez, le mieux ce sera. »

L'apprentie hocha la tête et retourna à ses plantes. Elle tentait de lutter contre l'excitation. Elle craignait que Nuage d'Écureuil ne se sente délaissée. Museau Cendré avait raison, mais malgré tout, elle aurait préféré assister à l'Assemblée avec sa sœur.

La pleine lune trônait bien haut dans le ciel lorsque Étoile de Feu conduisit ses guerriers vers les Quatre Chênes. Cheminant près de son mentor, Nuage de Feuille frémissait d'impatience. À cet endroit, les territoires des quatre Clans se rejoignaient. Chaque nuit de pleine lune, les chefs des Clans se réunissaient là avec leurs guerriers, protégés par la trêve sacrée du Clan des Étoiles, afin d'échanger les dernières nouvelles et prendre des décisions pour l'ensemble de la forêt.

Étoile de Feu fit halte au sommet de la côte et plongea son regard au cœur de la clairière. À l'arrière du groupe, Nuage de Feuille apercevait à peine la cime majestueuse des Quatre Chênes, mais elle entendait les bruits d'une horde de chats. La brise transportait les odeurs mêlées des Clans de l'Ombre, de la Rivière et du Vent.

Avant d'assister pour la première fois à une Assemblée avec sa sœur, la jeune chatte n'avait rencontré que trois chats étrangers : les guérisseurs des autres Clans. Elle avait fait leur connaissance lors de son périple aux Hautes Pierres, qui avait officiellement marqué le début de son apprentissage. Au cours de leur première Assemblée, intimidées par tous ces inconnus, Nuage d'Écureuil et elle n'avaient pas quitté leurs mentors. Mais cette fois-ci, Nuage de Feuille se sentait plus sereine, et avait hâte de rencontrer des guerriers et des apprentis des autres Clans.

Tapie dans les fourrés, elle guettait le signal de son père. Griffe de Ronce se tenait juste devant elle, avec Poil de Souris et Poil de Châtaigne. Nuage de Feuille devinait aux muscles contractés du guerrier

61

tacheté qu'il attendait impatiemment le début de la réunion ; Poil de Châtaigne tremblait de tous ses membres tellement elle était excitée à l'idée d'assister pour la première fois à l'Assemblée en tant que guerrière. Un peu plus loin, Plume Grise et Tempête de Sable échangeaient quelques mots pendant que Flocon de Neige trépignait d'impatience. Nuage de Feuille regretta un instant que sa sœur ne fût pas à ses côtés ; à son grand soulagement, Nuage d'Écureuil avait déclaré que cela ne la dérangeait guère et que, après s'être occupée des anciens toute la journée, elle avait hâte de dormir.

Enfin, Étoile de Feu leva la queue pour donner le signal. Nuage de Feuille bondit en avant et se retrouva à dévaler la pente juste derrière Griffe de Ronce, slalomant entre les buissons jusqu'au centre de la clairière.

Le clair de lune étincelant révéla une masse impressionnante de félins ; certains se tenaient déjà au pied du Grand Rocher, d'autres trottaient de-ci de-là pour saluer des guerriers qu'ils n'avaient pas vus depuis une lune, d'autres encore s'étaient retrouvés à l'abri des fourrés pour bavarder et faire leur toilette. Griffe de Ronce se faufila aussitôt dans la foule, et Museau Cendré alla saluer Petit Orage, le guérisseur du Clan de l'Ombre. L'apprentie hésita, légèrement intimidée par le nombre des guerriers, les odeurs nouvelles et l'éclat de tous ces yeux qui semblaient la fixer.

Puis elle aperçut Plume Grise en compagnie d'un groupe de chats qui portaient tous l'odeur du Clan de la Rivière. Nuage de Feuille reconnut la guerrière à la fourrure gris-bleu fournie, rencontrée lors de leur dernière venue. Elle se souvint même de son nom : Patte de Brume, le lieutenant du Clan de la Rivière. Les deux guerriers qui l'accompagnaient ne lui disaient rien, mais Plume Grise les salua affectueusement, pressant son museau contre les leurs.

Nuage de Feuille se demandait s'ils accepteraient qu'elle se joigne à eux lorsque Patte de Brume croisa son regard et lui fit signe de s'approcher.

« Bonjour… Tu es Nuage de Feuille, non ? L'apprentie de Museau Cendré ?

— C'est exact, confirma-t-elle en s'approchant à pas menus. Comment va le Clan ?

— Le Clan prospère, répondit Patte de Brume. Tu connais Pelage d'Orage et Jolie Plume ?

— Mes petits », ajouta Plume Grise fièrement, bien que ces deux robustes chats aient quitté la pouponnière depuis des lunes.

Nuage de Feuille pressa sa truffe contre celles des jeunes guerriers. Elle aurait dû deviner que Pelage d'Orage avait un lien de parenté avec Plume Grise ; les deux matous possédaient le même corps musculeux et la même fourrure grise et fournie. La robe de Jolie Plume était d'un gris perle plus clair et ses yeux bleus trahissaient un caractère doux. Elle salua Nuage de Feuille avec amitié.

« Je connais bien Museau Cendré, miaula-t-elle. Elle s'est occupée de moi une fois, alors que j'étais malade. Tu dois être fière d'être son apprentie.

— Très fière, confirma Nuage de Feuille. Mais ses connaissances m'impressionnent… parfois, je me demande si j'arriverai un jour à tout apprendre. »

Jolie Plume ronronna pour la rassurer.

« Je me disais la même chose avant de devenir guerrière. Je suis certaine que tu vas y arriver.

— Patte de Brume, intervint Plume Grise, tu disais que le Clan prospère, mais tu as l'air soucieuse. Y a-t-il un problème ? »

Maintenant qu'il le mentionnait, l'apprentie discerna une lueur d'inquiétude dans le regard du lieutenant. Patte de Brume hésita un moment avant de hausser les épaules.

« Ce n'est sans doute rien, finit-elle par dire… De toute façon, vous le saurez bien assez tôt lorsque l'Assemblée débutera. »

Sur ces mots, elle tourna la tête vers le Grand Rocher. Deux félins attendaient déjà à son sommet. La silhouette d'Étoile Filante se découpait sur le cercle brillant de la pleine lune. Le chef du Clan du Vent se reconnaissait facilement à sa longue queue. Près de lui se trouvait Étoile du Léopard, le chef du Clan de la Rivière, qui regardait d'un air impatient les guerriers à ses pieds. Étoile de Feu vint se joindre à eux.

« Où est le chef du Clan de l'Ombre ? s'enquit Étoile du Léopard. Étoile de Jais, qu'attends-tu ?

— Justement, j'arrive. »

Un matou blanc costaud aux pattes noires comme la nuit se fraya un passage en jouant des épaules à travers l'Assemblée. Au pied du roc, il prit son élan et, en un bond, rejoignit le chef du Clan de la Rivière.

Dès que les pattes du matou touchèrent le rocher, Étoile du Léopard rejeta la tête en arrière et lança un appel. Aussitôt, le silence s'installa dans la clairière et tous firent face au Grand Rocher. Jolie

Plume prit place près de Nuage de Feuille et lui lança un regard amical. Peu après, l'apprentie sympathisait avec la gentille guerrière.

« Chats de tous les Clans, soyez les bienvenus », déclara Étoile Filante. L'aîné des chefs s'était avancé au bord du roc, haussant la voix pour se faire entendre de toute l'Assemblée. Jetant un œil vers les autres meneurs, il demanda : « Qui parlera en premier ?

— Moi », répondit Étoile de Feu en s'avançant, sa fourrure rousse devenue argentée sous la lune.

Nuage de Feuille écouta son père évoquer le blaireau des Rochers du Soleil. Cette annonce ne provoqua guère de remous chez les autres clans : tant que la forêt restait giboyeuse, il y avait peu de chances que l'animal quitte sa caverne actuelle.

« Et nous avons accueilli dans nos rangs une nouvelle guerrière, poursuivit-il. L'apprentie du Clan du Tonnerre, Nuage de Châtaigne, est devenue Poil de Châtaigne. »

Un murmure d'approbation s'éleva de l'assistance. Poil de Châtaigne était connue et appréciée des autres Clans car elle avait assisté à de nombreuses Assemblées. Nuage de Feuille l'aperçut : elle se tenait bien droite, toute fière, près de Tempête de Sable.

Étoile de Jais remplaça Étoile de Feu au bord du rocher. Depuis que l'ancien lieutenant, Patte Noire, avait succédé à Étoile du Tigre, les autres Clans faisaient davantage confiance au Clan de l'Ombre. Mais l'on chuchotait encore qu'une bise glaciale soufflait dans le cœur de ces guerriers et enténébrait leurs pensées.

« Le Clan de l'Ombre est fort et le gibier foisonnant, annonça Étoile de Jais. La saison des feuilles vertes a asséché une partie de nos marais, mais il reste suffisamment d'eau pour nous désaltérer. »

Il scruta la clairière d'un air de défi. Nuage de Feuille se dit que, même si le Clan de l'Ombre ne disposait plus que d'une seule goutte de pluie sur leur territoire, jamais le chef ne l'admettrait lors d'une Assemblée.

Étoile Filante fit signe à Étoile du Léopard de s'avancer, mais elle n'en fit rien, attendant qu'il se soit exprimé le premier. Le chef du Clan du Vent hésita, les yeux voilés par l'inquiétude.

« Étoile de Jais a dit vrai concernant la chaleur passée, déclara-t-il finalement. Voilà bien des jours qu'il n'a pas plu sur la forêt, et les ruisseaux qui parcourent notre bruyère ont été complètement asséchés lors du dernier quart de lune. Nous n'avons plus d'eau du tout.

— Mais la rivière longe votre territoire », lança une voix depuis les ombres au pied du roc.

Nuage de Feuille reconnut Feuille Rousse, le lieutenant du Clan de l'Ombre.

« De notre côté, la rivière coule au fond de gorges aux parois abruptes, répondit Étoile Filante. Nous ne pouvons pas descendre sur la rive, c'est trop dangereux. Des guerriers s'y sont risqués, et Moustache est tombé. Le Clan des Étoiles soit loué, il n'a rien. De plus, nos chatons et anciens ne réussiraient jamais un tel exploit. Ils sont déshydratés, et je redoute que certains de nos petits ne meurent.

— Les plus jeunes et les anciens peuvent peut-être mâcher de la mousse pour se désaltérer ? suggéra une autre voix.

— L'herbe est sèche, répondit le vieux chef en secouant la tête. Je vous le dis, il n'y a plus une goutte d'eau sur notre territoire. » Il se tourna à contrecœur vers le chef du Clan de la Rivière. « Étoile du Léopard, au nom du Clan des Étoiles, je dois te demander de nous laisser pénétrer sur votre territoire pour venir boire à la rivière. »

La meneuse vint se placer aux côtés du vieux matou, sa fourrure dorée ondulant sous la lune.

« Le niveau de la rivière est bas, le prévint-elle. Mon Clan n'a pas échappé aux conséquences de la sécheresse.

— Mais vous n'avez pas besoin de toute cette eau, répondit-il, sa voix trahissant son désespoir.

— C'est vrai », reconnut-elle. Elle gagna le bord du roc et plongea son regard dans la clairière pour demander : « Qu'en pensent mes guerriers ? Patte de Brume ? »

Le lieutenant du Clan de la Rivière se leva, mais avant qu'elle ait pu répondre, un de ses congénères cria :

« Nous ne pouvons pas leur faire confiance ! Si on laisse le Clan du Vent accéder à notre territoire, il nous prendra notre gibier en plus de notre eau ! »

La protestation émanait d'un guerrier noir assis à quelques longueurs de queue de renard de Nuage de Feuille, mais elle ne le reconnut pas.

« C'est Griffe Noire, lui apprit Jolie Plume au creux de l'oreille. Il est loyal, mais... »

Elle ne finit pas sa phrase, visiblement peu encline à dire du mal de l'un de ses camarades.

Patte de Brume se tourna pour fixer Griffe Noire de ses yeux bleus.

« Tu oublies l'époque où le Clan de la Rivière a eu besoin des autres Clans, miaula-t-elle. S'ils ne nous avaient pas aidés alors, nous ne serions pas là pour en parler. » Elle ajouta en direction d'Étoile du Léopard : « À mon avis, nous devrions les y autoriser. Nous avons plus d'eau que nécessaire. »

L'assistance se tut, attendant le verdict du chef du Clan de la Rivière.

« Très bien, Étoile Filante, soupira-t-elle enfin. Ton Clan a la permission d'entrer sur notre territoire pour venir boire à la rivière, sous le pont des Bipèdes. Mais vous n'irez pas plus loin, et vous n'aurez pas le droit de chasser notre gibier. »

Étoile Filante s'inclina. Sa voix trahit son soulagement lorsqu'il répondit :

« Étoile du Léopard, nous remercions le Clan de la Rivière, du plus âgé des anciens au plus jeune des chatons. Vous sauvez notre Clan.

— La sécheresse ne va pas s'éterniser, et bientôt l'eau sera à nouveau chez vous. Nous en reparlerons à la prochaine Assemblée, conclut Étoile du Léopard.

— Je suis prêt à la croire, marmotta Plume Grise. Telle que je la connais, Étoile du Léopard leur fera payer cette eau, d'une façon ou d'une autre.

— Espérons que le Clan des Étoiles nous aura envoyé la pluie d'ici là », rétorqua Étoile Filante, qui recula d'un pas pour laisser sa place à la chatte tachetée.

Nuage de Feuille se demanda si l'assistance allait apprendre la nouvelle qui avait troublé Patte de Brume. Les informations transmises par le chef du Clan de la Rivière furent d'abord anecdotiques : la naissance d'une portée de chatons, des ordures de Bipèdes près de la rivière, infestées de rats que Griffe Noire et Pelage d'Orage avaient tués. Plume Grise semblait sur le point d'exploser, tellement il était fier qu'on loue son fils en public, tandis que Pelage d'Orage grattait le sol, si embarrassé que ses oreilles étaient plaquées sur son crâne.

Finalement, Étoile du Léopard déclara : « Certains d'entre vous ont déjà rencontré Nuage de Faucon et Nuage de Chenille. Les voilà devenus guerriers, sous les noms de Plume de Faucon et de Papillon. »

Les chats entourant Nuage de Feuille tendirent le cou pour voir les nouvelles recrues, mais l'apprentie ne les distingua pas dans la foule. Les murmures de bienvenue s'élevèrent de l'assistance, mais, à la grande surprise de la jeune chatte, ils étaient accompagnés des grognements du Clan de la Rivière.

Étoile du Léopard fronça les sourcils, le regard fixé sur ses guerriers. Elle les fit taire d'un battement de la queue.

« Vous protestez ? feula-t-elle. Très bien, je vais tout vous dire pour mettre fin aux rumeurs une fois pour toutes... Il y a six lunes, au début de la saison des feuilles nouvelles, une chatte errante du nom de Sacha a rejoint le Clan de la Rivière avec ses deux chatons. La mise bas l'avait tellement affaiblie qu'il a fallu l'aider à chasser et à s'occuper de ses petits. Pendant longtemps, elle a pensé rester dans notre Clan – nous l'aurions acceptée dans nos rangs –, cependant, elle a décidé qu'elle ne pouvait vivre selon le code du guerrier. Elle est partie, mais ses enfants ont choisi de rester. »

Les protestations allèrent bon train au pied du roc. Une voix couvrit toutes les autres.

« Des chats errants ? Accueillis dans un Clan ? Le Clan de la Rivière a-t-il perdu l'esprit ? »

Plume Grise lança un regard interrogateur à Patte de Brume, qui haussa les épaules avant de murmurer :

« Ce sont de bons guerriers. »

Étoile du Léopard ne tenta pas de calmer l'effervescence. Elle préféra garder les yeux rivés au sol jusqu'à ce que le calme revienne.

« Ces deux félins sont jeunes et forts, reprit-elle quand elle put se faire entendre. Ils ont développé à la perfection les compétences des guerriers et ont juré de défendre leur Clan au prix de leur vie, tout comme vous. » Jetant un œil vers Étoile de Jais, elle ajouta : « Certains guerriers du Clan de l'Ombre n'étaient-ils pas des chats errants, jadis ? » Avant qu'il puisse répondre, elle braqua son regard vers Étoile de Feu. « Et si un chat domestique peut devenir Chef de Clan, pourquoi des chats errants ne pourraient-ils pas faire de bons guerriers ?

— Elle n'a pas tort », admit Plume Grise.

Étoile de Feu inclina la tête vers la meneuse.

« C'est vrai, déclara-t-il. Je serai heureux de voir ces jeunes félins devenir des membres loyaux de leur Clan. »

Étoile du Léopard hocha la tête ; ces mots l'avaient manifestement tranquillisée.

« C'est cela qui te tracassait, Patte de Brume ? voulut savoir Plume Grise. Ce n'est pas un problème, s'ils se sont bien intégrés.

— Je sais. Et je sais aussi que je suis mal placée pour reprocher à un chat d'être né hors du Clan, mais...

— Tu savais que la mère de Patte de Brume était ton ancien chef, Étoile Bleue ? » demanda Jolie Plume à Nuage d'Écureuil.

L'apprentie acquiesça.

« Mais Étoile du Léopard ne vous a pas tout dit... » Patte de Brume s'interrompit lorsque son chef reprit la parole.

« Papillon a choisi une place particulière au sein de notre Clan. Patte de Pierre, notre guérisseur, se fait vieux. Le temps est venu pour lui de prendre un apprenti. »

Cette fois-ci, sa voix fut totalement noyée sous le flot de protestations. Les trois autres chefs au sommet du Grand Rocher se réunirent en un conciliabule improvisé. Étoile Filante ne souhaitait pas se prononcer alors qu'Étoile du Léopard venait de lui donner accès à la rivière. Étoile de Jais se fit leur porte-parole :

« Je suis prêt à admettre qu'un chat errant peut apprendre à vivre selon le code du guerrier, croassa-t-il. Mais de là à devenir guérisseur ! Que connaissent ces chats du Clan des Étoiles ? Et celui-ci va-t-il accepter Papillon ?

— C'est justement ce qui me préoccupe », marmonna Patte de Brume à Plume Grise.

Nuage de Feuille frissonna. Elle avait su dès son plus jeune âge que son destin serait de soigner et réconforter ses semblables, et d'interpréter pour eux les signes envoyés par le Clan des Étoiles. *Papillon avait-elle connu la même expérience ?* se demanda l'apprentie. Le pouvait-elle seulement, puisqu'elle n'était pas née dans un Clan ? Même Croc Jaune, la guérisseuse qui avait précédé Museau Cendré, avait vu le jour dans la forêt, bien que le Clan du Tonnerre n'ait pas été son Clan natal.

Partout dans la clairière, des voix reprenaient les questions d'Étoile de Jais. Au pied du Grand Rocher, un vieux matou brun se mit tant bien que mal debout et attendit le silence ; c'était Patte de Pierre, le guérisseur du Clan de la Rivière.

Lorsque le calme revint, il haussa la voix :

« Papillon est une jeune guerrière pleine de talent. Mais parce qu'elle est née chatte errante, j'attends un signe du Clan des Étoiles me confirmant qu'elle fera une bonne guérisseuse pour le Clan de la Rivière. Dès que je l'aurai reçu, j'emmènerai Papillon à la Grotte de la Vie, au premier quartier de lune. Si j'agis sans la bénédiction du Clan des Étoiles, alors vous pourrez hurler au scandale, mais pas avant. »

Sur ces mots, il se laissa choir au sol l'air irrité, les moustaches frémissantes.

La foule était moins dense, si bien que Nuage de Feuille put apercevoir la jeune chatte tapie près du vieux guérisseur. Elle était d'une beauté à couper le souffle : ses yeux ambrés brillaient au milieu de son visage triangulaire et sa longue robe dorée était joliment tachetée.

« C'est elle, Papillon ? chuchota l'apprentie à sa voisine.

— Oui, répondit Jolie Plume en lui donnant un coup de langue amical sur l'oreille. Quand les chefs auront fini de parler, je te la présenterai, si tu veux. Elle est plutôt gentille, une fois qu'on la connaît. »

Nuage de Feuille hocha la tête avec entrain. Elle était certaine que Patte de Pierre recevrait le signe attendu. Comme il n'y avait pas d'autre apprenti guérisseur dans la forêt, elle avait hâte de devenir l'amie de Papillon : elle pourrait lui parler de son apprentissage et de tous les mystères que le Clan des Étoiles lui dévoilait peu à peu.

Les protestations prirent fin après l'intervention de Patte de Pierre. Comme Étoile du Léopard n'avait rien à ajouter, Étoile Filante mit fin au rassemblement.

Jolie Plume bondit sur ses pattes.

« Viens, lança-t-elle à sa voisine, avant qu'il nous faille tous partir. »

Tandis que Nuage de Feuille suivait la guerrière, elle éprouvait déjà de la sympathie pour Papillon. Pourtant, à voir la réaction des autres chats, on imaginait les épreuves qu'elle devrait endurer avant d'être acceptée par son Clan.

Les guerriers commençaient à se réunir autour de leurs chefs. Griffe de Ronce chercha Pelage d'Or, sa sœur. Il ne l'avait pas vue et craignit qu'elle n'ait pas été choisie pour assister à l'Assemblée.

Il aperçut Étoile de Feu, assis face à un jeune chat tacheté qui accompagnait Patte de Pierre, le guérisseur du Clan de la Rivière.

« Félicitations, Plume de Faucon, miaula Étoile de Feu. Je suis sûr que tu feras un très bon guerrier. »

Ainsi c'est lui, leur nouveau guerrier, pensa Griffe de Ronce, soudain intéressé. *Le chat errant.*

« Merci, Étoile de Feu, répondit le jeune matou. Je ferai de mon mieux pour servir mon Clan.

— Je n'en doute pas une seconde, déclara le rouquin en posant le bout de sa queue sur l'épaule du félin en signe d'encouragement. Ignore les médisances. Elles ne durent jamais très longtemps. »

Le chef rejoignit son Clan, sous les yeux attentifs de Plume de Faucon. Griffe de Ronce ne put réprimer un frisson devant le regard glacial de ce dernier, qui semblait voir à travers Étoile de Feu comme s'il n'était qu'un nuage de fumée.

« Par le Clan des Étoiles ! murmura Griffe de Ronce. Je n'aimerais pas devoir l'affronter.

— Affronter qui ? »

Le félin fit volte-face : Pelage d'Or se tenait derrière lui.

« Te voilà enfin ! s'exclama-t-il. Je t'ai cherchée partout... Je parlais de Plume de Faucon. Il a l'air dangereux.

— Toi aussi, tu as l'air dangereux, répondit sa sœur en haussant les épaules. Tout comme moi. Les guerriers s'entraînent pour ça. Un seul coup de griffe pourrait briser la trêve de la pleine lune... comme c'est déjà arrivé.

— C'est vrai. Alors, comment vas-tu ? Tout se passe bien, dans le Clan de l'Ombre ?

— Très bien, même. » Pelage d'Or hésita, un peu déroutée. « Écoute, je voulais te poser une question. L'autre nuit, j'ai fait un rêve étrange...

— Quoi ? » Ce cri lui avait échappé ; les yeux verts de Pelage d'Or s'écarquillèrent. « Euh, non, rien, continue, se rattrapa-t-il, cherchant à retrouver son calme. Raconte-moi ton rêve.

— Je me trouvais dans une clairière inconnue. Un chat se tenait assis sur un rocher : un chat noir ; je crois que c'était Étoile Noire. Tu sais, le chef du Clan de l'Ombre avant l'arrivée de notre père ? Je... j'imagine que si le Clan des Étoiles devait envoyer un des leurs visiter le Clan de l'Ombre, il ne choisirait pas Étoile du Tigre...

— Et que t'a-t-il dit ? demanda-t-il d'une voix rauque, connaissant déjà la réponse.

— Qu'une menace planait sur la forêt et qu'une nouvelle prophétie devait être accomplie. Que j'avais été choisie pour retrouver trois autres chats à la nouvelle lune afin d'écouter les paroles de minuit. »

Griffe de Ronce la dévisagea, la fourrure parcourue de picotements glacés.

« Qu'y a-t-il ? s'enquit-elle. Pourquoi me regardes-tu ainsi ?

— Parce que j'ai fait exactement le même rêve : Étoile Bleue est venue me parler. »

Pelage d'Or cligna des yeux, son pelage écaille frissonna. Finalement, elle reprit la parole :

« En as-tu parlé à quelqu'un d'autre ?

— Non, je ne savais pas quoi en penser. Franchement, je n'y croyais pas. C'est vrai, quoi, pourquoi le Clan des Étoiles m'enverrait-il une telle vision à moi, et non à Étoile de Feu ou à Museau Cendré ?

— Je me suis dit exactement la même chose. Je pensais que les trois autres chats appartiendraient aussi au Clan de l'Ombre, mais comme personne n'en parlait...

— Je comprends. Moi aussi, je croyais qu'ils seraient du Clan du Tonnerre. Mais on dirait bien qu'on s'est trompés. »

Griffe de Ronce parcourut la clairière du regard. La foule diminuait à mesure que des chats partaient. Malgré les protestations générales concernant Plume de Faucon et Papillon, tout le monde semblait de bonne humeur. Personne d'autre ne paraissait avoir un mauvais rêve sur la conscience. De quelle menace pouvait-il s'agir ? Et que Pelage d'Or et lui-même y pouvaient-ils ?

« À ton avis, qu'est-ce qu'on devrait faire ? lui demanda sa sœur, comme en écho à ses pensées.

— Si le songe dit vrai, alors deux autres chats ont dû avoir la même vision. Apparemment, ils appartiendraient aux deux autres Clans. On devrait essayer de découvrir leur identité.

— Ben voyons ! Tu vas pénétrer en territoire ennemi pour demander à tous les chats que tu croiseras s'ils ont fait un rêve étrange ? Ne compte pas sur moi. Ils nous prendraient pour des fous, ou ils nous feraient la peau.

— Alors que proposes-tu ?

— On est censés se retrouver lors de la nouvelle lune… Étoile Noire n'a pas précisé le lieu, mais ce doit être ici, aux Quatre Chênes. C'est le seul endroit où des membres des quatre Clans peuvent se réunir.

— Tu penses donc qu'on devrait venir là à la nouvelle lune ?

— Sauf si tu as une meilleure idée. »

Griffe de Ronce secoua la tête avant de reprendre : « J'espère seulement que les deux autres feront de même. Si… si le rêve dit vrai, évidemment. »

Il n'en dit pas plus, car on l'appelait. Étoile de Feu se tenait non loin, entouré des autres guerriers de son Clan.

« Il est temps de nous en retourner, annonça le chef.

— J'arrive ! » lança Griffe de Ronce avant de se pencher vers sa sœur. « On se verra à la nouvelle lune, alors. Ne dis rien à personne. Et fais confiance au Clan des Étoiles : les autres viendront. »

Pelage d'Or hocha la tête et fila dans les buissons, à la suite de ses camarades de Clan. Griffe de Ronce se hâta de rejoindre Étoile de Feu, espérant que son visage ne trahissait aucune émotion. Il avait tenté d'oublier sa vision, mais si Pelage d'Or avait reçu la même, il était temps de la prendre au sérieux. Un terrible danger allait s'abattre sur eux, et il se sentait impuissant. Il ne comprenait toujours pas ce que venait faire minuit dans cette histoire.

Ô membres du Clan des Étoiles, implora-t-il en son for intérieur. *J'espère que vous savez ce que vous faites !*

CHAPITRE 4

GRIFFE DE RONCE SORTIT DU GÎTE des guerriers et balaya la clairière du regard. Un autre quart de lune était passé, sans que la pluie tombe. Une atmosphère étouffante régnait sur la forêt. Les ruisseaux les plus proches s'étaient asséchés, obligeant le Clan à se désaltérer au cours d'eau qui longeait la clairière des Quatre Chênes. Heureusement, son lit profond courait dans le sol rocheux et ses eaux demeuraient abondantes même en cas de canicule.

Depuis l'Assemblée, le jeune guerrier dormait mal. Chaque jour, il se réveillait avec l'impression qu'une catastrophe s'était produite dans le camp durant la nuit. Ce matin-là, Nuage Ailé et Nuage de Musaraigne s'exerçaient au combat devant la tanière des apprentis. Poil de Souris émergea du tunnel d'ajoncs, un écureuil entre les mâchoires, suivie de son apprenti, Nuage d'Araignée, et de Perle de Pluie. Tous rapportaient du gibier. Étoile de Feu et Plume Grise s'entretenaient au pied du Promontoire, non loin de Nuage d'Écureuil et de Pelage de Poussière.

Étoile de Feu fit signe à Griffe de Ronce de le rejoindre.

« Tu es partant pour une patrouille spéciale ? lui demanda-t-il. Je voudrais inspecter la frontière du territoire du Clan de l'Ombre, au cas où il leur viendrait l'idée de prendre de l'eau chez nous.

— Mais Étoile de Jais a affirmé que son Clan disposait de toute l'eau dont il avait besoin, lui rappela le jeune matou.

— C'est vrai, répondit le rouquin, les oreilles frémissantes. Mais il ne faut pas nécessairement croire tout ce que les chefs déclarent lors des Assemblées. Et puis, je n'ai jamais fait confiance à Étoile de Jais. S'il pense que notre gibier est plus abondant, il ne se gênera pas pour envoyer des chasseurs sur notre territoire. »

Plume Grise émit un grognement d'approbation avant d'ajouter :

« Voilà bien des lunes que le Clan de l'Ombre se tient tranquille. Si vous voulez mon avis, ça cache quelque chose.

— Je pensais que... » Griffe de Ronce s'interrompit, à la fois gêné de contredire un ordre de son chef et épaté d'avoir envisagé une possibilité qui semblait avoir échappé à Étoile de Feu.

« Continue », l'encouragea le rouquin.

Griffe de Ronce respira un bon coup. Il ne pouvait plus revenir en arrière, malgré le regard foudroyant que Nuage d'Écureuil lui adressait.

« À mon avis, se lança-t-il, si quelqu'un doit nous causer des ennuis, ce sera le Clan du Vent. Si leur territoire est aussi desséché que le dit Étoile Filante, alors ils vont forcément manquer de gibier.

— Le Clan du Vent ! répéta l'apprentie. Griffe de Ronce, tu n'es qu'une cervelle de souris ! Le Clan de la Rivière a autorisé le Clan du Vent à aller boire chez lui, alors s'il doit voler du gibier, ce sera certainement celui d'Étoile du Léopard et des siens.

— Peut-être, mais la bande de territoire du Clan de la Rivière est mince entre le cours d'eau et notre frontière, rétorqua le jeune guerrier. Si le Clan du Vent chasse dans ce coin, leurs proies pourraient facilement détaler vers chez nous.

— Tu te crois plus intelligent que tout le monde ! feula Nuage d'Écureuil en se levant d'un bond, la fourrure ébouriffée. Étoile de Feu t'a ordonné de surveiller la frontière qui nous sépare du Clan de l'Ombre, alors tu devrais obéir sans discuter !

— C'est vrai que, toi, tu n'as jamais désobéi à un ordre », intervint Pelage de Poussière, sarcastique.

L'apprentie fit mine de ne pas entendre son mentor et poursuivit :

« Le Clan de l'Ombre nous a toujours posé des problèmes, insista-t-elle. Alors que les membres du Clan du Vent sont nos amis. »

Griffe de Ronce sentait la colère monter en lui. Il n'avait pas voulu remettre en question l'autorité de leur chef, évidemment ! Étoile de Feu était le héros qui avait sauvé la forêt de l'ambition destructrice d'Étoile du Tigre. Il n'y aurait jamais d'autre chat de la trempe d'Étoile de Feu. Pourtant, le guerrier pensait que le Clan du Tonnerre devait vraiment se méfier du Clan du Vent. Il aurait aimé en parler au calme avec son chef, mais c'était impossible avec Nuage d'Écureuil qui contredisait le moindre de ses propos.

« C'est toi qui te crois plus intelligente que tout le monde, cracha-t-il en faisant un pas vers elle. Tu ne peux pas écouter ce qu'on te dit, pour une fois ? »

Il se baissa soudain pour éviter le coup de patte qu'elle lui lança, toutes griffes dehors, et perdit alors son sang-froid. Il se prépara à bondir sur elle, la queue hérissée. Si Nuage d'Écureuil voulait se battre, elle n'allait pas être déçue !

Avant que l'un ou l'autre ait pu attaquer, Étoile de Feu s'interposa.

« Ça suffit ! » rugit-il.

Griffe de Ronce se figea, consterné. Il se redressa, se donna un coup de langue gêné sur le poitrail et marmonna : « Je m'excuse, Étoile de Feu. »

Nuage d'Écureuil resta silencieuse, dans une attitude de défi. Pelage de Poussière la toisa avant de miauler :

« Alors ?

— Moi aussi, je m'excuse, marmonna-t-elle, avant de tout gâcher en ajoutant : N'empêche que ce chat n'est qu'une cervelle de souris.

— En fait, je pense qu'il a peut-être raison, pas toi ? lança Pelage de Poussière à Étoile de Feu. D'accord, le Clan de l'Ombre nous a toujours causé des ennuis, et il en ira sans doute toujours ainsi, mais si le Clan du Vent apercevait un campagnol dodu ou un écureuil de notre côté de la frontière, tu ne crois pas qu'il serait tenté ?

— C'est possible, convint le rouquin. Dans ce cas, Griffe de Ronce, tu ferais mieux d'emmener une patrouille le long de la frontière du Clan de la Rivière, jusqu'aux Quatre Chênes. Pelage de Poussière, toi et Nuage d'Écureuil, vous pouvez l'accompagner. » Les yeux plissés, il jeta un regard dur à sa fille et à Griffe de Ronce. « Et vous deux, tenez-vous tranquilles ou vous le regretterez.

— Oui, Étoile de Feu », répondit Griffe de Ronce, soulagé de s'en tirer à si bon compte, alors qu'il avait failli transformer l'apprentie en chair à corbeau.

« Cela nous fait donc deux patrouilles, conclut Plume Grise, l'air enjoué. Je vais chercher du renfort pour m'accompagner jusqu'à la frontière du Clan de l'Ombre. »

Il se leva d'un bond et disparut dans le gîte des guerriers.

Étoile de Feu inclina la tête vers Pelage de Poussière, lui signifiant ainsi qu'il dirigerait l'autre patrouille. Puis il prit la direction de son antre, de l'autre côté du Promontoire.

« Bon, allons-y », lança Pelage de Poussière. Il fit quelques pas vers le tunnel d'ajoncs, avant de jeter un œil à son apprentie qui n'avait pas bougé. « Qu'est-ce qu'il y a, encore ?

— Ce n'est pas juste, marmonna-t-elle. Je ne veux pas patrouiller avec lui, là. »

Griffe de Ronce leva les yeux au ciel, mais se retint de répondre.

« Alors, tu aurais dû tourner sept fois ta langue dans ta bouche avant de parler », rétorqua son mentor. Il revint sur ses pas et, plongeant ses yeux dans ceux de la rouquine, il énonça d'un ton ferme : « Nuage d'Écureuil, tôt ou tard, tu devras apprendre qu'il y a un temps pour parler et un temps pour se taire.

— Mais on dirait que c'est toujours le temps de ce taire, soupira-t-elle.

— C'est bien, tu fais des progrès. » Pelage de Poussière lui asséna un petit coup sur l'oreille du bout de sa queue. Griffe de Ronce y vit une preuve de l'affection qui unissait le mentor et l'apprentie. « Venez, vous deux. Nous allons renouveler le marquage du territoire. Avec un peu de chance, on dénichera une souris ou deux. »

Nuage d'Écureuil retrouva sa bonne humeur en attrapant un campagnol aux Rochers du Soleil. Griffe de Ronce dut admettre que l'apprentie était un chasseur efficace, traquant sa proie avant de bondir et de l'achever d'un seul coup de patte.

« Pelage de Poussière, je meurs de faim, déclara-t-elle. J'ai le droit de le manger ? »

Son mentor hésita un instant, puis hocha la tête.

« Le Clan s'est déjà restauré, répondit-il. Et nous ne sommes pas partis chasser. »

Tout en prenant une grosse bouchée de viande, Nuage d'Écureuil lança un regard en coin à Griffe de Ronce.

« Mmmm… délicieux », ronronna-t-elle. Puis elle s'arrêta de mâcher et poussa les restes du campagnol vers Griffe de Ronce. « T'en veux ? »

Le jeune guerrier s'apprêtait à la rembarrer, mais il comprit que l'apprentie tentait de faire la paix.

« Merci », miaula-t-il en mordant dans la chair.

Pelage de Poussière sauta au pied des rochers et déclara :

« Bon, quand vous aurez fini de vous goinfrer… Nuage d'Écureuil, que sens-tu ?

— À part le campagnol, tu veux dire ? » demanda-t-elle avec insolence. Sans attendre la réponse, elle se releva pour humer l'air. La brise venait de l'autre côté de la rivière. « Des guerriers du Clan de la Rivière. L'odeur est forte et fraîche.

— Bien. » Son mentor semblait content. « Une patrouille vient de passer. Rien qui puisse nous intéresser. »

Et aucun signe du Clan du Vent, se dit Griffe de Ronce lorsqu'ils repartirent. Ce qui ne signifiait pas que ses doutes étaient infondés : il ne s'attendait pas à trouver leur trace si loin le long de la rivière, au bout du territoire du Clan du Tonnerre.

Ils passèrent le pont des Bipèdes et s'approchèrent des Quatre Chênes. Avant de poursuivre, ils firent halte pour scruter la descente vers la clairière. La brise était tombée et l'air immobile diffusait une forte odeur de chats.

« Les Clans du Vent et de la Rivière, miaula Griffe de Ronce à Pelage de Poussière.

— Oui. Mais ils ont le droit de descendre à la rivière, lui rappela-t-il. Rien ne prouve qu'ils aient franchi notre frontière.

— Je l'avais bien dit ! » ne put s'empêcher de lancer Nuage d'Écureuil.

Griffe de Ronce haussa les épaules, pas mécontent d'avoir eu tort. Il ne tenait pas à avoir des problèmes avec le Clan du Vent.

Pelage de Poussière venait de faire un pas vers les Quatre Chênes lorsque Griffe de Ronce flaira une autre odeur : le Clan du Vent, de nouveau, mais leur passage était bien plus récent. N'osant pas interpeller ses camarades, il agita la queue pour attirer l'attention de Pelage de Poussière et inclina ses oreilles dans la direction de l'odeur. L'autre guerrier s'aplatit dans l'herbe haute et leur fit signe de l'imiter.

Clan des Étoiles, je vous en prie, implora Griffe de Ronce, *empêchez Nuage d'Écureuil de la ramener !*

Mais l'apprentie ne dit rien, tapie près du sol, le regard fixé sur les touffes de fougères désignées par Griffe de Ronce. Pendant un instant, ils n'entendirent que le murmure de l'eau. Puis vint un bruissement de feuilles sèches : un chat pommelé jeta un œil hors des fougères avant de se faufiler à découvert, pénétrant de quelques longueurs de queue de renard sur le territoire du Clan du Tonnerre. Griffe de Ronce reconnut Griffe de Pierre, le lieutenant du Clan du Vent. Moustache l'accompagnait, ainsi qu'un chat gris charbonneux qu'il n'avait jamais vu, sans doute un apprenti, et qui tenait un campagnol dans la gueule.

Regardant derrière son épaule, Griffe de Pierre murmura :

« Dirigez-vous vers la frontière. Je sens des chats du Clan du Tonnerre.

— Pas étonnant », feula Pelage de Poussière en quittant l'abri des hautes herbes.

Griffe de Pierre recula et cracha. Aussitôt, Griffe de Ronce et Nuage d'Écureuil bondirent pour se positionner de chaque côté de Pelage de Poussière.

« Que faites-vous sur notre territoire ? tonna le guerrier. Enfin, je peux le deviner…

— Nous ne vous volons pas votre gibier, rétorqua Griffe de Pierre.

— Et ça, c'est quoi ? demanda Nuage d'Écureuil en désignant du bout de la queue le rongeur que portait l'apprenti.

— Ce n'est pas un campagnol du Clan du Tonnerre », expliqua Moustache. C'était un vieil ami d'Étoile de Feu ; il semblait plus qu'embarrassé d'être pris sur le fait. « Il a traversé la frontière depuis le territoire du Clan de la Rivière.

— Même si c'est vrai, vous le volez donc au Clan de la Rivière, fit remarquer Griffe de Ronce. Vous avez la permission de boire chez eux, pas de chasser. »

L'apprenti gris sombre laissa tomber le rongeur et se rua sur Griffe de Ronce.

« Mêle-toi de tes affaires ! » cracha-t-il avant de percuter le guerrier du Clan du Tonnerre, l'envoyant rouler au sol. Griffe de Ronce laissa échapper un cri de surprise en sentant les crocs de l'apprenti s'enfoncer dans sa nuque. Il se tortilla et réussit à plonger ses griffes dans l'épaule de son adversaire, mais s'aperçut aussitôt que de puissantes pattes lui écorchaient le ventre. Avec un hurlement rageur, il dégagea sa nuque et chercha à atteindre la gorge de l'autre.

Tandis que ses crocs trouvaient leur prise, Griffe de Ronce vit Moustache lever la patte pour frapper. Il se prépara à affronter les deux félins en même temps, avant de comprendre que le vétéran du Clan du Vent venait de repousser l'apprenti. Il se tenait au-dessus de lui, les yeux étincelant de rage.

« En voilà assez, Nuage Noir ! feula-t-il. Tu oses attaquer un guerrier du Clan du Tonnerre alors que nous sommes sur leur territoire ? Et puis quoi encore ?

— Il nous a traités de voleurs ! répliqua Nuage Noir, le regard mauvais.

— Et il avait raison, pas vrai ? »

Moustache se tourna vers Pelage de Poussière. Tandis que Griffe de Ronce se relevait, il constata que le mentor s'était mis devant son apprentie pour l'empêcher de participer au combat.

« Pelage de Poussière, je suis désolé, continua Moustache. Ce campagnol vient vraiment du territoire du Clan de la Rivière, et je sais que nous n'aurions pas dû le chasser. Mais il ne reste presque plus de gibier chez nous. Nos anciens et nos petits ont faim, et… » Il s'interrompit, comme s'il regrettait d'en avoir déjà trop dit. « Qu'allez-vous faire, maintenant ?

— Ce campagnol ne concerne que vous et le Clan de la Rivière, répliqua Pelage de Poussière d'un ton froid. Je ne vois pas pourquoi j'en parlerais à Étoile de Feu… sauf s'il y a récidive. Quittez nos terres, et n'y revenez plus. »

D'une légère bourrade, Griffe de Pierre aida Nuage Noir à se relever. Le lieutenant du Clan du Vent semblait toujours furieux d'avoir été pris sur le fait. D'ailleurs, au contraire de Moustache, il n'avait pas présenté d'excuses. Sans un mot, il se dirigea vers la frontière, suivi de près par le guerrier. Nuage Noir hésita un instant, puis récupéra le campagnol d'un air de défi et fila rejoindre ses camarades.

« J'imagine que je vais en entendre parler jusqu'à la fin de mes jours ! s'exclama Nuage d'Écureuil en regardant Griffe de Ronce. T'avais raison, t'es content ?

— Mais je n'ai rien dit ! » protesta le félin.

Sans répondre, l'apprentie s'en alla la queue en l'air. Griffe de Ronce la suivit du regard en soupirant. Il aurait ô combien préféré que cet incident ne soit jamais arrivé. Sa fourrure se hérissa, comme s'il sentait une catastrophe se profiler à l'horizon. Les Clans avaient tellement soif, ils étaient si désespérés que même un guerrier aussi intègre que Moustache en arrivait à voler et à mentir. La chaleur étouffait la forêt telle une chape de plomb ; les habitants de la forêt semblaient tous n'attendre qu'un événement : que l'orage éclate. Pouvait-il s'agir de la menace annoncée par le Clan des Étoiles ?

Alors que la lune décroissait jusqu'à n'être plus qu'une griffure dans le ciel, les jours et les nuits suivants semblèrent interminables à Griffe de Ronce. Plus il pensait au rendez-vous qui devait avoir lieu aux Quatre Chênes avec Pelage d'Or, plus la peur le tétanisait. Les chats des deux autres Clans viendraient-ils ? Et qu'est-ce que minuit pourrait bien leur révéler ? Le Clan des Étoiles lui-même descendrait peut-être du ciel pour leur parler.

La nuit de la nouvelle lune arriva enfin. Les étoiles de la Toison Argentée brillaient d'un tel éclat que Griffe de Ronce n'eut aucune peine à trouver son chemin vers le tunnel d'ajoncs, puis par-delà le ravin qui protégeait leur camp. Les fourrés bruissaient sur son passage, pourtant il essayait d'avancer aussi discrètement que s'il traquait une souris. D'autres guerriers du Clan du Tonnerre pouvaient être sortis, et il ne voulait pas qu'on le voie ni qu'on lui demande où il allait. Il savait qu'Étoile de Feu n'approuverait pas qu'il s'aventure jusqu'aux Quatre Chênes sans être protégé par la trêve de la pleine lune.

L'air frais charriait une odeur de poussière. Les plantes desséchées s'étaient fanées, quand elles ne gisaient pas au sol. Toute la forêt aspirait à la venue de la pluie comme un chaton affamé aurait réclamé la tétée. Si elle tardait encore, le Clan du Vent ne serait plus le seul à manquer d'eau.

Lorsque Griffe de Ronce atteignit la clairière, il la trouva déserte. Les parois du Grand Rocher étincelaient sous la lumière des étoiles, et les feuilles des quatre arbres majestueux frémissaient. Le jeune guerrier frissonna. Il avait tellement l'habitude de voir cet endroit peuplé de chats qu'il lui sembla plus intimidant ce soir-là : la clairière paraissait plus vaste, envahie d'ombres inquiétantes. À croire qu'il avait basculé dans le monde mystique du Clan des Étoiles.

Il s'avança à petits pas jusqu'au ruisseau et s'assit au pied du roc. Ses oreilles étaient à l'affût du moindre bruit, ses nerfs à fleur de fourrure. Qui seraient les deux autres ? L'attente se prolongea et, peu à peu, l'anxiété remplaça l'excitation. Pelage d'Or n'arrivait pas. Elle avait peut-être changé d'avis, ou bien s'était-il trompé de lieu de rendez-vous ?

Enfin, il aperçut des buissons frémir à mi-hauteur du versant. Griffe de Ronce se crispa. Comme il avait le vent dans le dos, il ne put saisir l'odeur du nouveau venu, mais d'après sa provenance, il pouvait s'agir d'un chat du Clan de la Rivière ou du Vent.

Il suivit le mouvement dans les fourrés jusqu'à un bouquet de fougères au bas de la pente. Les frondes s'écartèrent brusquement et un félin entra dans la clairière.

L'espace d'un instant, Griffe de Ronce resta figé, les yeux rivés sur la silhouette qui s'approchait, puis il bondit sur ses pattes, tellement furieux que sa fourrure avait doublé de volume.

« Nuage d'Écureuil ! »

CHAPITRE 5

Griffe de Ronce traversa la clairière d'un pas raide.

« Qu'est-ce que tu viens faire ici ? siffla-t-il.

— Salut, Griffe de Ronce. » L'apprentie feignait d'être calme, mais ses yeux trahissaient son excitation. « Je n'arrivais pas à dormir. Et je t'ai vu partir, alors je t'ai suivi. » Elle émit un petit ronronnement de plaisir. « Je suis douée, pas vrai ? Tu ne t'es jamais douté de ma présence, pendant toute la traversée de la forêt ! »

C'était vrai, mais Griffe de Ronce aurait préféré mourir plutôt que de l'admettre. Il se contenta d'émettre un grognement. Il eut même envie de lui sauter à la gorge pour lui faire ravaler son sourire satisfait.

« Pourquoi tu te mêles toujours des affaires des autres ? feula-t-il.

— Quand un chat se faufile en douce hors du camp, ça concerne tout le monde.

— Je ne suis pas parti en douce !

— Ben voyons. Tu quittes le camp, tu files droit vers les Quatre Chênes où tu poireautes pendant des lunes comme si tu attendais que tous les guerriers de la forêt te sautent dessus. Ne me dis pas que tu avais simplement envie de te balader !

— Je n'ai pas à me justifier. » Griffe de Ronce entendit son ton désespéré. Il voulait se débarrasser au plus vite de cette intruse avant que les membres des autres Clans arrivent. Elle n'avait pas parlé du rêve, ce qui signifiait qu'elle n'avait pas été choisie, et elle n'avait donc rien à faire là. « Cela ne te regarde pas, Nuage d'Écureuil. Retourne au camp, tu veux ?

— Non. » La jeune chatte s'assit, la queue enroulée autour des pattes, les yeux fixés sur le guerrier. « Je ne pars pas tant que je n'ai pas découvert ce qui se trame ici. »

Griffe de Ronce soupira avant de sursauter lorsqu'une voix s'éleva derrière lui.

« Qu'est-ce qu'elle fiche là, celle-là ? »

Pelage d'Or, jusque-là dissimulée par le Grand Rocher, traversa la clairière pour les rejoindre.

« Je croyais qu'on ne devait en parler à personne, feula-t-elle en coulant un regard oblique vers l'apprentie.

— Je ne lui ai rien dit, se défendit son frère, dont les poils commençaient à se hérisser. Elle m'a vu partir et m'a suivi.

— Et j'ai drôlement bien fait. » Nuage d'Écureuil se leva, soutenant le regard de la guerrière, les oreilles rabattues contre son crâne. « Tu profites de la nuit pour retrouver un membre du Clan de l'Ombre ! Que va en penser Étoile de Feu quand il l'apprendra ? »

L'estomac du guerrier se noua. Il regrettait presque de ne pas avoir parlé du rêve à son chef dès le début, et maintenant, c'était trop tard.

« Écoute, s'empressa-t-il de répondre. Pelage d'Or n'est pas seulement un membre du Clan de l'Ombre. C'est aussi ma sœur. Tout le monde le sait. Nous ne faisons rien de mal.

— Alors pourquoi tant de mystère ? » s'enquit-elle.

Griffe de Ronce se creusa la tête pour trouver une réponse, mais Pelage d'Or agita la queue en direction de la descente.

« Regarde. »

Le guerrier aperçut une forme grise louvoyer entre les buissons ; l'instant d'après, Jolie Plume et Pelage d'Orage atteignirent la clairière. Ils balayèrent prudemment l'endroit du regard, mais dès que Jolie Plume les repéra, elle se rua sur eux.

« J'avais raison ! » s'exclama-t-elle en s'arrêtant brusquement devant Griffe de Ronce et les deux chattes. Ses yeux s'écarquillèrent soudain, traversés par le doute. « Vous aussi, vous avez fait ce rêve ? Nous sommes au complet ?

— Pelage d'Or et moi, on a eu la même vision, expliqua le guerrier.

— Quel rêve ? demanda Nuage d'Écureuil au même instant.

— Le rêve envoyé par le Clan des Étoiles pour nous prévenir qu'une menace se profile à l'horizon », répondit la nouvelle venue, l'air de plus en plus sceptique. Son regard passait d'un félin à l'autre.

« Vous avez tous les deux reçu la vision ? interrogea Griffe de Ronce qui regardait Pelage d'Orage s'approcher.

— Non, répondit le guerrier gris. Seulement ma sœur.

— J'avais trop peur, avoua cette dernière. J'y pensais tellement que je ne pouvais plus ni manger ni dormir. Mon frère s'est inquiété et m'a harcelée jusqu'à ce que je lui raconte mon rêve. On a décidé que je devais me rendre aux Quatre Chênes ce soir, à la nouvelle lune, mais il n'a pas voulu me laisser venir seule. » Elle donna un coup de langue amical à Pelage d'Orage. « Il… il ne voulait pas que je prenne de risques. Mais c'est sans danger, non ? C'est vrai, quoi, on se connaît tous.

— Ne sois pas si prompte à accorder ta confiance, grommela son frère. L'idée de retrouver en secret des guerriers d'autres Clans ne me plaît pas du tout. Ce n'est pas ce que le code du guerrier nous enseigne.

— Mais nous avons tous reçu un message du Clan des Étoiles, nous incitant à venir ici, lui fit remarquer Pelage d'Or. Étoile Bleue est apparue à Griffe de Ronce, et moi j'ai vu Étoile Noire.

— Moi, c'est Cœur de Chêne qui m'a parlé, déclara Jolie Plume. Il m'a expliqué que la forêt était en danger et que je devais retrouver trois autres chats à la nouvelle lune pour entendre les paroles de minuit.

— On m'a dit la même chose », confirma Pelage d'Or. Les oreilles inclinées vers Pelage d'Orage, elle ajouta : « Je n'aime pas ça non plus, mais nous devrions attendre de voir ce que le Clan des Étoiles nous veut.

— À minuit, je suppose, miaula le guerrier du Clan de la Rivière, les yeux levés vers le ciel. Nous serons bientôt fixés. »

Griffe de Ronce se crispa en voyant les yeux de Nuage d'Écureuil s'ouvrir de plus en plus.

« Vous voulez dire que le Clan des Étoiles vous a demandé de vous réunir ici ? s'étonna-t-elle. Et on vous a avertis qu'une menace planait sur la forêt ? Quel genre de menace ?

— Nous l'ignorons, répondit Jolie Plume. Enfin, Cœur de Chêne ne m'a rien dit de plus… »

Elle laissa sa phrase en suspens, l'air troublé, mais Griffe de Ronce et Pelage d'Or secouèrent la tête, signe qu'ils n'en savaient pas plus.

Pelage d'Orage plissa les yeux avant de s'adresser à Griffe de Ronce :

« Ta camarade de Clan n'a pas fait ce rêve. Pourquoi est-elle là ?

— Toi non plus, je te signale, rétorqua l'apprentie, peu impressionnée par le guerrier du Clan de la Rivière. J'ai autant le droit d'être ici que toi.

— Sauf que moi, je ne t'ai pas invitée, grogna Griffe de Ronce.

— Chasse-la, suggéra Pelage d'Or. Je t'aiderai. »

Nuage d'Écureuil fit un pas vers la guerrière du Clan de l'Ombre, la fourrure ébouriffée et la queue agitée.

« Si tu essayes de lever la patte sur moi…

— Si on la chasse maintenant, elle ira tout raconter à Étoile de Feu, soupira le jeune guerrier du Clan du Tonnerre. Elle a presque tout entendu ; elle ferait aussi bien de rester. »

L'apprentie renifla d'un air méprisant avant de se rasseoir. Elle se lécha la patte et entreprit de se nettoyer le visage.

« Franchement, Griffe de Ronce, feula sa sœur. Tu devrais être plus prudent. Dire que tu as laissé une apprentie suivre ta trace !

— Que se passe-t-il ? » Une voix inconnue s'éleva derrière eux, aiguë et agressive. « Ce n'est pas normal, Patte Folle m'a dit qu'on ne serait que quatre. »

Griffe de Ronce se retourna d'un bond. Il foudroya le nouveau venu du regard en reconnaissant le félin à la fourrure gris-noir, aux membres fins et à la petite tête triangulaire.

« Toi ! » lâcha-t-il.

À quelques longueurs de queue de renard se tenait Nuage Noir, l'apprenti du Clan du Vent qui avait pénétré dans le territoire du Clan du Tonnerre pour y voler un campagnol.

« Eh oui, moi, rétorqua-t-il, la fourrure gonflée comme s'il était prêt à sauter sur Griffe de Ronce pour poursuivre leur combat interrompu.

— C'est un chat du Clan du Vent, ça ? demanda Pelage d'Or en jaugeant Nuage Noir de la tête jusqu'au bout de la queue. Un modèle réduit, alors…

— C'est un apprenti, expliqua Griffe de Ronce tandis que le petit chat gris sombre montrait les crocs. Il s'appelle Nuage Noir. »

Il coula un regard vers Nuage d'Écureuil, priant pour qu'elle ne mentionne pas l'incident du campagnol. Il voulait que le Clan du Vent paye pour ce vol, mais dans les règles, lors d'une Assemblée. Provoquer un combat maintenant ne servirait à rien. Après tout, ce rendez-vous secret constituait déjà une entorse au code du guerrier. L'apprentie agita le bout de la queue mais, au grand soulagement de Griffe de Ronce, elle se tut.

« Toi aussi, tu as fait ce rêve ? » s'enquit Jolie Plume.

Griffe de Ronce vit l'inquiétude disparaître des yeux bleus de la chatte : la certitude que cette vision était vraie lui redonnait du courage.

Nuage Noir acquiesça d'un petit signe de tête.

« J'ai parlé avec notre ancien lieutenant, Patte Folle, déclara-t-il. Il m'a dit de rejoindre trois autres chats lors de la nouvelle lune.

— Il y a donc un membre de chaque Clan, déduisit Jolie Plume. Nous sommes au complet.

— Il ne reste plus qu'à attendre minuit, ajouta Griffe de Ronce.

— Tu y comprends quelque chose ? demanda Nuage Noir à la guerrière du Clan de la Rivière, tournant le dos à Griffe de Ronce.

— À votre place, intervint Nuage d'Écureuil sans laisser le temps à Jolie Plume de répondre, je ne serais pas aussi crédule. Si la forêt était vraiment en danger, vous croyez que le Clan des Étoiles ferait d'abord appel à vous, avant même les chefs ou les guérisseurs ?

— Alors comment expliques-tu ce rêve ? » voulut savoir Griffe de Ronce, déconcerté. Il était d'autant plus sur la défensive qu'il avait partagé les doutes de la rouquine. « On a fait le même, après tout...

— Peut-être que vous vous étiez tous goinfrés la veille, suggéra-t-elle.

— Personne ne t'a demandé ton avis, siffla Nuage Noir.

— Je dis ce que je veux. Je n'ai pas besoin de ta permission. Tu n'es même pas un guerrier.

— Toi non plus, répliqua-t-il. Qu'est-ce que tu fiches ici, d'abord ? Tu n'as pas partagé notre rêve. Personne ne veut de toi. »

Griffe de Ronce s'apprêtait à prendre la défense de l'apprentie. Il avait beau lui en vouloir de l'avoir suivi, Nuage Noir n'avait pas à lui donner d'ordres. Mais il se ravisa, conscient que la chatte ne le remercierait pas. Avec sa langue bien pendue, elle était tout à fait capable de se défendre toute seule.

« On ne peut pas dire que tu aies été particulièrement bien accueilli non plus ! » grogna-t-elle.

Nuage Noir cracha, les oreilles rabattues sur la tête, des éclairs dans les yeux.

« Il n'y a aucune raison de se fâcher », intervint Jolie Plume.

Le petit chat noir l'ignora. Sa queue battant rageusement ses flancs, il se jeta sur Nuage d'Écureuil. L'instant d'après, Griffe de Ronce bondit à son tour, percutant l'apprenti pour l'envoyer rouler au sol avant qu'il ait le temps de frapper.

« Bas les pattes », feula-t-il, maintenant Nuage Noir à terre.

Il avait du mal à croire que ce chat du Clan du Vent était prêt à se battre alors qu'ils attendaient un message du Clan des Étoiles. D'après le rêve, ils étaient tous unis par la prophétie. S'ils avaient vraiment été choisis pour accomplir une tâche mystérieuse, ils n'y arriveraient certainement pas en s'entre-tuant.

L'agressivité disparut du regard de Nuage Noir, même s'il semblait toujours furieux. Griffe de Ronce le laissa se relever. Le petit chat se détourna pour lisser sa fourrure.

« De quoi tu te mêles ? » lança Nuage d'Écureuil. Griffe de Ronce fut à peine surpris de voir qu'elle le regardait aussi méchamment que Nuage Noir. « Je peux me débrouiller toute seule !

— Ce n'est pas le moment, soupira-t-il, exaspéré. L'heure est grave. À en croire notre rêve, le Clan des Étoiles veut que nous collaborions. »

Il parcourut la clairière du regard, espérant à moitié qu'un membre du Clan des Étoiles apparaisse pour leur expliquer leur mission, avant qu'une autre bagarre n'éclate. Mais la Toison Argentée n'éclairait qu'eux. Il ne sentait rien d'inhabituel, juste les odeurs des plantes et des proies de la forêt, et n'entendait rien d'autre que le murmure du vent dans les branches.

« Il doit être minuit passé, miaula Pelage d'Or. À mon avis, le Clan des Étoiles ne se montrera pas. »

Jolie Plume scruta à son tour la clairière, l'air de nouveau inquiet.

« Mais il faut qu'il vienne ! Pourquoi avons-nous tous fait le même rêve s'il n'était pas fondé ?

— Comment expliques-tu son absence, dans ce cas ? la contredit Pelage d'Or. Nous sommes tous présents, réunis à la nouvelle lune, comme le Clan des Étoiles nous l'avait demandé. Nous ne pouvons rien faire de plus.

— Nous avons été idiots de nous déplacer, déclara Nuage Noir en les gratifiant d'un regard hargneux. Ces rêves ne signifiaient rien. Il n'y a pas de prophétie, pas de menace… Et même si c'était le cas, le code du guerrier devrait suffire pour protéger la forêt. » Il commença à grimper le versant qui menait au territoire du Clan du Vent, avant d'ajouter : « Je retourne à mon camp.

— Bon débarras ! » lui lança Nuage d'Écureuil.

Il l'ignora et l'instant d'après il disparut dans les broussailles.

« Pelage d'Or a raison. Il ne va rien se produire, ajouta Pelage d'Orage. Nous ferions aussi bien d'y aller. Viens, Jolie Plume.

— Un instant, miaula Griffe de Ronce. Peut-être qu'on s'est trompés. Peut-être que le Clan des Étoiles nous en veut de nous être battus. Nous ne pouvons pas faire comme si aucun d'entre nous n'avait fait ce rêve. Il faut agir.

— Que proposes-tu ? » demanda Pelage d'Or. Elle désigna Nuage d'Écureuil de sa queue avant de poursuivre. « Peut-être qu'elle a raison. Pourquoi le Clan des Étoiles nous aurait-il désignés, nous, au lieu de nos chefs ?

— Je n'en sais rien, mais je suis persuadée qu'ils nous ont vraiment choisis, répondit Jolie Plume d'une voix douce. Nous avons dû nous méprendre sur leurs intentions. Ils nous enverront peut-être un autre message pour tout nous expliquer.

— Peut-être, répéta son frère, l'air dubitatif.

— Essayons de nous retrouver à la prochaine Assemblée, suggéra Griffe de Ronce. Nous aurons sans doute reçu un autre signe d'ici là.

— Nuage Noir ne sera pas au courant de ce rendez-vous, soupira Jolie Plume, les yeux braqués sur les buissons où l'apprenti avait disparu.

— Ce n'est pas une grosse perte », répondit Pelage d'Orage. Comme sa sœur le gratifiait d'un regard inquiet, il ajouta : « On pourra toujours guetter s'il vient boire à la rivière. Si nous l'apercevons, nous lui transmettrons le message.

— Bien, nous sommes d'accord, conclut Pelage d'Or. Nous nous retrouverons à l'Assemblée.

— Et qu'est-ce qu'on dit à nos Clans ? demanda Pelage d'Orage. C'est contre le code du guerrier de faire des cachotteries.

— Le Clan des Étoiles ne nous a jamais dit que tout cela devait rester secret, fit remarquer la guerrière du Clan de l'Ombre.

— Je sais, mais… » Jolie Plume hésita avant de poursuivre : « J'ai l'impression qu'on ne doit pas en parler. »

Griffe de Ronce savait que sa sœur et Pelage d'Orage avaient raison ; il se sentait déjà coupable vis-à-vis d'Étoile de Feu et de Museau Cendré. D'un autre côté, il partageait le sentiment de Jolie Plume.

« Je ne sais pas, avoua-t-il. Et si nos chefs nous interdisaient de nous retrouver ? Il nous faudrait alors choisir entre leur obéir ou obéir au Clan des Étoiles. » Conscient du malaise que provoquait sa remarque, il se hâta de poursuivre : « Nous n'en savons pas assez pour tout leur raconter. On pourrait au moins attendre jusqu'à la prochaine Assemblée. D'ici là, il y aura peut-être du nouveau. »

Jolie Plume acquiesça, visiblement soulagée, bientôt suivie par son frère.

« D'accord, mais seulement jusqu'à la prochaine Assemblée, lança Pelage d'Or. Ensuite, je devrai tout rapporter à Étoile Noire. » Elle s'étira longuement, le dos arrondi et les pattes avant tendues devant elle. « Bon, je m'en vais. »

Griffe de Ronce la salua en pressant sa truffe contre la sienne, savourant son odeur familière.

« Le fait que nous ayons tous deux été choisis doit signifier quelque chose : le frère et la sœur, chuchota-t-il.

— Peut-être, soupira-t-elle, perplexe. Ce n'est pas le cas des autres. » Dans un rare geste d'affection, elle fit passer sa langue râpeuse sur l'oreille de Griffe de Ronce. « Si le Clan des Étoiles le veut, je te reverrai lors de l'Assemblée. »

Griffe de Ronce la regarda traverser la clairière en quelques bonds, avant de se tourner vers Nuage d'Écureuil.

« Viens, miaula-t-il, il faut qu'on parle. »

L'apprentie haussa les épaules et prit la direction du Clan du Tonnerre.

Le jeune guerrier salua Jolie Plume et Nuage d'Orage avant de suivre sa camarade de Clan. Arrivé sur l'arête, il sentit une bourrasque tiède ébouriffer sa fourrure. Les nuages s'étaient amassés dans le ciel, voilant la lumière de la Toison Argentée. Le silence régnait dans la forêt et l'air semblait plus lourd que jamais. L'orage approchait, enfin.

Tandis que Griffe de Ronce trottait le long du cours d'eau, Nuage d'Écureuil fit halte pour l'attendre. Ses poils étaient retombés et ses yeux verts étincelaient.

« Comme c'était excitant ! Griffe de Ronce, tu dois absolument me laisser t'accompagner à votre prochain rendez-vous, je t'en prie ! Jamais je n'aurais imaginé que le Clan des Étoiles puisse me choisir pour réaliser une prophétie.

— Il ne t'a pas choisie, rétorqua-t-il d'un ton sec. Le Clan des Étoiles ne t'a envoyé aucun signe.

— Peut-être, mais je suis au courant de tout, non ? Si le Clan des Étoiles ne voulait pas de moi, il m'aurait empêchée de gagner les Quatre Chênes. » Elle se tourna vers lui, le força à s'arrêter et lui lança un regard implorant. « Je pourrai vous être utile. Je ferai tout ce que tu voudras.

— Quand les poules auront des dents ! ne put s'empêcher de lancer Griffe de Ronce dans un éclat de rire.

— C'est vrai, je te le promets. Et je ne dirai rien à personne. Tu peux me croire là-dessus, au moins. »

L'espace d'un instant, il soutint son regard. Il savait que si elle parlait à Étoile de Feu, il aurait de gros ennuis. Son silence était précieux.

« D'accord, concéda-t-il enfin. S'il y a du nouveau, je te le ferai savoir, mais seulement si tu tiens ta langue. »

La queue soudain bien haute, les yeux brillant de malice, elle s'exclama :

« Merci, Griffe de Ronce ! »

Le jeune guerrier soupira. Il comprit qu'en agissant ainsi, il ne pouvait s'attirer que des ennuis. Il suivit l'apprentie dans les ombres sous les arbres, frissonnant à l'idée des créatures qui les observaient, tapies dans les ténèbres. Mais la forêt n'était pas plus sombre, pas plus inquiétante que cette pseudo-prophétie. Si la menace s'avérait aussi sérieuse qu'Étoile Bleue l'avait laissé entendre, alors Griffe de Ronce pouvait à tout instant commettre une erreur fatale due à son ignorance.

CHAPITRE 6

T OUTE LA NUIT, LE SOMMEIL de Nuage de Feuille avait été perturbé par des rêves étranges, très réalistes. Elle songea d'abord qu'elle suivait une piste vers les Quatre Chênes, courant dans la forêt le long du sentier invisible. Puis le rêve évolua : elle sentit la fourrure de sa nuque et de ses épaules se hérisser face à l'ennemi, le combat était proche. La menace s'évanouit, puis elle eut de plus en plus froid. Enfin elle s'éveilla en sursaut : le tapis de fougères sur lequel elle dormait était trempé, la pluie crépitait partout dans la forêt.

Elle se leva tant bien que mal, fila à travers la clairière pour se réfugier dans la tanière de Museau Cendré. La guérisseuse dormait profondément sur sa litière de mousse et ne broncha pas lorsque son apprentie s'ébroua.

La jeune chatte cligna des yeux en bâillant, le regard posé sur la clairière. Elle discernait à peine les contours des arbres, silhouettes noires sur un ciel de plus en plus gris à l'approche de l'aube. D'un côté, elle se réjouissait que la longue sécheresse touche à sa fin ; la forêt avait désespérément besoin de cette pluie. De l'autre, la signification de son rêve la troublait. Le Clan des Étoiles lui envoyait-il un signe ? Ou bien avait-elle happé les pensées de Nuage d'Écureuil ? Ce ne serait pas la première fois qu'elle vivrait les exploits de sa sœur par procuration, et à son insu.

L'apprentie soupira longuement. Si l'idée ne lui plaisait guère, elle était presque sûre que sa sœur avait quitté le camp de nuit pour aller chasser seule, d'où ces images de course dans les sous-bois. Nuage d'Écureuil aurait de sacrés ennuis si Étoile de Feu découvrait ses agissements.

Tapie au sec, Nuage de Feuille regarda la pluie cesser, les nuages virer au jaune pâle. Elle jeta un dernier coup d'œil à son mentor endormi puis ressortit, ignorant les gouttelettes qui trempèrent sa fourrure lorsqu'elle traversa le tunnel de fougères. Si elle trouvait sa sœur à temps, elle pourrait peut-être l'aider à dissimuler sa fugue nocturne.

Elle ne l'aperçut pas dans la grande clairière du camp. Les trois autres apprentis étaient sortis de leur gîte pour laper énergiquement une petite flaque d'eau qui s'était formée sur la terre desséchée. Les chatons de Fleur de Bruyère se faufilèrent hors de la pouponnière, ouvrant de grands yeux étonnés devant ce nouveau phénomène, cette eau étrange tombée du ciel. Leur mère les contemplait avec fierté tandis qu'ils trempaient leurs coussinets dans la flaque et poussaient des cris excités à la vue des gouttes brillantes qui s'échappaient de leurs pattes.

Nuage de Feuille les observa un instant puis, apercevant du mouvement à l'entrée du tunnel d'ajoncs, elle fit volte-face. *Une patrouille matinale, trempée par la pluie ?* se demanda-t-elle. *Ou bien Nuage d'Écureuil, revenant d'une expédition interdite ?*

Elle se rendit compte que l'odeur du nouvel arrivant lui était inconnue. Elle prit son inspiration pour donner l'alerte mais reconnut Nuage de Jais, l'ancien apprenti du Clan du Tonnerre devenu solitaire dans une grange de Bipèdes. Nuage de Feuille l'avait déjà rencontré une fois, lors de son voyage aux Hautes Pierres en compagnie de Museau Cendré. Il vivait si près des Bipèdes qu'il chassait surtout la nuit ; il était donc parfaitement capable de traverser la forêt dans l'obscurité. Il serait bien placé pour informer Nuage de Feuille s'il avait aperçu une apprentie du Clan du Tonnerre dans la forêt.

Le visiteur traversa la clairière d'un pas tranquille, évitant les grosses flaques et secouant ses pattes pour les sécher.

« Bonjour. Tu es Nuage de Feuille, n'est-ce pas ? demanda-t-il. Tu parles d'un orage ! J'aurais été trempé jusqu'aux os si je n'avais pas réussi à m'abriter dans le tronc d'un arbre. Enfin, la forêt a besoin de cette eau. »

L'apprentie le salua à son tour. Elle tentait de trouver les mots justes pour lui demander s'il avait vu sa sœur en chemin, lorsqu'un cri de joie les interrompit.

« Hé, Nuage de Jais ! »

Nuage Ailé et Nuage de Musaraigne bondirent vers lui. Les petits de Fleur de Bruyère délaissèrent leurs jeux d'eau pour les prendre en chasse.

Le plus gros des trois chatons, une femelle, s'arrêta en dérapant devant Nuage de Jais et le flaira bruyamment.

« Nouveau chat, feula-t-elle. Nouvelle odeur. »

Amusé, le solitaire la salua d'un léger signe de la tête.

« Petit Laurier, c'est Nuage de Jais, lui apprit Nuage de Musaraigne. Il habite dans une ferme de Bipèdes et avale chaque jour plus de souris que vous trois en avez vu depuis votre naissance.

— Chaque jour ? s'écria Petit Laurier, incrédule.

— Oui, confirma Nuage Ailé d'un air solennel. Chaque jour.

— Moi, je veux y aller, miaula le chaton gris. On peut ? Maintenant ?

— Quand tu seras plus grand, Petit Frêne, promit Fleur de Bruyère, qui venait de les rejoindre. Bienvenue, Nuage de Jais. Je suis contente de te… Petit Laurier ! Petit Sapin ! Arrêtez ça tout de suite ! »

Les deux chatons tigrés avaient sauté sur la queue de Nuage de Jais et lui donnaient des coups de griffes. Le solitaire grimaça, avant de les gronder gentiment :

« Il ne faut pas faire ça, les enfants. C'est ma queue, pas une souris.

— Je suis désolée, s'excusa Fleur de Bruyère. Ils n'ont pas encore appris à se tenir.

— Ne t'en fais pas, la rassura-t-il, tout en ramenant sa queue près de son flanc. Il faut que jeunesse se passe.

— D'ailleurs, ces jeunes sont restés dehors bien assez longtemps. » D'un geste de la queue, la chatte rassembla ses chatons pour les reconduire à la pouponnière. « Et maintenant, dites au revoir à Nuage de Jais. »

Les petits s'exécutèrent avant de détaler.

« Que pouvons-nous faire pour toi, Nuage de Jais ? demanda Nuage Ailé poliment. Veux-tu une part de gibier ?

— Non, merci, j'ai mangé avant de partir. Je suis venu voir Étoile de Feu. Il est là ?

— Je crois qu'il est dans sa tanière, l'informa Nuage de Musaraigne. Veux-tu que je t'y emmène ?

— Je m'en charge », intervint Nuage de Feuille. Elle était impatiente de demander au solitaire s'il avait vu sa sœur. À ce moment-là, Cœur d'Épines, le mentor de Nuage de Musaraigne, sortit du repaire des guerriers. L'apprentie guérisseuse inclina les oreilles dans sa direction. « Euh… je crois que ton mentor te cherche. »

Effectivement, le guerrier appela son apprenti, qui se hâta de le rejoindre. Nuage Ailé la salua à son tour pour retrouver Poil de Fougère près de la réserve de gibier.

Soudain, les branches épineuses du tunnel d'ajoncs frémirent. Une vague de soulagement envahit Nuage de Feuille lorsqu'elle reconnut Nuage d'Écureuil, qui traînait un lapin dans la boue. L'apprentie guérisseuse avait déjà fait quelques pas avant de se souvenir du solitaire. Elle se tourna vers lui, gênée.

« C'est ta sœur, pas vrai ? Va lui parler si tu le souhaites. Je connais le chemin jusqu'à la tanière d'Étoile de Feu. »

Le cœur léger, elle bondit vers la chatte, qui se dirigeait vers le tunnel de fougères. En apercevant Nuage de Feuille, elle fit halte et lâcha le lapin ; la fourrure de l'animal était pleine de boue, et celle de l'apprentie ne valait guère mieux : la pluie lui avait plaqué son pelage contre ses flancs, mais ses yeux brillaient d'un éclat triomphant.

« Pas mal, hein ? déclara-t-elle. Il est pour Museau Cendré et toi.

— Où étais-tu passée ? feula Nuage de Feuille. J'étais morte d'inquiétude.

— Pourquoi ? » Sa sœur semblait blessée par cet accueil. « Où croyais-tu que j'étais partie ? Je… je suis juste sortie chasser quand la pluie a cessé. Et tu pourrais au moins dire merci ! »

Elle attrapa son lapin avant de plonger dans les fougères qui menaient à la tanière de la guérisseuse sans attendre de réponse. Sa sœur la suivit sans savoirs si elle devait être rassurée ou furieuse. Une impression désagréable lui soufflait que Nuage d'Écureuil lui mentait, pour la première fois. Si elle avait vraiment intercepté les pensées de sa sœur dans son rêve, elle ne pouvait croire à cette histoire de chasse au lapin.

En arrivant dans la petite clairière, elle constata que l'apprentie guerrière avait déjà déposé le lapin devant l'entrée de la grotte. Elle le renifla d'un air satisfait et déclara :

« Tu pourrais au moins me féliciter ! » Elle semblait toujours vexée mais, cette fois-ci, elle regarda Nuage de Feuille en face.

« C'est vrai, admit sa sœur. Il est énorme ! Ton mérite est d'autant plus grand que ta nuit a été agitée », ajouta-t-elle d'un ton plus sec.

La jeune chatte se figea, seuls ses yeux se levèrent vers sa sœur.

« De quoi parles-tu ?

— Je le sais. Tu n'as pas dormi de la nuit. Qu'est-ce qui s'est passé ? Il ne s'agissait pas d'une simple partie de chasse, avoue-le. »

Nuage d'Écureuil baissa les yeux avant de répondre :

« Oh, j'ai mangé une grenouille, tard, hier soir, marmonna-t-elle. Je crois que j'ai eu du mal à la digérer, voilà tout. »

Nuage de Feuille sortit ses griffes et les plongea dans la terre amollie par la pluie. En son for intérieur, elle luttait pour garder son calme. Elle savait que sa sœur lui mentait et, en même temps, elle aurait souhaité gémir : *Tu es ma sœur ! Tu pourrais me faire confiance !*

« Une grenouille ? répéta-t-elle. Tu aurais dû venir me voir, je t'aurais donné des herbes à mâcher.

— C'est vrai… »

Nuage d'Écureuil grattait le sol de son unique patte blanche. Nuage de Feuille devinait à ses oreilles rabattues et à son air coupable qu'elle était mal à l'aise, mais elle ne ressentit aucune pitié pour elle. Pourquoi lui mentait-elle ?

« Je me sens mieux, conclut l'apprentie guerrière. Ce n'était rien de sérieux. »

Elle fut visiblement soulagée lorsque Museau Cendré sortit de son repaire, un paquet d'herbes dans la gueule.

« Du gibier ! miaula-t-elle en déposant les herbes. Nuage d'Écureuil, voilà un lapin magnifique ! Merci beaucoup ! »

La chatte rousse se lécha distraitement l'épaule, les yeux pétillant de plaisir. Mais elle évitait toujours le regard de sa sœur.

La guérisseuse ramassa son petit fardeau et, clopin-clopant, vint le déposer aux pieds de son apprentie.

« Nuage de Feuille, va porter cela à Plume Cendrée, s'il te plaît. Ce sont des graines de pavot, pour l'aider à dormir. Ses dents la font trop souffrir, vois-tu. Dis-lui de ne pas trop en abuser.

— Entendu, Museau Cendré. »

L'apprentie ramassa le petit paquet et quitta la clairière en jetant un dernier coup d'œil à sa sœur. Elle ne pouvait plus l'interroger, et Nuage d'Écureuil refusait toujours de soutenir son regard. Elle se demandait ce qui avait pu se produire pour qu'un tel gouffre se creuse entre elles. Un mauvais pressentiment l'envahit...

« De l'eau ! Au secours ! Y a de l'eau partout ! Nagez ! »

Griffe de Ronce hurla, puis s'étouffa lorsqu'une vague salée lui remplit la bouche, se colla à sa fourrure et l'attira au fond de l'eau. Ses pattes s'agitaient en tous sens pour maintenir sa tête à la surface. Il tendit le cou, s'étira le plus possible pour apercevoir la ligne de roseaux qui devait marquer la rive opposée, mais il ne voyait que des vagues bleu-vert onduler à l'infini. À l'horizon, il aperçut le soleil sombrer au milieu d'une mare de feu écarlate, ses derniers rayons traçant un chemin ensanglanté jusqu'à lui. Puis une vague le submergea et l'eau froide et salée lui envahit de nouveau la bouche.

Je vais me noyer ! cria-t-il en silence. *Clan des Étoiles, aidez-moi !*

Lorsqu'il refit surface, un courant fort l'emporta, le faisant tournoyer sur lui-même. Crachant et luttant pour respirer, il se retrouva au pied d'une paroi rocheuse, escarpée. Était-il donc tombé dans les gorges de la forêt ? Non, ces falaises-là étaient plus hautes encore. Les vagues se brisaient à l'entrée d'une grotte hérissée de rochers pointus ; on aurait dit une bouche béante garnie de crocs acérés. La terreur de Griffe de Ronce fut à son comble lorsqu'il comprit que le courant l'entraînait vers la mâchoire de pierre.

« Non ! Non ! gémit-il ! À l'aide ! »

Paniqué, il remua ses pattes frénétiquement, mais il commençait à faiblir et sa fourrure trempée l'entraînait au fond. Les vagues le poussaient vers l'avant, avant de s'écraser sur la paroi. La gueule noire, qui crachait une écume salée, menaçait maintenant de l'engloutir…

Puis il ouvrit les yeux et aperçut des feuilles au-dessus de lui, et non des falaises à pic. Il sentit sous ses pattes une litière de mousse, et non une immensité d'eau salée. Soulagé, il comprit qu'il se trouvait dans la tanière des guerriers. Le fracas des vagues avait été remplacé par la complainte du vent dans les branches ; de l'eau avait pénétré l'épais plafond de feuilles et dégoulinait le long de sa nuque : enfin, la pluie était là. Sa gorge le brûlait comme s'il avait avalé une énorme masse d'eau salée, et sa bouche était desséchée.

Il s'assit brusquement. Pelage de Poussière leva la tête et marmonna :

« C'est quoi, ton problème ? Tu peux pas la fermer et nous laisser dormir ?

— Désolé. »

Le jeune guerrier fit sa toilette pour débarrasser sa fourrure des brins de mousse, le cœur battant à tout rompre. Il se sentait aussi épuisé que s'il s'était vraiment débattu dans cette eau salée.

Peu à peu, la lumière s'intensifia dans le repaire, signe que le soleil s'était levé. Il se mit lourdement sur ses pattes et passa la tête à travers les branches à la recherche d'une flaque où se désaltérer.

Une brise fraîche chassait déjà les nuages. La clairière baignait dans les pâles rayons du soleil levant, qui se reflétaient partout, dans les flaques comme dans les gouttelettes perlant sur les fougères. On aurait dit que la forêt buvait avidement cette eau, source de vie, chaque arbre agitant ses feuilles poussiéreuses afin de recueillir la moindre particule de liquide.

« Que le Clan des Étoiles soit loué ! lança Poil de Souris en sortant derrière Griffe de Ronce. J'avais presque oublié l'odeur de la pluie. »

Le guerrier tacheté tituba vers une flaque au pied du Promontoire, où il se rinça la bouche. Jamais il n'aurait imaginé que l'eau pouvait avoir un tel goût. Comme tout le monde, il lui arrivait de lécher du sel à la surface des rochers, ou de le sentir dans le sang du gibier, mais le souvenir de cette eau le faisait frissonner.

Une ultime averse vint brouiller les flaques, rinçant au passage la fourrure poisseuse de Griffe de Ronce. Il leva la tête pour profiter du grain frais et aperçut Étoile de Feu qui sortait de sa tanière. Griffe de Ronce fut surpris de reconnaître Nuage de Jais à ses côtés.

« Les Bipèdes font toujours d'étranges choses, disait le chef. Tu as eu raison de nous prévenir, mais je ne pense pas que nous soyons concernés. »

Nuage de Jais semblait inquiet.

« Je sais que les Bipèdes agissent bizarrement, dit-il, mais je n'avais jamais rien vu de tel. Ils sont de plus en plus nombreux à longer le Chemin du Tonnerre, et leurs fourrures sont brillantes et colorées. Et puis, ils ont des nouveaux monstres… ils sont énormes !

— Oui, Nuage de Jais, tu me l'as déjà dit, répondit Étoile de Feu, impatienté. Mais nous n'en avons vu aucun sur notre territoire. Tu sais quoi ? fit-il en pressant amicalement son museau contre le flanc de son ami. Je vais dire aux patrouilles de redoubler de vigilance.

— Tu ne peux rien faire de plus, j'imagine, répondit le solitaire.

— En repartant, tu pourrais en toucher un mot au Clan du Vent, suggéra le chef. Ils sont plus près que nous de cette portion du Chemin du Tonnerre. S'il se passe quelque chose d'anormal, Étoile Filante le saura.

— Bonne idée.

— Attends un peu, j'ai une meilleure idée. Et si je t'accompagnais jusqu'aux Quatre Chênes ? Je pourrais y conduire une patrouille. Reste là, je vais chercher Plume Grise et Tempête de Sable. »

Il fila vers le gîte des guerriers sans attendre de réponse. Le solitaire s'aperçut alors de la présence de Griffe de Ronce.

« Bonjour, comment ça va ? La chasse est bonne en ce moment ?

— Tout va bien », répondit le jeune guerrier d'une voix mal assurée. Il ne fut pas surpris lorsque Nuage de Jais le dévisagea.

« Tu as la tête d'un chat qui s'est fait courser toute la nuit par une horde de blaireaux, déclara le matou noir. Quelque chose ne va pas ?

— Ce n'est rien… Juste un cauchemar.

— Quel genre ? demanda le solitaire d'un air compatissant.

— C'était n'importe quoi… » Griffe de Ronce entendit de nouveau le bruit des vagues contre les falaises et, malgré lui, il raconta tout au visiteur : l'étendue d'eau, son goût salé, la gueule béante dans la falaise qui avait failli l'avaler et, plus inquiétant encore, le soleil sombrant dans une mare de feu rouge sang. « Cet endroit ne peut exister, conclut-il. J'ignore pourquoi j'en ai rêvé. Ce n'est pas comme si je n'avais rien d'autre en tête », ajouta-t-il, l'air sombre.

À sa grande surprise, Nuage de Jais se garda bien de lui dire qu'il avait raison, qu'il avait rêvé d'un lieu qui n'existait que dans son imagination. Au contraire. Il resta silencieux un moment, perdu dans ses pensées.

« De l'eau salée, des falaises… murmura-t-il. Cet endroit est réel. Même si je ne l'ai jamais vu de mes propres yeux, j'en ai déjà entendu parler.

— Il existe ? Comment est-ce p-possible ? bégaya Griffe de Ronce.

— Des chats errants passent parfois par la ferme des Bipèdes, lorsqu'ils ont voyagé longtemps et qu'ils cherchent un abri pour la nuit, voire une souris ou deux. Certains d'entre eux viennent de là où le soleil se couche. Ils nous ont parlé, à Gerboise et moi, d'un lieu où il y a plus d'eau qu'on ne peut l'imaginer, comme une sorte de rivière avec une seule rive, trop salée pour être potable. Chaque soir, cette eau avale le soleil au milieu d'un brasier, et l'astre saigne dans les vagues, sans un cri. »

Le jeune guerrier frissonna. Les paroles du solitaire ne lui rappelaient que trop son cauchemar.

« Oui, répondit-il. J'ai vu ce brasier où sombre le soleil. Et la grotte aux dents pointues ?

— Ça ne me dit rien. Mais tu as dû faire ce rêve pour une raison précise. Sois patient, et le Clan des Étoiles t'en montrera peut-être plus.

— Le Clan des Étoiles ? répéta Griffe de Ronce, l'estomac noué.

— Bien sûr ! Pourquoi rêverais-tu d'un endroit que tu n'as jamais vu si ce n'était pas la volonté du Clan des Étoiles ? »

Il dut admettre la logique de ce raisonnement.

« Admettons que les guerriers de jadis m'aient envoyé ce rêve... Leur désir serait-il que je m'y rende ?

— Là-bas ? Mais pourquoi donc ? répondit Nuage de Jais, les yeux ronds.

— En fait... J'ai fait un autre rêve, expliqua Griffe de Ronce, mal à l'aise. Je... j'ai retrouvé Étoile Bleue dans la forêt. Elle m'a parlé d'une nouvelle prophétie, et d'une grande menace. Elle m'a dit que j'avais été choisi... » Il n'évoqua pas les chats des autres Clans. Même si Nuage de Jais ne vivait pas selon le code du guerrier, il n'approuverait pas ces rencontres secrètes. « Pourquoi moi ? conclut-il, troublé. Pourquoi pas Étoile de Feu ? Lui, il saurait quoi faire. »

Le solitaire l'observa longuement.

« Jadis, Étoile de Feu a lui aussi fait l'objet d'une prophétie, miaula-t-il enfin. Le Clan des Étoiles avait promis que le feu sauverait le Clan, sans plus de précisions. Étoile de Feu n'a pas compris que cette prophétie le concernait, jusqu'à ce qu'Étoile Bleue le lui apprenne avant de mourir. »

Griffe de Ronce soutint son regard mais ne sut quoi répondre. Il avait déjà entendu parler de cette ancienne prophétie – tous les membres du Clan connaissaient les histoires de leur chef –, mais il n'avait jamais pensé qu'Étoile de Feu ait pu, un jour, se sentir aussi perdu que lui.

« À l'époque, Étoile de Feu n'était qu'un jeune guerrier, comme toi, poursuivit Nuage de Jais comme s'il lisait dans ses pensées. Il se demandait souvent s'il prenait les bonnes décisions. Évidemment, aujourd'hui, c'est un héros : il a sauvé la forêt. Mais au début, sa tâche lui avait semblé aussi démesurée que la tienne, quelle qu'elle soit. Sa prophétie s'est accomplie, ajouta-t-il. Ton tour est peut-être venu. Souviens-toi que le Clan des Étoiles préfère le mystère. Il envoie des prédictions, mais ne dit jamais comment les interpréter : c'est à nous de nous en acquitter avec force et loyauté, à l'instar d'Étoile de Feu. »

Griffe de Ronce fut touché par cette marque de respect pour le Clan des Étoiles ; après tout, le solitaire avait choisi de quitter la forêt. Étrangement, le matou noir ajouta :

« Ce n'est pas parce que je ne vis plus dans le Clan que je rejette le code du guerrier. C'est une voie noble que chacun doit suivre, et je suis prêt à le défendre comme n'importe quel guerrier. »

Étoile de Feu revint en compagnie de Plume Grise et de Tempête de Sable. Nuage de Jais salua le jeune matou d'un signe de tête amical. Griffe de Ronce murmura un adieu et regarda les quatre félins quitter le camp.

Si ses deux rêves disaient vrai, alors une tâche considérable l'attendait. Il ignorait comment trouver cette eau salée, si ce n'est en suivant le soleil couchant. Et il n'avait aucune idée de la distance qui le séparait de cet endroit. À l'évidence, aucun chat de la forêt ne s'était aventuré aussi loin.

Les paroles de Nuage de Jais résonnaient encore dans sa tête. *Ton tour est peut-être venu.* Les trois autres avaient-ils eux aussi rêvé de là où sombrait le soleil ? *Et s'il avait raison ?* se demanda-t-il. *Qu'est-ce que je dois faire ?*

CHAPITRE 7

Griffe de Ronce sortit avec prudence des sous-bois qui surplombaient la rivière, en humant l'air. Les odeurs du Clan du Tonnerre étaient toutes fugaces, mais des traces plus fraîches du Clan de la Rivière lui parvinrent de la rive opposée. Espérant que personne ne le verrait, il se laissa glisser sur la berge.

Le courant était vif et l'eau boueuse. La pluie, qui n'avait pas cessé de tomber de la journée, s'était enfin arrêtée. Les nuages s'étiolaient pour laisser filtrer la pâle lumière du soleil, et des nappes de vapeur s'élevaient du sol. La rivière était en crue, submergeant presque les pierres du passage à gué ; Griffe de Ronce devrait se forcer à sauter sur la première d'entre elles.

Il espérait trouver Jolie Plume et Nuage d'Orage. Toute la journée, il avait pensé à son second rêve, de plus en plus convaincu qu'ils devaient se rendre là où le soleil sombrait dans l'eau. Ce rêve avait été trop réaliste pour qu'il puisse l'ignorer : le goût du sel n'avait pas disparu de sa bouche. Il se crispa lorsqu'une gerbe d'eau lui éclaboussa le museau. Il fallait qu'ils partent sur-le-champ. Sa fourrure le picotait, comme pour lui signifier qu'il y avait urgence. Ils ne pouvaient attendre la prochaine Assemblée. Si les autres élus avaient eux aussi fait ce rêve, il n'aurait sans doute pas de mal à les convaincre.

Il n'avait toujours pas évoqué cette vision avec Nuage d'Écureuil. D'un côté, il se sentait coupable de ne pas tenir sa promesse. De l'autre, si elle apprenait son projet de voyage, elle tiendrait absolument à l'accompagner. Et que penserait Étoile de Feu s'il entraînait sa fille vers l'inconnu ?

L'eau froide vint lui lécher les pattes lorsqu'il atterrit sur la première pierre. Avant de poursuivre, il scruta la rive opposée. Les Clans du Tonnerre et de la Rivière avaient beau être amis, il ne serait pas le bienvenu s'il pénétrait sur leur territoire. Il espérait trouver Jolie Plume et Pelage d'Orage avant que les autres ne le repèrent.

Il réussit à atteindre la deuxième pierre, puis celle d'après, tremblant sous les éclaboussures glacées. Le roc suivant avait complètement disparu sous l'eau ; seule une ride à la surface de la rivière indiquait son emplacement. Les yeux concentrés sur l'endroit, il sauta, mais ses pattes glissèrent sur le bord de la roche. Poussant un cri apeuré, il tomba dans l'eau la tête la première.

Terrorisé, il crut se retrouver dans les vagues de son rêve. Il battit des pattes et regagna la surface. C'étaient des roseaux, et non des falaises, qui bordaient la rive, et l'eau gris-brun qui clapotait autour de lui n'avait rien à voir avec les vagues tant redoutées. Le courant l'entraînait vers la rive. Griffe de Ronce agita les pattes et, à son grand soulagement, sentit bientôt des gravillons sous lui. Il parvint à tenir debout, pataugeant dans l'eau peu profonde près de la rive. Hors d'haleine, il s'extirpa de la rivière et s'ébroua vigoureusement.

Soudain, une odeur fraîche du Clan de la Rivière parvint à ses narines. Il plongea dans une touffe de fougères, guettant entre les feuilles les nouveaux arrivants. Puis il remercia le Clan des Étoiles lorsque Jolie Plume et Pelage d'Orage apparurent au loin.

Griffe de Ronce surgit des fougères et les attendit, tout tremblant.

« Bonjour, miaula-t-il.

— Par le Clan des Étoiles ! s'exclama le guerrier gris en le regardant de la tête à la queue. T'as piqué une tête ?

— J'ai glissé sur une pierre. Jolie Plume, puis-je te dire un mot ?

— Bien sûr. Tu ne t'es pas blessé, au moins ?

— Mais non. As-tu fait un autre rêve ?

— Non, répondit-elle, étonnée. Pourquoi ? C'est ton cas ?

— Oui. » Il s'installa dans l'herbe pour être plus à son aise. Les poils de nouveau hérissés par la peur, il leur raconta rapidement ce qu'il avait vu : l'eau ensanglantée par le soleil couchant et la grotte aux dents pointues. « J'ai parlé à Nuage de Jais ce matin, vous savez, le solitaire qui vit près des Hautes Pierres ? Il pense que cet endroit existe. Selon lui, les prophéties du Clan des Étoiles sont toujours vagues. Il nous faut la foi et le courage des guerriers pour les comprendre et croire que ce qu'il nous demande de faire est juste.

125

— Et que devons-nous faire ? s'enquit Pelage d'Orage.

— Je... je crois que nous devons rejoindre l'endroit où le soleil sombre dans l'eau, expliqua-t-il, l'estomac noué. C'est là que le Clan des Étoiles nous expliquera tout. »

Jolie Plume l'écouta en silence, sans le quitter des yeux : elle hocha la tête.

« Je pense que tu as raison.

— Quoi ? fit son frère en bondissant sur ses pattes. Tu es folle ? Tu ne sais même pas où ça se trouve !

— Non, mais le Clan des Étoiles nous guidera », répondit-elle.

Griffe de Ronce se crispa. Si Pelage d'Orage ne le croyait pas, il risquait de tout rapporter à Étoile du Léopard et le Clan empêcherait Jolie Plume de l'accompagner.

Le guerrier gris tournait en rond sur la rive, la queue gonflée. « Foi et courage... il nous en faudrait plus qu'un peu si nous allions là-bas. Je ne suis pas convaincu que tu aies raison, ajouta-t-il d'un ton sec à l'intention de Griffe de Ronce. Mais dans ce cas, le Clan des Étoiles nous enverra un autre signe pour nous empêcher de partir.

— Cela signifie que tu nous accompagnes ? voulut savoir Jolie Plume, les yeux brillants.

— Plutôt deux fois qu'une ! miaula son frère avant de se tourner vers Griffe de Ronce. Je sais que je n'ai pas été choisi, mais un guerrier de plus pourrait vous être utile.

— Et comment ! » Le guerrier tacheté était tellement soulagé de les avoir convaincus qu'il ne discuta pas. Merci à vous deux.

— Alors, quand partons-nous ?

— La veille du premier quartier de lune, je pense. D'ici là, on devrait avoir le temps d'en parler aux autres. »

Il se leva et gagna la rive. Le soleil déclinait, rougeoyant derrière une masse de nuages gris sombre. Un coup de vent ébouriffa sa fourrure encore humide et il frissonna de nouveau, non tant à cause du froid que du périple qui les attendait.

« Je sais que Pelage d'Or viendra si je le lui demande, déclara-t-il. Et Nuage Noir ? Il préférerait manger de la crotte de renard que nous accompagner. Mais si nous n'y allons pas tous ensemble, nous risquons de faire échouer la prophétie.

— Il comprendra, le rassura Jolie Plume.

— Nous t'aiderons à le convaincre, renchérit son frère. Il vient tous les jours boire à la rivière au soleil couchant. Aujourd'hui, il est trop tard, mais nous pouvons l'y retrouver demain pour lui parler, non ?

— D'accord », fit Griffe de Ronce en le remerciant d'un regard. La prophétie lui semblait moins lourde à porter maintenant qu'il la partageait avec des amis. « À supposer qu'il vienne, après toute cette pluie. Le Clan du Vent a dû retrouver ses propres points d'eau.

— S'il ne vient pas, répondit Jolie Plume, l'air déterminé, nous trouverons une autre solution. »

Il plut à nouveau toute la nuit. Les ruisseaux parcourant la bruyère du Clan du Vent seraient bientôt en crue. Griffe de Ronce redoutait que l'apprenti ne vienne pas boire à la rivière. Il ne tint pas en place de la journée. Pendant la partie de chasse, Flocon de Neige et Pelage de Poussière lui demandèrent s'il s'était assis sur une fourmilière.

Une fois la réserve regarnie, Griffe de Ronce parvint à se faufiler hors du camp. Il voulait surtout éviter Nuage d'Écureuil, qui ne manquerait pas de l'interroger.

Lorsqu'il atteignit la frontière, près du pont des Bipèdes, le soleil était déjà bas dans le ciel. Il aperçut bientôt les deux guerriers du Clan de la Rivière qui grimpaient sur la rive et traversaient le pont. Griffe de Ronce attendit que Pelage d'Orage lui fasse un signe de la queue pour franchir la frontière et les rejoindre.

« On ferait mieux de se cacher, conseilla le matou gris. Nous ne savons pas s'ils viendront nombreux, et tu n'es pas censé être là. »

Griffe de Ronce acquiesça et les suivit à l'abri d'un buisson d'aubépine. Tout près d'eux, la rivière grondait au creux des gorges, ses eaux brunes crénelées d'écume.

Ils n'eurent pas longtemps à attendre : Griffe de Ronce repéra bientôt l'odeur du Clan du Vent. Venant des Quatre Chênes, un groupe de guerriers apparut. Leur chef, Étoile Filante, menait la troupe, suivi de Moustache et d'un guerrier roux que Griffe de Ronce ne connaissait pas. D'autres matous les accompagnaient. Le cœur du jeune guerrier se mit à palpiter lorsqu'il aperçut Nuage Noir parmi eux, près de son mentor, Griffe de Pierre.

Ils descendirent prudemment jusqu'à la rive où ils se couchèrent pour se désaltérer. Frustré, Griffe de Ronce constata que l'apprenti restait au milieu du groupe, trop loin pour qu'il puisse l'appeler sans alerter les autres.

« Je vais le chercher », murmura Jolie Plume avant de quitter le buisson.

Griffe de Ronce l'observa, qui saluait les visiteurs et échangeait quelques mots avec Belle-de-Jour, l'une des anciennes du Clan. Leur conversation semblait courtoise mais peu amicale. Le jeune guerrier doutait que l'amitié entre les Clans perdure si le Clan du Vent persistait à venir boire à la rivière après la fin de la sécheresse.

Jolie Plume se tapit ensuite près de Nuage Noir. Griffe de Ronce planta ses griffes dans le sol en la voyant se relever, secouer la tête pour chasser l'eau de ses moustaches, et revenir vers le buisson. Nuage Noir n'avait pas quitté sa place. L'apprenti avait-il décidé qu'il ne voulait plus entendre parler de cette mission ? Ou Jolie Plume avait-elle manqué de temps pour lui parler ?

« Que se passe-t-il ? souffla-t-il lorsqu'elle les eut rejoints à l'abri des branches épineuses. Tu as pu lui dire deux mots ?

— Tout va bien, répondit-elle, enfouissant son museau dans son flanc. Il arrive. Il voulait juste éviter que les siens remarquent son départ. »

À cet instant, Nuage Noir s'éloigna de la rive, trottant à pas légers vers l'aubépine. Les autres buvaient toujours. Arrivés à quelques queues de renard, il jeta un regard alentour et fila vers le buisson.

Tandis que les feuilles bruissaient sur son passage, il braqua les yeux sur Griffe de Ronce.

« Je me disais bien que ça sentait le Clan du Tonnerre, cracha-t-il. Qu'est-ce que vous voulez ? »

Griffe de Ronce échangea un regard plein d'appréhension avec Jolie Plume. Ça commençait mal.

« J'ai fait un autre rêve, déclara-t-il, nerveux.

— Quoi, comme rêve ? Moi, je n'en ai pas eu d'autre. Pourquoi le Clan des Étoiles t'enverrait-il un rêve et pas à moi ? »

Les poils de la nuque de Pelage d'Orage se hérissèrent. Griffe de Ronce se contenta de répondre :

« Je n'en sais rien. »

Nuage Noir émit un petit grognement puis écouta en silence le guerrier du Clan du Tonnerre.

« Nuage Noir, le solitaire qui vit au bout de votre territoire, nous a rendu visite hier, conclut-il. Il m'a dit que cet endroit existe. Je... je crois que le Clan des Étoiles veut que nous nous y rendions. Et nous devons partir très vite, tous ensemble, pour sauver nos Clans.

— Je n'en crois pas mes oreilles, répondit l'apprenti, les yeux ronds. Tu nous demandes de quitter la forêt pour voyager vers l'inconnu, à cause d'un rêve que tu es le seul à avoir fait ? Tu te prends pour le chef ou quoi ? »

Griffe de Ronce eut du mal à soutenir son regard. Nuage Noir venait d'exprimer tout haut ses propres doutes.

« Je ne me prends pas pour le chef. Je transmets simplement le message du Clan des Étoiles tel que je l'ai compris.

— Je suis prête à le suivre, intervint Jolie Plume. Même si je n'ai pas fait d'autre rêve.

— Alors tu es encore plus stupide que lui. En tout cas, moi, je ne vais nulle part. Mon baptême de guerrier est pour bientôt. J'ai travaillé dur pour y arriver et je ne vais pas quitter mon Clan alors que mon entraînement touche à sa fin.

— Mais, Nuage Noir... murmura Griffe de Ronce.

— Non ! rétorqua l'autre en montrant les dents. Je ne viens pas. Que dirait mon Clan ?

— Peut-être qu'il t'honorera, répondit Pelage d'Orage, l'air grave. Réfléchis, Nuage Noir ! Si la pire des catastrophes se profile à l'horizon, que penseront les Clans de ceux qui ont tout fait pour l'éviter ? Ils admireront notre foi envers le Clan des Étoiles. Ils salueront notre courage.

— Mais toi, tu n'as pas été choisi ! fit remarquer Nuage Noir. Tu n'es pas concerné !

— Peut-être, mais je pars quand même.

— Et si le Clan des Étoiles ne nous donne pas d'informations plus précises, c'est parce qu'il veut que nous prouvions notre foi et notre courage, ajouta Griffe de Ronce. Telles sont les qualités d'un véritable guerrier.

— S'il te plaît, Nuage Noir ! plaida Jolie Plume. Sans toi, notre mission échouera. Souviens-toi que tu es l'un des élus... le seul apprenti choisi par le Clan des Étoiles. Il doit penser que tu en es capable. »

Les yeux fixés sur la guerrière, le petit chat noir sembla hésiter. Les lumières rouges du couchant s'étaient évanouies, plongeant la forêt dans l'obscurité. Griffe de Ronce sentit les guerriers du Clan du Vent passer devant le buisson pour rejoindre leur territoire. Nuage Noir devrait bientôt les suivre avant qu'ils ne remarquent son absence. Les trois jeunes félins n'avaient plus le temps de le convaincre.

« Entendu, miaula l'apprenti. Je viendrai. » Les yeux plissés, il dévisagea Griffe de Ronce. « Mais ne t'avise pas de me dire ce que j'ai à faire. Rêve ou pas rêve, je refuse que tu me donnes des ordres ! »

Griffe de Ronce traversait le tunnel de pierre qui passait sous le Chemin du Tonnerre, en évitant les flaques. Les ténèbres régnaient alentour et la puanteur du Clan de l'Ombre imprégnait l'air.

Il venait tout juste de quitter les autres. Les deux chats du Clan de la Rivière lui avaient proposé de l'accompagner, mais il avait jugé cela trop dangereux. Seul, il ne représentait guère une menace si une patrouille du Clan de l'Ombre le trouvait sur leur territoire. Il huma l'air mais ne sentit que les odeurs moites des marécages.

Il traversa ventre à terre un terrain à découvert pour s'abriter sous des buissons.

Il y avait peu de grands arbres sur le territoire du Clan de l'Ombre. Le sol, presque entièrement recouvert de ronces et d'orties, était constellé de mares peu profondes. À chacun de ses pas, ses pattes s'enfonçaient dans la tourbe. Il frissonna à mesure que sa fourrure s'imbibait d'eau.

« Comment le Clan de l'Ombre peut-il vivre ici ? ronchonna-t-il. C'est trop humide ! Je m'étonne qu'ils n'aient pas tous des pattes palmées ! »

Il pensait savoir où trouver Pelage d'Or. Elle lui avait parlé une fois d'un gros marronnier près du cours d'eau qui menait au territoire du Clan du Tonnerre. Elle avait décrit son endroit préféré, les yeux brillants, lui expliquant qu'elle aimait y prendre des bains de soleil et y attraper des écureuils. Griffe de Ronce s'était demandé si les arbres de son ancien territoire lui manquaient. Avec un peu de chance, il la trouverait là.

Une fois qu'il eut localisé le ruisseau, il pénétra dans l'eau et le remonta pour dissimuler son odeur. Apercevant une patrouille du Clan de l'Ombre qui traversait le cours d'eau un peu plus en amont, il se tapit derrière un bouquet de joncs jusqu'à ce qu'elle ait disparu dans les sous-bois.

Peu après, il trouva le marronnier. Ses racines tordues s'étendaient jusqu'au ruisseau. Griffe de Ronce crut détecter l'odeur de sa sœur ; sous l'épais feuillage, il faisait trop sombre pour la voir.

« Pelage d'Or ! lança-t-il doucement. Tu es là ? »

En guise de réponse, il sentit un poids s'écraser sur ses épaules, l'envoyant rouler au sol. Il ravala un cri de surprise lorsqu'on pressa son museau contre la terre humide. Une patte pesa sur sa nuque, et une voix résonna dans son oreille :

« Qu'est-ce que tu fiches ici, stupide boule de poils ? »

Griffe de Ronce soupira, soulagé. Les griffes s'enlevèrent de sa peau et l'autre félin le laissa se relever. Pelage d'Or était perchée sur l'une des racines, le regardant de haut.

« Si on te trouve ici, on te transformera en chair à corbeau, siffla-t-elle. Qu'est-ce qui te prend ?

— J'ai fait un autre rêve », lança-t-il avant de tout lui raconter.

Sa sœur l'écouta avec attention.

« Alors comme ça, Nuage de Jais croit que cet endroit existe, répéta-t-elle lorsqu'il eut fini. Et tu penses que le Clan des Étoiles veut que nous y allions. Les guerriers de jadis ne sont guère exigeants, railla-t-elle.

— Tu veux dire que tu ne viens pas ?

— Je n'ai rien dit de tel ! Bien sûr que je viens. Mais ne me demande pas de sauter de joie. Et Pelage d'Orage ? Pourquoi tient-il à se mêler à tout ça ? Le Clan des Étoiles ne l'a pas choisi.

— Je sais, soupira-t-il. Mais impossible de l'en dissuader. C'est un bon guerrier, il pourra nous être utile. On ne sait pas ce qui nous attend, là-bas. De toute façon, Jolie Plume et lui sont inséparables. Avoir leur père dans un autre Clan a dû les rapprocher.

— Je le conçois parfaitement », répondit-elle d'un ton sec.

Elle devait se sentir proche des deux guerriers du Clan de la Rivière. Son père était mort, Bouton-d'Or, sa mère, et son frère étaient restés dans le Clan du Tonnerre. Elle se sentait sans doute étrangère dans le Clan qu'elle avait choisi. Mais sa fierté l'empêchait de parler de sa solitude. Comme souvent, une vague de regrets envahit le jeune guerrier. Quel dommage que le Clan du Tonnerre ait perdu un membre si valeureux !

« Tu serviras ton Clan en participant à ce voyage, lui fit-il remarquer.

— C'est vrai. » Il crut percevoir une trace d'impatience dans la voix de sa sœur, qui se confirma lorsqu'elle poursuivit : « Le Clan des Étoiles nous a sûrement choisis parce qu'il pense que nous sommes capables de remplir cette mission. Nous devons posséder quelque chose que les autres n'ont pas. » Elle bondit de la racine et atterrit souplement près de lui. « Le Clan de l'Ombre compte de nombreux guerriers pour maintenir les patrouilles. Il pourra se passer de moi quelque temps. Quand partons-nous ?

— Pas tout de suite ! dit-il en riant. J'ai donné rendez-vous aux autres la veille du premier quartier de lune. Aux Quatre Chênes. »

Pelage d'Or agita la queue pour exprimer son enthousiasme.

« J'y serai. Et maintenant, ajouta-t-elle, je ferais mieux de te raccompagner jusqu'à la frontière. Même un élu du Clan des Étoiles peut se faire écorcher vif s'il a violé un territoire. »

CHAPITRE 8

❦

« L ES ROCHERS AUX SERPENTS, voilà le meilleur endroit pour trouver du cerfeuil, expliqua Museau Cendré à son apprentie alors qu'elle claudiquait le long du chemin bordé de fougères. Mais nous ne pouvons pas y aller pour le moment, à cause de ce maudit blaireau.

— Il y est toujours, alors ? » s'enquit Nuage de Feuille.

Les deux chattes étaient parties ramasser des plantes médicinales. Le soleil brillait dans un ciel sans nuages ; la pluie avait revigoré la flore de la forêt. Nuage de Feuille savourait cette fraîcheur délicieuse sous ses pattes tandis qu'elle suivait son mentor sur l'étroit sentier.

« Selon la patrouille de l'aube, oui, répondit Museau Cendré. Essaye de repérer du… Ah ! »

Elle plongea brusquement dans les fourrés, où poussait une plante qui dégageait une odeur capiteuse ; les fleurs étaient tombées mais l'apprentie reconnut les larges feuilles déployées et, en s'approchant, sentit la fragrance sucrée du cerfeuil.

« Rappelle-moi ses propriétés », la pressa Museau Cendré avant de grignoter l'une des tiges à la racine.

Nuage de Feuille plissa les yeux puis récita :

« Le jus des feuilles désinfecte les plaies. Et en cas de mal de ventre, on peut mâcher les racines.

— Très bien. Maintenant tu peux déterrer quelques plants… mais pas trop, sinon il n'y en aura plus pour les saisons prochaines. »

Elle reprit sa tâche tandis que son apprentie obéissait, grattant la terre autour des plantes. Le parfum du cerfeuil lui tournait un peu la tête. Pourtant, une autre odeur lui parvint, qui lui rappelait un peu l'âcreté du Chemin du Tonnerre.

Elle leva les yeux et aperçut un mince filet de fumée qui s'élevait d'une touffe de fougères mortes en contrebas.

« Museau Cendré, regarde ! »

La guérisseuse se tourna et se figea, les poils de sa nuque dressés, les yeux animés d'une lueur étrange.

« Par le Clan des Étoiles, non ! » émit-elle, dans un hoquet.

Clopin-clopant, elle descendit vers les fougères en feu.

Nuage de Feuille l'imita et ne tarda pas à la dépasser. En s'approchant du foyer, elle fut aveuglée par une lumière vive. Malgré l'éblouissement, elle remarqua quelque chose de brillant et de transparent planté dans le sol, un objet pointu jeté là par un Bipède. Le soleil s'y reflétait et les fougères derrière l'objet noircissaient à vue d'œil, dégageant des volutes de fumée qui serpentaient vers le ciel.

« Au feu ! miaula Museau Cendré, qui venait de rattraper son apprentie. Vite ! »

Soudain, le buisson de fougères s'embrasa. La chaleur força Nuage de Feuille à reculer d'un bond.

Elle allait fuir mais vit son mentor immobile, les yeux rivés sur les flammes orange et rouge qui dévoraient les tiges sèches.

La panique l'empêche-t-elle de bouger ? se demanda l'apprentie. Tempête de Sable lui avait un jour parlé du terrible incendie qui avait ravagé leur camp. Museau Cendré avait survécu, mais de nombreux chats n'avaient pas eu cette chance. La guérisseuse devait craindre le feu plus que tout, car sa jambe blessée risquait de la freiner dans sa fuite.

Pourtant, loin d'être terrorisé, son mentor semblait ailleurs. Son regard était perdu dans le vague. La jeune chatte comprit en frissonnant des oreilles jusqu'au bout de la queue que Museau Cendré recevait un message du Clan des Étoiles.

Aussi vite qu'il s'était déclenché, le feu commença à mourir de lui-même. Les flammes disparurent, ne laissant que des braises qui s'éteignirent elles aussi. Les fougères n'étaient plus qu'un tas de cendres. La guérisseuse recula d'un pas. Elle vacilla. L'apprentie se précipita pour la soutenir et l'aida à s'asseoir.

« Tu as vu ça ? murmura Museau Cendré.

— Vu quoi ?

— Dans les flammes… un tigre bondissant. Je l'ai distingué clairement, les pattes tendues, des rayures noires comme la nuit sur son corps… » La voix de la guérisseuse était rauque. « Un signe du Clan des Étoiles, le feu et le tigre ensemble. Il doit y avoir une signification, mais laquelle ?

— Je n'en sais rien », confessa Nuage de Feuille, apeurée.

Museau Cendré se leva toute tremblante, rejetant le soutien de son apprentie.

« Nous devons retourner au camp sur-le-champ. Étoile de Feu doit être immédiatement informé. »

Le chef du Clan du Tonnerre était seul dans son antre au pied du Promontoire lorsque Museau Cendré et son apprentie vinrent le trouver. La guérisseuse s'arrêta devant le rideau de lichen qui dissimulait l'entrée et lança :

« Étoile de Feu ? Il faut que je te parle.

— Entre. »

Nuage de Feuille suivit son mentor à l'intérieur et découvrit son père roulé en boule sur sa litière de mousse. Il se leva et s'étira, le dos rond et les muscles roulant sous sa fourrure flamboyante.

« Qu'est-ce que je peux faire pour toi ? »

Elle le rejoignit au fond du gîte tandis que l'apprentie restait près de l'entrée, la queue enroulée autour des pattes. Elle combattait l'impression qu'un grand danger les menaçait. Elle n'avait jamais vu Museau Cendré recevoir un message des guerriers de jadis, et l'expression apeurée de son mentor sur le chemin du retour l'avait perturbée.

« Le Clan des Étoiles m'a envoyé un signe, expliqua la guérisseuse, décrivant comment l'étrange objet planté dans le sol avait réfléchi les rayons du soleil et embrasé les fougères. Dans les flammes, j'ai vu un tigre bondir. Feu et tigre ensemble, dévorant les fougères. Lâchée sur la forêt, une telle puissance pourrait la détruire. »

Le regard d'Étoile de Feu fixait Museau Cendré si intensément que Nuage de Feuille s'attendait presque à ce que la fourrure grise de son mentor prenne feu comme les fougères sous le soleil.

« Qu'est-ce que cela veut dire, à ton avis ?

— J'y ai réfléchi… Je ne suis sûre de rien mais, dans l'ancienne prophétie, "le feu sauvera la forêt", le feu te symbolisait.

— Tu penses qu'il me désigne aussi dans ta vision ? C'est possible… Mais que symbolise le tigre ? Étoile du Tigre est mort. »

L'apprentie sentit son ventre se nouer en entendant son père prononcer si calmement le nom du chat sanguinaire qui avait fait tant de mal à la forêt.

« Il est mort, mais pas son fils », fit remarquer la chatte grise.

Elle regarda son apprentie assise à l'ombre, comme si elle hésitait à en dire plus devant elle. Nuage de Feuille ne bougea pas d'un poil, déterminée à écouter la suite.

« Griffe de Ronce ? s'exclama Étoile de Feu. Tu veux dire qu'il détruira la forêt ? Voyons, Museau Cendré. Il est l'un de nos guerriers les plus loyaux. Rappelle-toi comme il s'est battu contre le Clan du Sang. »

Nuage de Feuille aurait voulu prendre la défense du jeune guerrier, mais elle n'avait pas son mot à dire. Elle ne le connaissait pas intimement, pourtant son instinct lui disait : *Non ! Jamais il ne ferait de mal à son Clan, ni à la forêt !*

« Étoile de Feu, sers-toi de ta tête, rétorqua Museau Cendré, l'air irrité. Je n'ai jamais dit qu'il détruirait la forêt. Mais si le tigre ne le désigne pas, alors qui d'autre ? De plus… si le tigre est en fait le fils d'Étoile du Tigre, le feu pourrait symboliser ta fille. »

Nuage de Feuille se crispa comme si un blaireau venait de planter ses crocs dans sa nuque.

« Oh, je ne parle pas de toi », la rassura la guérisseuse en se tournant vers elle. Une lueur amusée dansait dans ses yeux bleus. « Je te protégerai, ne t'en fais pas. » Elle reporta son regard sur Étoile de Feu. « Je pensais plutôt à Nuage d'Écureuil. Sa robe est couleur de feu comme la tienne, après tout. »

Le bref soulagement de l'apprentie se mua en peur incrédule. Sa propre sœur, la chatte la plus chère à son cœur, allait-elle commettre un acte tellement horrible que son nom serait maudit par tous les Clans comme celui d'Étoile du Tigre ? Les reines se serviraient-elles bientôt du nom de sa sœur pour menacer leurs petits désobéissants ?

« Ma propre fille… c'est une forte tête, à l'évidence, mais elle ne représente aucun danger. » Les yeux troublés du chef trahissaient son inquiétude. Il respectait trop la sagesse de la guérisseuse pour remettre en question son interprétation, même si elle lui laissait dans la bouche un goût amer. « À ton avis, que dois-je faire ?

— À toi d'en décider, Étoile de Feu. Je ne peux que te transmettre le message du Clan des Étoiles. Feu et tigre ensemble, la forêt en danger. Mais je te conseille de ne pas ébruiter cette affaire tout de suite, attendons un autre signe. Cela sèmerait la panique, ce qui ne ferait qu'empirer les choses. » Elle tourna brusquement la tête vers Nuage de Feuille. « Tu n'en parleras à personne, en vertu de ta loyauté envers le Clan.

— Pas même à Nuage d'Écureuil ?

— Surtout pas à elle.

— Je dois en avertir Plume Grise, déclara le chef, et Tempête de Sable. Seul le Clan des Étoiles sait ce qu'elle pensera de tout cela !

— Sage décision.

— Nous ferions aussi bien de séparer Nuage d'Écureuil et Griffe de Ronce », continua Étoile de Feu, comme s'il réfléchissait à voix haute. Il semblait déchiré entre ses devoirs de chef et ses sentiments pour sa fille et le chasseur dont il avait jadis été le mentor. « Elle est apprentie, lui, guerrier. Cela ne devrait pas être trop compliqué. Nous les occuperons chacun de son côté. Le Clan des Étoiles enverra peut-être un autre signe pour nous avertir que le danger est écarté…

— Peut-être », répondit la guérisseuse, mais elle était inquiète. Elle se leva et, du bout de sa queue, fit signe à Nuage de Feuille. « S'il se manifeste, tu seras le premier averti. »

Elle inclina la tête et sortit de la tanière. La jeune chatte fit mine de la suivre puis hésita, avant de se ruer vers son père pour enfouir son museau dans sa fourrure, voulant tout autant le réconforter que se faire consoler. Quelle que soit la signification de cette vision, elle l'effrayait. La langue râpeuse d'Étoile de Feu passa sur son oreille. Leurs regards se croisèrent et elle vit dans ses yeux le reflet de sa propre tristesse, de sa propre peur.

Puis Museau Cendré l'appela, brisant cet instant fusionnel. Nuage de Feuille salua son chef d'un signe de tête et le laissa seul, dans l'attente d'un nouveau message engageant le destin de son Clan.

CHAPITRE 9

Griffe de Ronce prit un étourneau dodu dans la réserve de gibier et s'éloigna de quelques pas avant de commencer à le dévorer. Le soleil était au zénith et, dans la clairière, une multitude de chats profitaient de la chaleur. Griffe de Ronce aperçut Nuage de Feuille qui gagnait la tanière des anciens, un paquet d'herbes dans la gueule. Son air malheureux le surprit ; s'était-elle disputée avec son mentor ? Il en doutait.

Près du bouquet d'orties, Étoile de Feu mangeait en compagnie de Plume Grise et de Tempête de Sable. Tandis que Griffe de Ronce mordait dans la chair de l'oiseau, son chef lui lança un regard dur, comme s'il était en faute. Le jeune guerrier n'avait rien fait de mal, mais sa peau le picota tout de même. Étoile de Feu ne pouvait pas avoir eu vent de ses drôles de rêves, si ?

Il s'attendait à être convoqué, mais lorsqu'il entendit son nom, ce fut Nuage d'Écureuil qui l'appela. Elle prit une souris sur la pile et le rejoignit en quelques bonds.

« Pffiou ! fit-elle en lâchant le rongeur. J'ai cru que je n'arriverais jamais à satisfaire l'appétit des anciens. Longue Plume mange comme un renard affamé ! » Elle prit une bouchée qu'elle avala tout rond. « Alors, quoi de neuf ? Tu as reçu d'autres messages du Clan des Étoiles ?

— Chhh, pas si fort », murmura-t-il, la bouche pleine.

La veille, il avait convenu du prochain rendez-vous avec Nuage Noir et sa sœur mais n'avait toujours pas décidé s'il devait parler du second rêve à l'apprentie. S'il disparaissait avant le premier quartier de lune sans lui dire un mot, il romprait leur marché. Mais que lui dirait-il si elle exigeait de les accompagner ?

« Alors ? Réponds-moi ! » insista-t-elle à voix basse.

Le jeune guerrier mâchait lentement pour gagner du temps. Il était sur le point de révéler une partie de son nouveau rêve à la curieuse lorsqu'il s'aperçut qu'Étoile de Feu les avait rejoints et les toisait de toute sa hauteur. Il se raidit et sortit instinctivement ses griffes, lacérant la gorge de l'oiseau.

« Nuage d'Écureuil, je veux que tu retrouves Cœur d'Épines, ordonna le chef. Il va montrer à Nuage de Musaraigne les meilleurs endroits pour chasser près des Quatre Chênes. »

L'apprentie prit une autre bouchée de souris et se passa la langue sur les moustaches.

« Je suis obligée ? J'y suis déjà allée plusieurs fois avec Pelage de Poussière. »

La queue du meneur battait ses flancs.

« Oui, tu es obligée. Quand ton chef te donne un ordre, tu obtempères. »

La jeune chatte leva les yeux au ciel avant de finir sa souris.

« Tout de suite, Nuage d'Écureuil. » La queue du rouquin s'agita de nouveau. « Cœur d'Épines t'attend. » Il fit un signe de tête au guerrier qui traversait la clairière avec son apprenti.

« Tu pourrais au moins me laisser finir ma souris en paix, rétorqua sa fille. J'ai passé toute la matinée à m'occuper des anciens sans faire une seule pause.

— Et c'est bien normal ! répondit-il d'un ton sec. C'est le travail des apprentis. Je ne veux pas t'entendre te plaindre.

— Mais je ne me plains pas ! » Elle se leva d'un bond, la fourrure en bataille. « J'ai juste dit que je voulais manger en paix ! Pourquoi t'es toujours sur mon dos ? Arrête de faire comme si tu étais mon mentor ! Tu as peur que je te fasse honte, que je ne sois pas à la hauteur de l'exemple parfait que tu nous offres, toi, le héros de la forêt ? »

Sans attendre de réponse, elle tourna les talons et fila rejoindre Cœur d'Épines et Nuage de Musaraigne à l'entrée du camp. Le guerrier eut l'air surpris de la voir arriver, comme s'il ignorait qu'elle devait participer à leur entraînement. Il hocha la tête et les trois félins disparurent dans le tunnel d'ajoncs.

Étoile de Feu couvait sa fille d'un regard sombre. Sans un mot à Griffe de Ronce, il partit rejoindre Plume Grise et Tempête de Sable.

Le jeune matou entendit la guerrière grommeler :

« Tu sais que ce n'est pas la bonne méthode, avec elle. Plus tu lui donnes des ordres, plus elle se braque. »

Étoile de Feu répondit d'une voix si basse que Griffe de Ronce n'entendit rien. Puis les trois guerriers se levèrent pour gagner la tanière du chef.

Qu'est-ce que ça signifie ? se demanda Griffe de Ronce. *Étoile de Feu en veut à Nuage d'Écureuil et a trouvé un prétexte pour lui faire quitter le camp.* Son sang se figea dans ses veines. *Pour l'éloigner de moi, peut-être ?*

Si tel était le cas, il ne pouvait y avoir qu'une seule explication : la jeune chatte avait tout raconté à son père. Délibérément, ou par étourderie. Dans tous les cas, Griffe de Ronce savait que ses ennuis ne faisaient que commencer. Au moins, il n'était plus obligé de raconter son rêve à l'apprentie puisqu'elle n'avait pas respecté les termes de leur accord.

Essayant de ne pas songer à ce qu'Étoile de Feu ferait ensuite, il retourna à la réserve de gibier. S'il devait bientôt partir pour un long voyage, il semblait judicieux de s'alimenter pour prendre des forces. Il irait demander à Museau Cendré des herbes contre la faim – celles qu'elle donnait aux guerriers qui se rendaient aux Hautes Pierres – s'il trouvait un bon prétexte.

Il allait croquer un appétissant campagnol lorsqu'une voix retentit dans son dos :

« Hé ! Qu'cst-ce qui te prend ? »

C'était Poil de Souris. La chatte le fixait à quelques longueurs de queue.

« Je t'ai vu, poursuivit-elle. Tu as déjà mangé. Tu n'as pas ramené suffisamment de prises aujourd'hui pour te permettre de te resservir.

— Je suis désolé, marmonna-t-il, mort de honte.

— J'espère bien », lâcha-t-elle.

Près d'elle, Flocon de Neige se mit à rire.

« Il veut faire de la concurrence à Plume Grise, railla-t-il. Comme si un estomac sur pattes n'était pas suffisant dans le Clan du Tonnerre. Ne t'en fais pas, Griffe de Ronce. Tu veux venir chasser avec moi et Cœur Blanc ? On va attraper des campagnols à volonté et la réserve sera plus que jamais bien garnie.

— Euh, d'accord, bégaya-t-il.

— Attends-moi, je vais chercher Cœur Blanc. »

Le matou au pelage immaculé fila vers le repaire des guerriers. Poil de Souris jeta un dernier regard vers Griffe de Ronce avant de le suivre.

Tandis qu'il attendait ses amis, il décida de leur proposer d'aller chasser aux Quatre Chênes, où ils croiseraient la patrouille de Cœur d'Épines. Il devait parler à Nuage d'Écureuil pour découvrir ce qu'elle avait révélé à son père. Si Étoile de Feu savait que le Clan des Étoiles avait choisi quatre chats, issus des quatre Clans, tenterait-il de prévenir les autres chefs pour empêcher leur voyage ?

Cependant, la patrouille de Griffe de Ronce ne vit ni Nuage d'Écureuil ni les deux autres félins. Lorsqu'il revint au camp avec Flocon de Neige et Cœur Blanc, chargés de proies, la nuit tombait déjà. La plupart des chats se dirigeaient vers leur tanière. Griffe de Ronce fit le guet jusqu'au départ de la patrouille du soir, mais l'apprentie resta introuvable. Il dormit très mal, préoccupé par la prophétie et le comportement de Nuage d'Écureuil.

Le lendemain matin, il sortit du repaire des guerriers dès son réveil, bien décidé à trouver l'apprentie et à obtenir des réponses à ses questions. Mais le Clan des Étoiles lui-même semblait s'être ligué contre lui. Il cracha de frustration lorsque Plume Grise l'appela pour rejoindre la patrouille de l'aube, qui comptait déjà Poil de Châtaigne et Perle de Pluie. Le temps qu'ils reviennent, après avoir parcouru tout le territoire, il était presque midi. Lorsqu'il passa la tête dans la tanière des apprentis, il la trouva déserte. Comme il ne vit pas non plus Pelage de Poussière, il se dit que la rouquine était partie s'entraîner avec son mentor.

Il fit une sieste au moment le plus chaud de la journée, ses soucis apaisés pour un temps par le léger bourdonnement des abeilles et le murmure du vent dans les branches. En se réveillant, il vit Nuage d'Écureuil disparaître dans le tunnel d'ajoncs, une boule de mousse dans la gueule. Il se leva d'un bond pour la rejoindre mais quelqu'un l'appela.

Poil de Fougère se dirigeait vers lui avec son apprentie, Nuage Ailé. Le matou brun doré semblait mal à l'aise.

« Salut, Griffe de Ronce. Je… je me disais que ça te plairait de venir voir les progrès de Nuage Ailé », miaula-t-il.

Le félin le dévisagea, surpris. Les guerriers n'assistaient jamais aux entraînements des apprentis, sauf s'ils étaient eux-mêmes mentors. Jetant un regard vers le tunnel, il répondit :

« Euh, c'est gentil, Poil de Fougère, mais pas aujourd'hui. Une autre fois, peut-être ? »

Il gagna rapidement l'entrée du camp, mais le mentor le suivait de près.

« Tu sais, Étoile de Feu pensait que cela pourrait t'aider, expliqua le vétéran. Pour le jour où tu auras ton propre apprenti. »

Griffe de Ronce se figea sur place.

« Attends un peu, répondit-il. C'est Étoile de Feu qui t'a dit de m'inviter à votre entraînement ? »

Embarrassé, Poil de Fougère détourna les yeux.

« C'est exact.

— Mais on ne fait jamais ça, d'habitude ! protesta Griffe de Ronce. De toute façon, les chatons de Fleur de Bruyère ne commenceront leur apprentissage que dans plusieurs lunes.

— Un ordre reste un ordre, Griffe de Ronce.

— Comment ça, un ordre ? » répéta-t-il, incrédule.

Ce n'était pas le Clan des Étoiles qui lui en voulait, mais son propre chef. Ce qui se comprenait : il faisait des rêves prémonitoires et ne l'en avertissait pas.

Furieux, il suivit le mentor et son apprentie jusqu'à la combe sablonneuse. Il s'assit en retrait, observant Poil de Fougère tester les techniques de combat avec Nuage Ailé. Peu après, Poil de Souris arriva accompagnée de Nuage d'Araignée, et les deux apprentis s'affrontèrent sans sortir leurs griffes. Nuage Ailé s'élança pour mordiller le cou de son adversaire, qui se tourna aussitôt et brandit ses longues pattes noires pour la neutraliser. Ils faisaient tous deux des progrès, remarqua Griffe de Ronce tout en réprimant un bâillement d'ennui.

Je serais tellement plus utile ailleurs, se dit-il. Il ne restait que deux jours avant le rendez-vous aux Quatre Chênes. Il lui faudrait vite parler à Nuage d'Écureuil.

Lorsque Poil de Souris signala la fin de l'entraînement et que les deux apprentis sortirent de la combe, s'ébrouant pour se débarrasser du sable, Griffe de Ronce regagna le camp plus déterminé que jamais. À son grand soulagement, il aperçut aussitôt Nuage d'Écureuil, devant la tanière des apprentis, près de Nuage de Musaraigne.

« Je veux te parler », lui dit-il d'un ton péremptoire après avoir traversé la clairière en quelques bonds.

Il savait que la méthode autoritaire n'était pas la bonne avec Nuage d'Écureuil, et s'attendit donc à se faire rembarrer. Il fut surpris lorsqu'elle répondit à voix basse, après avoir jeté un regard inquiet vers l'apprenti.

« D'accord, mais pas ici. Retrouve-moi derrière la pouponnière. »

Griffe de Ronce acquiesça, avant de s'éloigner pour saluer Pelage de Suie et Pelage de Granit, qui revenaient de la chasse. Il fit halte à l'entrée de la pouponnière, où Fleur de Bruyère observait le jeu de ses petits, et tenta, comme si de rien n'était, de parler avec leur mère de leur taille et de leur force nouvelles. Enfin, il contourna l'abri de feuilles jusqu'à une zone sablonneuse entourée d'orties où les chats allaient faire leurs besoins.

Nuage d'Écureuil l'y attendait déjà.

« Griffe de Ronce, je…

— Tu as parlé à ton père, pas vrai ? la coupa-t-il. Tu avais pourtant promis de ne rien dire. »

L'apprentie se redressa pour lui faire face, les poils de la nuque hérissés.

« C'est faux ! Je n'ai rien dit du tout, ni à lui ni aux autres !

— Alors pourquoi s'acharne-t-il à nous séparer ?

— Tiens, toi aussi, tu l'as remarqué ? » Elle tentait de rester calme, mais sa voix monta dans les aigus lorsqu'elle poursuivit. « Je ne sais pas ce qu'il lui prend ! Je te promets que je ne lui ai rien dit. Mais il me regarde comme si j'avais fait une bêtise ! »

Soudain pris de pitié pour la jeune chatte déboussolée, Griffe de Ronce vint presser son museau contre son flanc, mais elle s'écarta brusquement, grondant presque.

« Je m'en remettrai. Nuage de Feuille agit elle aussi bizarrement, et elle refuse de me parler. »

Le jeune guerrier s'assit, les yeux fixés sur les orties et la haie d'épineux qui protégeaient le camp. Si elle disait la vérité, comment expliquer l'attitude de leur chef ? Il devait avoir une autre raison de leur en vouloir à tous les deux. Mais laquelle ?

« On pourrait peut-être lui en parler, suggéra-t-il. S'il nous disait quel est le problème, on pourrait le régler. »

Nuage d'Écureuil sembla perplexe. Avant qu'elle ait le temps de répondre, il entendit plusieurs chats venir dans leur direction. En se retournant, il se trouva nez à nez avec Étoile de Feu, suivi de Plume Grise.

« Bon. » Le chef du Clan du Tonnerre s'avança jusqu'à se tenir entre Griffe de Ronce et sa fille. « Nuage de Musaraigne m'a dit que je te trouverais là.

— On ne faisait rien de mal ! s'exclama l'apprentie.

— Et que faisiez-vous exactement ? » Étoile de Feu posa un regard dur sur sa fille, puis sur Griffe de Ronce. « Vous perdez votre temps, au lieu de participer aux tâches collectives.

— Mais nous avons travaillé dur toute la journée, Étoile de Feu, répondit Griffe de Ronce, la tête inclinée en signe de respect.

— C'est la vérité, Étoile de Feu. Je peux en témoigner. »

Le chef lui jeta un coup d'œil rapide.

« Ce n'est pas une raison pour qu'ils restent là à bayer aux corneilles. »

Le guerrier ouvrit la bouche pour protester, mais il n'en eut pas le temps.

« Va faire un tour chez les anciens. Pelage de Givre a récupéré des boules de bardane dans sa fourrure. Tu l'aideras à les enlever. »

La fureur monta en Griffe de Ronce. C'était là une tâche d'apprenti ! Mais il voyait aux prunelles froides de son chef qu'il ne servirait à rien de discuter. Il marmonna un « Très bien, Étoile de Feu », et retourna vers la clairière principale.

Il attendit que les orties le dissimulent à la vue des autres chats pour s'arrêter. Étoile de Feu s'adressait à sa fille avec la même voix dure et contrariée.

« Nuage d'Écureuil, tu as sûrement mieux à faire que de traîner avec un guerrier inexpérimenté comme Griffe de Ronce. Dorénavant, tu ne quitteras plus ton mentor. »

Le jeune félin n'entendit pas la réponse de l'apprentie et n'osa pas s'attarder davantage. Une vague de tristesse l'envahit tandis qu'il s'acheminait vers la tanière des anciens. Il avait perdu le respect de son chef, et si Nuage d'Écureuil ne l'avait pas averti de ses rêves et des rendez-vous aux Quatre Chênes, il n'en voyait pas la raison.

Deux nuits plus tard, il devait partir en compagnie des chats des autres Clans. Comment pourrait-il s'éclipser, se demanda-t-il, si Étoile de Feu l'avait sans cesse à l'œil ? Un frisson le parcourut des oreilles jusqu'au bout de la queue lorsqu'il comprit que, pour accomplir la prophétie selon les vœux du Clan des Étoiles, il lui faudrait peut-être trahir son chef.

CHAPITRE 10

GRIFFE DE RONCE NE FERMA GUÈRE l'œil cette nuit-là. Ses rares rêves étaient hantés par des images de son chef en colère le chassant du Clan. Lorsqu'il sortit du repaire des guerriers au petit matin, la sensation d'épuisement n'avait pas quitté ses pattes. L'idée qu'il allait vivre sa dernière journée sur le territoire du Clan du Tonnerre acheva de l'éreinter.

La lumière grisâtre de l'aube filtrait à travers les arbres jusqu'au camp, qu'un vent glacial balayait. Humant l'air, Griffe de Ronce crut reconnaître les premières odeurs de la saison des feuilles mortes. Une ère de changements approchait, et elle semblait inéluctable.

Il n'essaya même pas de parler à Nuage d'Écureuil de la journée. Étoile de Feu ne leur avait pas ordonné de ne plus se voir, mais c'était tout comme. Il était donc inutile de s'attirer des ennuis. Griffe de Ronce aperçut la jeune apprentie quitter le camp en compagnie de Pelage de Poussière ; elle semblait étrangement docile, la queue basse et les oreilles tombantes.

« Tu as la tête d'un chat qui pensait avoir attrapé un lapin alors que ce n'était qu'une musaraigne. »

En levant les yeux, il vit Poil de Souris marcher dans sa direction.

« Tu veux venir chasser avec moi et Nuage d'Araignée ? » proposa la guerrière.

Pour une fois, Griffe de Ronce ne se sentait guère l'énergie de chasser. Sachant que son périple commencerait le lendemain, les soucis s'amoncelaient dans sa tête comme autant de chats réunis lors d'une Assemblée. Son destin était-il vraiment de conduire trois autres guerriers dans l'inconnu pour affronter des dangers insoupçonnés ?

Poil de Souris attendait toujours sa réponse. Sa proposition était-elle un autre ordre d'Étoile de Feu ? Non, la chatte brune le regardait d'un air amical. Il se dit alors qu'il ferait mieux de chasser que de traîner dans le camp en broyant du noir. S'il rapportait de nombreuses prises, peut-être gagnerait-il l'estime de son chef.

Mais la chasse ne fut guère fructueuse. Nuage d'Araignée se laissait trop facilement distraire, prêt à jouer comme un chaton qui sort du camp pour la première fois. Soudain, alors qu'il traquait une souris, une feuille voleta devant son nez et il leva la patte pour lui donner un coup. La souris en profita pour disparaître sous une racine.

« Franchement ! soupira son mentor. Tu crois que le gibier va te tomber tout cru dans la bouche ?

— Désolé », chuchota l'apprenti, mortifié.

Après ce malheureux épisode, il redoubla de concentration. Lorsque les chasseurs tombèrent sur un écureuil en train de grignoter un gland au milieu d'une clairière, Nuage d'Araignée entama son approche, avançant furtivement chacune de ses longues pattes noires. Il allait bondir lorsque le vent tourna, diffusant son odeur jusqu'à sa proie. L'écureuil se redressa, la queue droite, et se précipita vers les arbres.

« Pas de chance ! » lança Griffe de Ronce.

Au lieu de lui répondre, l'apprenti détala à la suite du rongeur et disparut dans les sous-bois.

« Hé ! l'appela Poil de Souris. Tu n'attraperas jamais un écureuil de cette façon ! » L'apprenti ne revint pas, ce qui fit soupirer son mentor. « Un jour, il apprendra », conclut-elle, et elle s'élança à sa poursuite.

Une fois seul, Griffe de Ronce resta immobile, à l'affût. Il entendit un léger bruissement dans les feuilles au pied de l'arbre le plus proche. Une souris apparut, fouinant à la recherche de graines. Griffe de Ronce se tapit dans la position du chasseur et rampa jusqu'à elle, posant à peine ses coussinets sur le sol. Puis il bondit et tua sa proie d'un seul coup.

Il la recouvrit de terre pour la récupérer plus tard, regrettant presque que Poil de Souris n'ait pas vu son exploit. Au moins, elle aurait pu dire à Étoile de Feu qu'il chassait toujours aussi bien pour son Clan ; son chef avait peut-être une bonne raison de lui en vouloir, mais il ne pouvait ignorer ses talents de chasseur. Il se remit en position. Il se promettait une dernière partie de chasse avant son départ. Ses oreilles frémirent alors : un animal de bonne taille se faufilait entre les buissons, dans la direction opposée à celle prise par Poil de Souris et son apprenti. Griffe de Ronce flaira, mais ne sentit rien d'autre que l'odeur du Clan du Tonnerre. Il fit quelques pas, puis accéléra l'allure lorsque le bruissement s'intensifia, suivi d'un cri de fureur. Il contourna un buisson et s'immobilisa devant une haie d'ajoncs.

Nuage d'Écureuil s'était coincée entre les épaisses branches épineuses. Ses pattes avant ne touchaient plus le sol et sa fourrure s'était prise dans les piquants.

« Tu t'amuses bien ? » lança-t-il, ne pouvant réprimer un rire.

Aussitôt, l'apprentie tourna la tête vers lui, ses yeux verts lançant des éclairs.

« C'est ça, rigole, stupide boule de poils ! Quand t'auras fini, tu daigneras peut-être m'aider à sortir de là ! »

Elle avait retrouvé son caractère, loin de la petite chatte abattue qui avait quitté le camp le matin même. Ce constat remonta le moral du guerrier. Il la rejoignit en agitant la queue.

« Comment t'as fait ton compte ?

— Je poursuivais un campagnol, expliqua-t-elle, furieuse. Plume Cendrée avait une envie de rongeur, alors j'ai décidé de lui en trouver un, puisque mon chef m'a ordonné de nourrir les anciens jusqu'à la fin des temps. Il s'est faufilé là-dedans, et j'ai cru que j'arriverais à le suivre.

— Tu as eu tort, rétorqua-t-il.

— Merci, j'avais remarqué ! Fais quelque chose !

— Arrête de t'agiter, d'abord. »

En s'approchant un peu plus, il repéra les endroits où sa fourrure s'était prise dans les piquants et commença à la libérer, à coups de dents et de griffes. Les épines lui écorchèrent la truffe, et il sentit les larmes lui monter aux yeux, mais il poursuivit sans se plaindre.

« Attends, marmonna-t-elle au bout d'un instant. Je crois que c'est bon. »

Il s'écarta de l'apprentie, qui se pencha, ses pattes avant griffant le sol pour extraire son arrière-train des branches. L'instant suivant, elle était libre. Elle s'ébroua, le regard fixé sur les touffes de poils roux restées sur les épines.

« Merci, Griffe de Ronce.

— Tu n'es pas blessée ? Peut-être que tu devrais aller voir Museau Cendré…

— Nuage d'Écureuil ! »

Le sang de Griffe de Ronce se figea dans ses veines. Il se retourna au ralenti, sachant qu'Étoile de Feu s'avançait vers eux.

Le chef du Clan affichait un regard hostile, passant de l'apprentie au jeune guerrier.

« C'est ainsi que vous obéissez aux ordres ? »

Le comportement injuste d'Étoile de Feu stupéfia Griffe de Ronce. Il ne put d'abord trouver les mots pour lui répondre. Quand il se mit enfin à parler, il perçut une note de culpabilité dans sa voix.

« Je ne désobéis pas aux ordres, Étoile de Feu.

— Ah oui ? Alors je dois me tromper. » Le ton du chef était aussi sec que la terre en pleine canicule. « Tu étais censé chasser, mais tu as dû oublier de partir avec la patrouille.

— Mais non », répondit-il, désespéré.

Étoile de Feu regarda autour d'eux avec condescendance.

« Je ne vois ni Poil de Souris ni Nuage d'Araignée.

« — L'apprenti s'est lancé à la poursuite d'un écureuil. Et Poil de Souris l'a suivi.

— Pourquoi es-tu si désagréable avec nous ? demanda alors Nuage d'Écureuil, les yeux rivés sur son père. Griffe de Ronce ne fait rien de mal.

— Griffe de Ronce ne fait pas ce qu'on lui a demandé, feula le chef. Il ne suit pas le code du guerrier comme il le devrait. »

La jeune chatte bondit en avant pour se retrouver nez à nez avec son père et haussa le ton, excédée.

« J'étais coincée dans le buisson ! Il m'a aidée à me dégager ! Ce n'est pas sa faute !

— Tais-toi », ordonna le chef. À cet instant, la ressemblance entre le père et la fille était frappante : leurs yeux verts luisaient, leur fourrure rousse s'était gonflée. « Cela ne te concerne pas.

— Bien sûr que si, rétorqua-t-elle. Tu t'en prends à lui dès qu'il s'avise de me regarder…

— Silence ! » cracha Étoile de Feu.

Griffe de Ronce contemplait la scène avec horreur. Plume Grise pénétra alors dans la clairière, un campagnol dans la gueule.

« Étoile de Feu ? miaula-t-il, laissant tomber sa proie. Que se passe-t-il ? »

Le rouquin fouetta l'air d'un coup de queue et se redressa d'un geste impatient. Griffe de Ronce se força à se calmer.

« Ah, d'accord », murmura le guerrier gris en regardant les deux jeunes félins. Le chat au pelage sombre comprit alors qu'Étoile de Feu avait des raisons de se comporter ainsi, et que son lieutenant était au courant. « Viens, Étoile de Feu, poursuivit-il, rejoignant le chef pour lui donner un coup de

162

tête amical dans le flanc. Ces deux-là ne font rien de mal.

— Ils ne font rien de bon non plus. Je prends mes décisions et mes ordres pour le bien du Clan, leur rappela-t-il. Si vous n'êtes pas capables de le comprendre, vous n'êtes peut-être pas dignes d'être des guerriers.

— Quoi ? » hurla la jeune chatte, outragée.

Son père la fit taire en crachant.

Griffe de Ronce était trop désemparé pour protester. Un événement – que connaissaient Étoile de Feu et Plume Grise – avait retourné Étoile de Feu contre lui. Si Nuage d'Écureuil ne lui avait pas parlé du rêve, il devait s'agir d'autre chose. Mais quoi ? Tant qu'il l'ignorerait, il ne pourrait rien faire.

« Toi, poursuivit le chef en désignant sa fille de la queue, apporte le campagnol de Plume Grise aux anciens et continue à chasser pour eux. Et toi, Griffe de Ronce, retrouve Poil de Souris et, si ce n'est pas au-dessus de tes forces, essaye de rapporter du gibier avant la nuit. Exécution. »

Sans plus attendre, il fit volte-face et disparut dans les buissons.

« Il a beaucoup de soucis, leur expliqua Plume Grise avant de le suivre, comme pour s'excuser. Ne prenez pas ses remarques trop à cœur. Tout va s'arranger, vous verrez.

— Plume Grise ! »

Le cri provenait d'Étoile de Feu. Le lieutenant agita les oreilles, les salua d'un signe de tête et fila vers son chef.

Nuage d'Écureuil les suivit du regard. Maintenant que son père était parti et qu'elle n'avait plus à le défier, elle laissa retomber sa queue et regarda Griffe de Ronce avec détresse.

« Je ne fais jamais rien correctement, à ses yeux. Tu l'as entendu, il pense que je ne suis pas digne d'être une guerrière. Il ne voudra jamais me baptiser. »

Le jeune matou ne savait que répondre. Son ébahissement se transformait peu à peu en une colère froide. Il n'avait rien fait de mal. Il ne voyait vraiment pas pourquoi Étoile de Feu s'acharnait sur lui et Nuage d'Écureuil. Elle pouvait se montrer capricieuse, mais c'était une apprentie loyale qui travaillait dur. N'importe quel chef un tant soit peu observateur savait qu'elle ferait un jour une grande guerrière.

Perdu dans ses pensées, les yeux baissés, il entendit à peine l'apprentie lorsqu'elle l'appela. Il sentit son esprit s'éclaircir, comme un ciel couvert soudain dégagé par le vent. La veille, après la scène derrière la pouponnière, il s'était senti tiraillé entre les exigences de la prophétie et sa loyauté envers son chef. Il savait maintenant que, quoi qu'il fasse, il ne retrouverait jamais l'estime d'Étoile de Feu, car il ne savait pas pourquoi il lui en voulait. Seule solution : partir, guidé par le Clan des Étoiles, et ne revenir que le jour où il pourrait prouver sa loyauté à son chef. Ou bien ne plus jamais revenir.

« Vas-y, miaula-t-il, la gorge sèche, en inclinant la tête vers le rongeur mort. Rapporte-le au camp sinon il va encore te disputer.

— Et toi ? »

Elle, d'habitude si enjouée, semblait nerveuse.

« Je... » Il s'apprêtait à lui mentir, à lui dire qu'il partait à la recherche de Poil de Souris. Mais elle se sentirait trahie en voyant qu'il ne revenait pas. Après tout, ils subissaient ensemble les foudres d'Étoile de Feu. « Je pars.

— Hein ? Tu quittes le Clan du Tonnerre ?

— Pas pour toujours, se hâta-t-il de préciser. Nuage d'Écureuil, je dois te dire une chose... »

Elle s'assit face à lui et son regard vert ne quitta pas son visage tandis qu'il lui parlait de son second rêve, du soleil sombrant dans une immensité d'eau salée, de la grotte aux dents pointues.

« Nuage de Jais affirme que cet endroit existe, expliqua-t-il. Je crois que le Clan des Étoiles me demande d'y aller, et les autres sont d'accord. Nous partons demain à l'aube. »

Les prunelles vertes de la jeune chatte reflétèrent sa peine.

« Tu as tout comploté sans m'en parler ? gémit-elle. Griffe de Ronce, tu m'avais promis !

— Je sais, répondit-il, rongé par la culpabilité. J'allais le faire, mais Étoile de Feu a commencé à nous harceler... Seul le Clan des Étoiles connaît la raison de son attitude.

— Et tu vas vraiment y aller ? Mais tu ne sais même pas à quelle distance se trouve cet endroit.

— Personne ne le sait. Nuage de Jais a rencontré des chats qui en revenaient, alors il doit être possible de s'y rendre. Je ne vais pas retourner au camp ce soir, ajouta-t-il. Je passerai la nuit dans la forêt et je retrouverai les autres aux Quatre Chênes demain matin. S'il te plaît, Nuage d'Écureuil, ne nous trahis pas. Ne révèle à personne où nous sommes partis. »

Quand il eut fini de parler, les yeux de l'apprentie

brillaient d'excitation. Griffe de Ronce devina ce qu'elle allait dire.

« Je n'en parlerai à personne, promit-elle. Et pour cause, je viens avec vous.

— Sûrement pas ! Tu ne fais pas partie des élus. Tu n'as même pas encore reçu ton nom de guerrière.

— Nuage Noir non plus. Et je te parie une patrouille de l'aube que Pelage d'Orage viendra aussi. Il ne laisserait jamais sa sœur y aller seule. Alors pourquoi je devrais rester là ? » Elle hésita, avant d'ajouter : « Je n'ai parlé à personne du premier rêve, Griffe de Ronce. À personne. Même pas à Nuage de Feuille. »

Elle disait la vérité, il le savait. Si elle avait laissé échapper la moindre information, tout le camp aurait été au courant, depuis le temps.

« Je ne t'ai jamais dit que tu pourrais venir, lui rappela-t-il. J'ai juste promis de t'avertir, et je l'ai fait.

— Mais tu ne peux pas me laisser là ! Si je ne sais pas ce qui va se passer ensuite, je me poserai tellement de questions que ma fourrure tombera par touffes entières !

— C'est trop dangereux, Nuage d'Écureuil. Tu dois bien le comprendre, non ? La prophétie est un fardeau suffisamment lourd à porter sans que, en plus, je doive veiller sur toi.

— Veiller sur moi ? Je peux me débrouiller toute seule, merci bien ! Et je viens avec vous, que tu le veuilles ou non. Si tu m'en empêches, je vous suivrai de loin. Pense à ce qui est arrivé aujourd'hui. Comme toi, je ne veux pas retourner au camp pour

me faire envoyer sur les épineux pour rien, jour
après jour ! »

Il la dévisagea, indécis. Il ne voulait pas prendre
la responsabilité de mettre en danger une jeune
apprentie... mais elle le serait encore plus si elle les
suivait seule en territoire inconnu. Et si elle retour-
nait au camp, dès qu'Étoile de Feu se rendrait
compte qu'il avait disparu, il la harcèlerait jusqu'à
ce qu'elle lui apprenne tout ce qu'elle savait. Alors,
il enverrait peut-être une mission de secours.
L'espace d'un instant, il comprit ce qu'être chef
impliquait : le poids des doutes et des questions
sans réponses pesait plus lourd sur sa fourrure que
les eaux gonflées d'une rivière en crue.

Il poussa un soupir si long que son souffle lui
chatouilla le bout des pattes.

« D'accord, Nuage d'Écureuil. Tu peux venir. »

CHAPITRE 11

« **O**Ù ALLONS-NOUS DORMIR ? » demanda Nuage d'Écureuil.

Dès que Griffe de Ronce avait accepté de l'emmener avec lui, la peine et la colère de l'apprentie avaient fondu comme neige au soleil. Il lui semblait qu'elle n'avait cessé de parler depuis leur départ de la clairière où Étoile de Feu les avait surpris.

« Tais-toi, souffla-t-il. On doit t'entendre dans toute la forêt. Si quelqu'un nous cherche...

— Ça ne répond pas à ma question ! insista-t-elle en baissant le ton. Où allons-nous dormir ?

— Pas loin des Quatre Chênes. Comme ça, on sera déjà sur place pour retrouver les autres à l'aube. »

Tandis que les deux félins se frayaient un passage à travers les sous-bois, la nuit tomba. Les nuages amoncelés dans le ciel dissimulaient le moindre éclat d'étoile ou de lune. Un vent froid soufflait dans l'herbe et, de nouveau, Griffe de Ronce sentit l'arrivée prochaine de la saison des feuilles mortes.

Sachant qu'on pourrait partir à leur recherche, il avait d'abord pensé s'abriter près des Rochers aux Serpents, que le Clan avait ordre d'éviter. Mais le risque de tomber sur le blaireau, qui chassait la nuit, était trop grand. Il avait donc décidé de se diriger vers le Chemin du Tonnerre, espérant que l'odeur âcre des monstres des Bipèdes masquerait la leur.

« Je connais un chouette arbre à côté du Chemin du Tonnerre, déclara l'apprentie. On peut se faufiler à l'intérieur et s'y cacher.

— Pour que des araignées et autres bestioles nous courent dessus toute la nuit ? Non, merci.

— Pourquoi as-tu toujours réponse à tout ? soupira-t-elle.

— Peut-être parce que, moi, je suis un guerrier. »

Distraite par un bruissement dans les fourrés, Nuage d'Écureuil ne répondit pas et s'arrêta un instant avant de plonger dans les fougères. Elle revint aussitôt avec une souris dans la gueule.

« Bien joué », la félicita-t-il.

À la vue du rongeur, il se rendit compte qu'il mourait de faim. Peu après, il attrapa lui aussi une proie, et les deux félins firent halte pour avaler leur prise en quelques bouchées, les oreilles dressées, guettant le moindre signe d'une patrouille du Clan du Tonnerre. Mais Griffe de Ronce n'entendait que les bruits habituels de la vie nocturne et les vrombissements tout proches des monstres sur le Chemin du Tonnerre. Comme il l'avait espéré, leur puanteur était si forte qu'elle masquait toutes les autres odeurs ou presque. Néanmoins, l'idée de passer la nuit les narines incommodées le dégoûtait.

Une pluie fine et froide se mit à tomber, qui tourna vite à l'averse. La fourrure de Griffe de Ronce fut bientôt détrempée. Il se sentait transi comme il ne l'avait pas été depuis des lunes.

« Il faut nous abriter », miaula Nuage d'Écureuil en frissonnant. Elle semblait frêle et vulnérable avec sa fourrure plaquée sur son corps. « Et si on cherchait cet arbre ? »

Il allait acquiescer mais, au moment où ils sortaient des sous-bois et se retrouvaient sur un accotement d'herbe, le regard de Griffe de Ronce se posa sur le Chemin du Tonnerre, en contrebas. Un monstre passa en hurlant ; ses yeux lumineux projetaient des rais jaunes dans la nuit. Avant de disparaître au loin, la lumière révéla une forme sombre impressionnante : le plus gros monstre qu'il ait jamais vu se tenait sur le bord du chemin, immobile. Son odeur repoussante envahit la bouche et les narines du guerrier.

« Qu'est-ce que c'est que ça ? fit Nuage d'Écureuil, en s'arrêtant tout près de lui.

— Je n'en sais rien. Je n'ai jamais rien vu de semblable. Reste ici, je vais l'inspecter. »

Il avança prudemment, s'arrêtant à quelques longueurs de queue de renard du monstre. Était-il mort ? se demanda-t-il. Était-ce pour cela que les Bipèdes l'avaient abandonné ? Ou bien restait-il tapi là, prêt à bondir comme lui-même fondrait sur une souris ?

« Hé, on pourrait se cacher dessous », suggéra Nuage d'Écureuil, qui l'avait rejoint d'un pas léger. Évidemment, elle ne lui avait pas obéi. « On serait protégés de la pluie. »

Griffe de Ronce distinguait à peine l'espace entre le ventre du monstre et le sol. Sa fourrure se hérissa à l'idée de ramper sous la bête, mais il ne voulait pas avoir l'air d'un lâche. De plus, c'était une bonne

idée : la puanteur empêcherait d'éventuels poursui-
vants de les retrouver.

« D'accord, miaula-t-il. Mais laisse-moi... » Il
n'eut pas le temps de terminer sa phrase : l'apprentie s'aplatissait déjà contre le sol pour se faufiler
sous le monstre. « ... y aller en premier », finit-il,
résigné, avant de la suivre.

Le lendemain matin, Griffe de Ronce fut réveillé
par la douce lumière de l'aube qui filtrait sous le
ventre de la bête. Nuage d'Écureuil était roulée
en boule près de lui. L'espace d'un instant, il ne
comprit pas pourquoi elle dormait dans sa tanière,
et non avec les apprentis. Puis l'odeur horrible et
le bourdonnement incessant du Chemin du Tonnerre lui rappelèrent où il se trouvait, et pourquoi.
Son voyage allait vraiment commencer ! Mais au
lieu de se sentir excité, il fut assailli par le doute.
En disparaissant de son Clan sans la permission de
son chef, il devenait un exilé, ce qui n'arrangeait
rien.

Il s'extirpa de la cachette et huma l'air. L'herbe
était encore humide et les buissons au sommet de
l'accotement ployaient sous le poids des gouttes.
Dans la lumière de l'aube, la brume entre les arbres
semblait d'argent. Il n'entendit ni ne vit le moindre
chat.

Il se retourna pour appeler l'apprentie :

« Réveille-toi ! Il est temps d'aller aux Quatre
Chênes. »

Il s'apprêtait à retourner sous le monstre pour la
réveiller lorsqu'elle émergea enfin de la cachette en
clignant des yeux.

« Je meurs de faim, gémit-elle.

— On aura le temps de chasser en chemin. Mais on doit partir tout de suite. Les autres vont nous attendre.

— Très bien. »

Elle grimpa jusqu'au sommet du talus et fila vers les Quatre Chênes, longeant le Chemin du Tonnerre. Griffe de Ronce la rattrapa et les deux félins coururent côte à côte. La brume se dissipa, une lumière dorée apparut à l'horizon, là où le soleil se lèverait bientôt. Les oiseaux commençaient à chanter dans les arbres.

Une fois bien réveillée, Nuage d'Écureuil sembla oublier sa faim. Elle se hâtait, sans un regard pour son environnement. Griffe de Ronce hésitait entre gagner les Quatre Chênes au plus vite et ralentir pour mieux guetter d'éventuels dangers. Lorsqu'il entendit les buissons frémir derrière eux, il fit halte, les oreilles dressées et la gueule entrouverte pour mieux flairer leur poursuivant.

« Nuage d'Écureuil ! À couvert ! » souffla-t-il.

Mais elle s'était déjà arrêtée, ses yeux verts tournés dans la direction du bruit. Le guerrier reconnut l'odeur familière du Clan du Tonnerre. Puis les branches d'un buisson s'écartèrent, et Nuage de Feuille en sortit.

Les deux sœurs restèrent figées sur place. Nuage de Feuille s'avança et déposa le paquet qu'elle tenait dans la gueule aux pieds de Nuage d'Écureuil.

« Je vous ai apporté des herbes contre la faim pour le voyage, murmura-t-elle. Vous en aurez besoin. »

Griffe de Ronce braqua son regard sur Nuage d'Écureuil.

« Je croyais que tu n'en avais parlé à personne !
rugit-il, outré. Pourquoi est-elle au courant ? Tu
m'as menti !

— C'est pas vrai !

— Non, elle ne t'a pas menti, Griffe de Ronce,
répéta la douce voix de Nuage de Feuille. Elle n'a
pas eu besoin de m'en parler. Je le savais, c'est tout.

— Tu veux dire que tu es au courant de tout ?
Des rêves et du voyage vers là où le soleil sombre
dans l'eau ? »

Il lut dans les yeux de l'apprentie guérisseuse sa
détresse et son étonnement.

« Non, répondit-elle. Je sais simplement que ma
sœur s'en va… Et qu'elle devra affronter un grand
danger. »

Griffe de Ronce eut pitié d'elle mais il ne pouvait
se laisser attendrir. Il devait savoir à quoi s'en tenir.

« Qui d'autre est au courant ? demanda-t-il sèchement. Tu l'as dit à ton père ?

— Non ! » La colère qui brillait dans ses yeux la
faisait soudain ressembler à sa sœur. « Jamais je ne
la dénoncerais, pas même pour obéir à Étoile de
Feu.

— Elle dit la vérité, Griffe de Ronce », ajouta
Nuage d'Écureuil.

Le jeune guerrier hocha lentement la tête.

« Mais je regrette presque de ne pas l'avoir fait,
poursuivit Nuage de Feuille, amère. J'aurais peut-
être pu t'empêcher de partir. Nuage d'Écureuil,
faut-il vraiment que tu t'en ailles ?

— Je le dois ! C'est l'aventure la plus excitante
qui me soit jamais arrivée. Tu te rends compte ?
C'est un ordre du Clan des Étoiles, alors on ne peut

pas considérer que nous enfreignions le code du guerrier. »

Elle rapporta ensuite toute l'histoire à sa sœur. Cette dernière écoutait, transie, pendant que Griffe de Ronce s'impatientait.

« Mais toi, tu n'es pas obligée d'y aller ! Tu ne fais pas partie des élus.

— De toute façon, je ne rentre pas au camp. Pour Étoile de Feu, je ne fais jamais rien comme il faut. Sais-tu qu'il a osé me dire que je n'étais peut-être pas digne d'être une guerrière ? Je vais lui montrer, moi, si j'en suis digne ou pas ! »

Griffe de Ronce jeta un œil vers Nuage de Feuille. Elle savait aussi bien que lui qu'il était inutile de discuter avec la rouquine. Mais il vit autre chose dans les yeux ambrés : une lueur trouble, comme si elle en savait plus qu'elle ne le disait.

« Mais tu pourrais ne jamais revenir », ajouta-t-elle d'une voix mal assurée, qui rappela à Griffe de Ronce qu'avant d'être apprentie guérisseuse, Nuage de Feuille était d'abord une sœur. « Que ferais-je sans toi ?

— Ça va aller », la rassura Nuage d'Écureuil d'un ton doux qui étonna le guerrier. Puis elle pressa son museau contre le flanc de sa sœur. « Il faut vraiment que je parte. Tu le comprends, n'est-ce pas ? »

Nuage de Feuille acquiesça.

« Et tu ne diras à personne où nous sommes allés, promis ?

— Je ne le sais même pas… et vous non plus, d'ailleurs. Mais d'accord, je ne dirai rien. Souviens-toi juste qu'Étoile de Feu t'aime. Ses préoccupations dépassent tout ce que tu peux imaginer. » Elle prit une inspiration hachée avant de poursuivre : « Maintenant, prenez ces herbes et partez. »

Nuage d'Écureuil donna des coups de patte dans le paquet pour constituer deux parts. Tandis qu'ils avalaient tout rond les feuilles amères, Nuage de Feuille les observa, l'air sombre.

« Vous n'avez pas de guérisseurs dans le groupe, mais vous pouvez toujours trouver des herbes utiles sur le chemin. N'oublie pas la feuille de souci pour les blessures. Et la tanaisie contre la toux… Oh, et les baies de genièvre pour apaiser les maux de ventre. Et les feuilles de bourrache guériront la fièvre, si vous en trouvez. »

À croire qu'elle voulait leur transmettre toutes ses connaissances avant leur départ.

« Nous n'oublierons pas », promit Nuage d'Écureuil. Elle avala une dernière bouchée d'herbes et se lécha les babines. « Viens, Griffe de Ronce.

— Au revoir, Nuage de Feuille, miaula-t-il. Que le Clan des Étoiles veille sur toi et le reste du Clan. Si la forêt connaît un danger, il… il se peut que nous ne soyons pas rentrés à temps pour vous aider à le combattre.

— Le Clan des Étoiles en décidera, répondit-elle d'un air triste. Je ferai de mon mieux pour m'y préparer, promis.

— Et ne t'inquiète pas pour ta sœur. Je la protégerai.

— Et moi je veillerai sur lui, lança Nuage d'Écureuil en le défiant du regard, avant de presser sa truffe contre celle de sa sœur. Nous reviendrons, c'est sûr », chuchota-t-elle.

Nuage de Feuille baissa la tête, les yeux embués de larmes. Tandis que Griffe de Ronce se dirigeait une nouvelle fois vers les Quatre Chênes, il vit en se retournant qu'elle les observait toujours, silhouette immobile se découpant sur les fougères. Au moment où il leva la queue en un geste d'adieu, elle fit demi-tour et les sous-bois se refermèrent sur elle.

CHAPITRE 12

NUAGE DE FEUILLE ATTRAPA UN CAMPAGNOL sur le chemin du retour et le garda bien serré entre les mâchoires. Elle voulait faire croire qu'elle était partie chasser au petit matin. Dans son esprit se mélangeaient des images du départ de sa sœur et les prophéties qui semblaient entourer Nuage d'Écureuil et Griffe de Ronce comme la brume recouvrant un buisson d'aubépine.

Une fois dans la clairière, elle entendit Poil de Souris tempêter :

« Ce Griffe de Ronce n'est qu'un paresseux ! Le soleil est levé depuis longtemps, et il dort encore. Il faut qu'il rejoigne l'équipe de chasseurs.

— Je vais le réveiller. »

Cœur Blanc, qui était assise près de Poil de Souris devant le bouquet d'orties, se leva pour gagner le repaire des guerriers.

Nuage de Feuille sentit son estomac se nouer. Qu'allait-il se passer lorsque le Clan du Tonnerre découvrirait leur disparition ? Soudain, Pelage de Poussière sortit de la pouponnière et se dirigea vers la tanière des apprentis, où Nuage Ailé et Nuage de Musaraigne prenaient le soleil.

« Bonjour, les salua-t-il. Avez-vous vu Nuage d'Écureuil ? Serait-elle malade ? D'habitude, à cette heure-ci, elle me tanne pour qu'on aille s'entraîner, avant même que j'aie pu avaler un morceau. »

Les deux apprentis échangèrent un regard surpris.

« Nous ne l'avons pas vue, déclara Nuage Ailé. Elle n'a pas dormi avec nous cette nuit.

— Qu'est-ce qu'elle a encore inventé ? » grommela le mentor, les yeux levés au ciel.

Cœur Blanc revint du repaire des guerriers en quelques bonds. Nuage de Feuille alla déposer son campagnol dans la réserve de gibier pour pouvoir écouter sa conversation avec Poil de Souris.

« Griffe de Ronce n'est pas là, annonça la chatte blanche.

— Quoi ? fit l'autre guerrière. Où est-il, alors ?

— Il a dû partir chasser seul. Ne t'en fais pas, Poil de Souris, Flocon de Neige et moi, on t'accompagne.

— D'accord. »

Dès que Flocon de Neige émergea du gîte, clignant des yeux pour chasser le sommeil, Poil de Souris alla réveiller Nuage d'Araignée, et les quatre chasseurs quittèrent le camp.

Pendant ce temps, Pelage de Poussière s'était approché de la réserve de gibier. Sur un ton irrité, il demanda au Clan des Étoiles comment il était censé former une apprentie qui n'était jamais là.

« Si tu vois ta sœur, grommela-t-il à Nuage de Feuille, dis-lui que je suis dans la pouponnière. Et elle a intérêt à avoir une bonne excuse pour être une nouvelle fois partie de son côté. »

Il s'empara d'un étourneau et retourna auprès de Fleur de Bruyère.

Nuage de Feuille le regarda s'éloigner avant de gagner le tunnel de fougères menant à la tanière de la guérisseuse, soulagée que Pelage de Poussière ne l'ait pas interrogée sur sa sœur. Mais elle savait qu'au fil du temps, elle ne pourrait éviter les questions… et elle ignorait comment y répondre.

Vers midi, les rumeurs commencèrent à se répandre dans le camp. Lorsque l'apprentie gagna la clairière principale en quête de gibier pour Museau Cendré, Étoile de Feu était en train de donner des instructions aux patrouilles désignées pour rechercher les deux disparus.

« Alors comme ça, Griffe de Ronce a un faible pour Nuage d'Écureuil ? demanda Flocon de Neige, l'air amusé. C'est vrai qu'elle est très jolie, on ne peut pas le nier.

— Je me demande ce qu'ils peuvent fabriquer. » Étoile de Feu semblait plus irrité qu'inquiet. « J'aurai deux mots à leur dire à leur retour. »

Nuage de Feuille se tapit, faisant mine de guetter une proie, tandis que les guerriers se dispersaient, laissant ses parents seul à seul.

« Tu sais, dit Tempête de Sable à Étoile de Feu, Plume Grise m'a rapporté ce qui s'est passé hier soir, quand vous les avez trouvés en train de chasser ensemble. Tout porte à croire qu'ils ne sont pas rentrés au camp depuis. Vu comme tu leur as parlé, je ne suis pas surprise qu'ils veuillent prendre leurs distances.

« — Je n'ai pas pu les contrarier à ce point, tout de même ? lui demanda-t-il, inquiet. Tu crois qu'ils ont quitté le camp à cause de moi ? »

Les yeux verts de Tempête de Sable, semblables à ceux de Nuage d'Écureuil, plongèrent dans les siens.

« Je t'ai dit et répété qu'on n'arrivait à rien en critiquant Nuage d'Écureuil ou en lui donnant des ordres. Elle se braque et n'en fait qu'à sa tête.

— Je sais, soupira-t-il. Mais cette prophétie… Feu et tigre ensemble, et la forêt en danger. Je pensais que, une fois le Clan du Sang défait, nous aurions tous la paix.

— Mais la paix a duré bien des lunes, le rassura-t-elle en venant presser son museau contre sa joue. Et cela grâce à toi. Si l'avenir nous réserve d'autres ennuis, ce n'est pas ta faute. Tu sais, j'ai repensé à ce signe », poursuivit-elle en s'assurant que personne ne les écoutait.

Nuage de Feuille se demanda si elle devait quitter les ombres près de la réserve. Si elle l'avait vue, sa mère ne semblait pas se préoccuper d'elle. Après tout, elle savait déjà tout du message du Clan des Étoiles.

« Il est question du feu, d'un tigre et de problèmes, continua la guerrière. Mais rien ne dit que le feu et le tigre causeront ces problèmes, voyons. »

Un frisson parcourut la fourrure d'Étoile de Feu, la faisant onduler comme une rivière enflammée.

« Tu as raison ! murmura-t-il. La prophétie pourrait même signifier qu'ils nous aideront à régler ces problèmes.

— En effet. »

Le chef se redressa et sembla soudain ragaillardi. « Dans ce cas, il est capital de les retrouver ! lança-t-il. Je vais mener une patrouille moi-même.

— Et je t'accompagne. » Haussant le ton, elle ajouta : « Nuage de Feuille, depuis le temps, tu as dû renifler chacune des proies de la réserve. Museau Cendré t'attend… et souviens-toi que tu as promis de ne parler à personne de cet augure.

— Oui, Tempête de Sable. »

L'apprentie attrapa un campagnol et fila vers la tanière de la guérisseuse. Elle se demanda si elle devait rapporter ce qu'elle savait à ses parents… mais elle avait également promis à Nuage d'Écureuil qu'elle ne dirait rien. Le dilemme pesait sur elle comme un orage prêt à éclater. Elle ignorait si elle réussirait à tenir ses deux promesses tout en restant fidèle au vœu qu'elle avait prononcé en tant que guérisseuse : agir uniquement pour le bien du Clan.

Le reste de la journée passa comme un éclair : Museau Cendré lui demanda de vérifier les stocks de plantes médicinales et d'estimer les besoins avant que la saison des feuilles mortes s'installe. Le soleil déclinait et l'air fraîchissait, empreint de senteurs humides, lorsqu'elle entendit un chat traverser le tunnel de fougères.

« C'est Étoile de Feu, annonça Museau Cendré en jetant un regard vers l'entrée de son gîte. Continue, je vais voir ce qui l'amène. »

Bien contente de rester cachée dans la faille du rocher pour compter les baies de genièvre, Nuage de Feuille aperçut son père dans la clairière : les rayons du soleil transformaient sa fourrure en flammes chatoyantes. Elle recula au fond de l'antre pour éviter qu'il ne la voie.

« On n'a trouvé aucune trace de leur passage, déclara-t-il, préoccupé. J'ai tenté de suivre leur odeur, mais la dernière pluie a dû la dissiper. Ils pourraient être n'importe où. Museau Cendré, que devrais-je faire, à ton avis ?

— Je ne vois pas ce que tu peux faire de plus, à part cesser de t'inquiéter. » La guérisseuse se montrait ferme, mais pleine d'empathie. « Je me souviens de deux apprentis qui trouvaient toujours une excuse pour quitter le camp en douce. Il ne leur est jamais rien arrivé de fâcheux.

— Plume Grise et moi ? C'était différent. Nuage d'Écureuil…

— Nuage d'Écureuil est avec un jeune guerrier de talent. Griffe de Ronce veillera sur elle. »

Silence. Nuage de Feuille risqua un autre coup d'œil à l'extérieur : son père était assis, la tête basse, abattu comme jamais. Sa fille eut pitié de lui. Elle aurait voulu le consoler, mais ne le pouvait sans manquer à sa parole.

« C'est ma faute, poursuivit le chef d'une voix à peine audible. Je me suis montré trop sévère avec eux. S'ils ne reviennent pas, je ne me le pardonnerai jamais.

— Mais ils reviendront ! La forêt est en endroit sûr, pour le moment. Où qu'ils soient, ils trouveront de la nourriture et un abri.

— Peut-être », souffla-t-il, peu convaincu.

Sans un mot de plus, il se leva et disparut dans le tunnel de fougères.

« Nuage de Feuille, sais-tu où se trouve ta sœur ? » s'enquit Museau Cendré en revenant à l'intérieur.

Voulant éviter le regard de son mentor, l'apprentie tendit la patte vers une baie qui avait roulé sur le sol. Lorsqu'elle pensait à Nuage d'Écureuil, elle ne ressentait qu'une impression de chaleur et de sécurité, et la présence d'autres chats. Elle devina qu'ils avaient rejoint la ferme de Nuage de Jais, sans en être tout à fait sûre. Elle répondit donc franchement :

« Non, je n'en sais rien.

— Mmmm… »

Nuage de Feuille sentait le regard de Museau Cendré sur elle. Elle leva la tête ; les yeux de son mentor, tels des puits de sagesse et de compréhension, ne reflétaient aucune colère.

« Si tu le savais, tu me le dirais, n'est-ce pas ? La loyauté d'un guérisseur n'est pas forcément la même que celle d'un guerrier mais, au bout du compte, nous sommes tous loyaux envers le Clan des Étoiles et les quatre Clans de la forêt. »

La jeune chatte hocha la tête. À son grand soulagement, la guérisseuse se détourna pour examiner leur réserve de feuilles de soucis.

Je ne lui ai pas menti, se consola-t-elle tant bien que mal. En vain. Prophétie ou pas, elle connaissait le code du guerrier aussi bien que n'importe quel chat. Le pire qu'un apprenti puisse faire, c'était mentir à son mentor ; même si ses paroles n'avaient décrit que la pure vérité, elle se sentait horriblement coupable.

Oh, Nuage d'Écureuil, gémit-elle, *pourquoi a-t-il fallu que tu t'en ailles ?*

CHAPITRE 13

« Ce n'est pas le chemin le plus court vers les Quatre Chênes », fit remarquer Nuage d'Écureuil lorsque Griffe de Ronce fit halte près d'un buisson épineux. Elle pointa sa queue dans une autre direction. « On devrait aller par là.

— Très bien », soupira-t-il. Une fois n'est pas coutume, l'apprentie s'était montrée discrète après les adieux à sa sœur mais, malheureusement, le silence n'avait pas duré. « Va par là, si tu as envie de faire trempette. Par ici, le cours d'eau est plus étroit, et nous pouvons le traverser en sautant sur un rocher.

— Ah bon ? D'accord... »

Elle sembla un instant déconcertée, mais haussa les épaules. Côte à côte, ils filèrent ventre à terre entre les arbres et franchirent le ruisseau en quelques bonds. Puis ils entamèrent la dernière montée qui les séparait des Quatre Chênes. Le temps qu'ils atteignent l'orée de la clairière, le soleil était déjà parfaitement visible au-dessus de l'horizon.

Griffe de Ronce marqua une pause et fit signe à la rouquine de s'arrêter, pour éviter qu'elle ne se rue dans la clairière sans réfléchir. Humant l'air, il perçut les odeurs mêlées des trois autres Clans et, lorsqu'il plongea son regard en contrebas, il aperçut Pelage d'Or, Jolie Plume et Pelage d'Orage assis au pied du Grand Rocher, tandis que Nuage Noir faisait les cent pas devant eux.

« Enfin ! lança Pelage d'Or en avisant les retardataires. On pensait que tu ne viendrais plus.

— Qu'est-ce qu'elle fiche là, celle-là ? » s'enquit Nuage Noir, les yeux rivés sur Nuage d'Écureuil.

L'apprentie soutint son regard, les poils de sa nuque hérissés par la colère.

« C'est à moi, et à moi seule, qu'il faut poser la question, rétorqua-t-elle. Je viens avec vous.

— Quoi ? fit Pelage d'Or, qui s'approcha de son frère. Griffe de Ronce, tu as perdu l'esprit ? Tu ne peux pas emmener une apprentie. C'est trop dangereux. »

Avant que le guerrier puisse répondre, Nuage d'Écureuil feula en agitant la queue vers Nuage Noir :

« Lui aussi, c'est un apprenti !

— Le Clan des Étoiles m'a choisi, lui fit-il remarquer. Pas toi. »

Comme si cela réglait la question, il s'assit et commença à se nettoyer les oreilles.

« Lui non plus, il n'a pas été choisi, protesta-t-elle, posant ses prunelles enflammées sur Pelage d'Orage. Ne me dites pas qu'il est simplement venu dire adieu à sa sœur ! »

Les deux guerriers du Clan de la Rivière échangèrent un regard en silence.

« Elle vient avec nous, un point c'est tout », déclara Griffe de Ronce, à court de patience. La mission risquait d'échouer avant même d'avoir commencé à cause du mauvais caractère de certains. « Maintenant, allons-y.

— Tu n'as pas à me donner d'ordres ! rugit Nuage Noir.

— Il a raison, tu sais, soupira Pelage d'Or. Si nous ne sommes pas capables d'empêcher Nuage d'Écureuil de venir…

— Et c'est bien le cas, confirma l'apprentie.

— … Alors on ferait aussi bien de faire avec et de partir sans tarder. »

Au grand soulagement de Griffe de Ronce, Nuage Noir n'ajouta aucun commentaire. L'apprenti se leva, tourna le dos à Nuage d'Écureuil avant de lancer au guerrier du Clan du Tonnerre :

« Dommage que tu n'aies pas pu quitter ton Clan sans ce boulet. »

Les deux félins du Clan de la Rivière se mirent eux aussi sur leurs pattes pour rejoindre le groupe.

« Ne t'en fais pas, murmura Jolie Plume en touchant légèrement l'épaule de Nuage d'Écureuil du bout du museau. Nous sommes tous un peu nerveux. Tout ira mieux une fois que le voyage aura commencé. »

L'apprentie s'apprêtait à rétorquer des propos cinglants, mais devant le regard plein de gentillesse de la guerrière, elle se ravisa et inclina la tête.

Comme s'ils obéissaient à un ordre tacite, les six chats cheminèrent à travers les buissons jusqu'à la crête, débouchant à la limite du Clan du Vent. Lorsque Griffe de Ronce observa les vallons couverts de bruyère, l'herbe qui ondulait sous les assauts du vent telle la fourrure d'une créature gigantesque, son cœur se mit à palpiter, prêt à jaillir de sa poitrine. Le moment qu'il avait tant attendu depuis qu'Étoile Bleue lui avait parlé en rêve était enfin venu. L'heure de la nouvelle prophétie avait sonné. Le voyage pouvait commencer !

Pourtant, tandis qu'il faisait ses premiers pas dans la bruyère, il fut pris de regrets pour tout ce qu'il abandonnait : la forêt familière, sa place dans le Clan, ses amis. Dès lors, tout serait différent.

Peut-on vraiment survivre en suivant le code du guerrier hors de la forêt ? se demanda-t-il. En jetant un dernier regard vers la ligne sombre des arbres, il ajouta pour lui-même : *Reverrons-nous jamais nos Clans ?*

Tapi à l'abri d'une haie, Griffe de Ronce contemplait les bâtiments d'une ferme de Bipèdes. Derrière lui, les autres s'impatientaient.

« Qu'est-ce qu'on attend ? s'enquit Nuage Noir.

— Nuage de Jais et Gerboise vivent ici, répondit-il.

— Oui, je sais, répliqua l'apprenti du Clan du Vent. Griffe de Pierre m'y a emmené lors de mon voyage aux Hautes Pierres. Mais on ne va pas s'y arrêter, si ?

— Je pense que ça serait une bonne idée. » Griffe de Ronce s'efforçait de ne pas braquer l'apprenti. « Nuage de Jais connaît l'endroit où le soleil sombre dans l'eau. Il pourrait nous donner des informations utiles.

— Et sa grange fourmille de souris, ajouta Pelage d'Or en se léchant les babines.

« — Il y a pire, c'est sûr, reconnut Griffe de Ronce. Deux bons repas nous aideraient à prendre des forces.

— Mais en poursuivant, on atteindrait les Hautes Pierres avant la nuit », fit remarquer Nuage Noir.

Le guerrier du Clan du Tonnerre le soupçonnait de le contredire pour le plaisir.

« Je pense vraiment que nous devrions faire halte ici, miaula-t-il. Comme ça, nous gagnerons les Hautes Pierres de bonne heure demain matin, et nous aurons toute la journée pour avancer en territoire inconnu.

— Tu préfères dormir dans les rochers, sans manger, ou bien dans un endroit chaud et confortable, l'estomac plein ? demande Pelage d'Orage. Je vote pour la grange de Gerboise.

— Moi aussi, dit Nuage d'Écureuil.

— Toi, ton avis ne compte pas », rétorqua Nuage Noir.

L'apprentie fit mine de ne pas l'entendre. Ses yeux verts brillants d'excitation, elle bondit sur ses pattes.

« Allons-y, lança-t-elle.

— Non, attends. » Jolie Plume se plaça devant elle avant que Griffe de Ronce en ait eu le temps. « Il y a des rats dans les environs. Nous devons nous montrer prudents.

— Et des chiens, aussi, précisa Pelage d'Or.

— Ah ? D'accord. »

Griffe de Ronce se souvint que l'apprentie n'avait pas encore fait le voyage jusqu'aux Hautes Pierres. En fait, c'était la première fois qu'elle quittait le territoire du Clan du Tonnerre. En son for intérieur, il devait reconnaître qu'elle s'était bien conduite jusque-là : elle avait traversé le territoire du Clan du Vent sans faire d'histoires. Elle s'en sortirait peut-être mieux qu'il ne l'avait pensé au cours de leur long périple à venir.

Griffe de Ronce sortit de la haie et guida les autres par-delà le corps de ferme, vers la grange. Il se figea un instant en entendant des chiens aboyer, mais ils semblaient loin et leur odeur était diffuse.

« Allez, on avance », marmonna Nuage Noir près de son épaule.

Le bâtiment se trouvait un peu en retrait du principal nid de Bipèdes. Il y avait des trous dans la toiture et la porte s'affaissait sur ses gonds. Griffe de Ronce s'approcha prudemment et renifla une ouverture dans le bas. L'odeur de souris excita ses narines, lui faisant monter l'eau à la bouche. Il dut se concentrer pour retrouver la trace qu'il cherchait.

Une voix familière retentit à l'intérieur :

« Je sens l'odeur du Clan du Tonnerre. Entrez et soyez les bienvenus. »

C'était la voix de Nuage de Jais. Griffe de Ronce se faufila par l'ouverture et tomba nez à nez avec le solitaire au pelage lustré. Gerboise, le matou noir et blanc avec qui il partageait la grange, était tapi non loin, les yeux de plus en plus étonnés à mesure qu'il découvrait les compagnons de Griffe de Ronce. Le solitaire n'avait sans doute pas vu autant de chats réunis depuis la bataille contre le Clan du Sang, quatre saisons auparavant.

« J'ai suivi ton conseil, Nuage de Jais, miaula-t-il. Je pense que le Clan des Étoiles m'a envoyé ce rêve pour que je me rende là où le soleil sombre dans l'eau. Voici les autres élus.

— Certains se sont juste incrustés », marmonna Nuage Noir.

Griffe de Ronce ignora sa remarque et présenta le groupe de félins aux deux solitaires. Gerboise se contenta d'incliner la tête avant de disparaître dans les ténèbres de la grange.

« Ne faites pas attention à lui, les avertit Nuage de Jais. Il est rare que nous ayons autant de visiteurs. Alors c'est elle, Nuage d'Écureuil ? » Il s'avança pour presser sa truffe contre celle de l'apprentie. « La fille d'Étoile de Feu ! Je t'ai déjà vue, lorsque tu étais encore dans la pouponnière avec Tempête de Sable, mais tu ne peux pas t'en souvenir. À l'époque, j'avais juré que tu ressemblerais à ton père plus tard, et je constate aujourd'hui que j'avais raison. »

La petite chatte se trémoussa, embarrassée. Les mots lui manquaient pour répondre à ce chat qui s'était distingué dans l'histoire de son Clan.

« Que pense Étoile de Feu de votre périple ? demanda le solitaire à Griffe de Ronce. Je suis surpris qu'il ait laissé partir Nuage d'Écureuil avant son baptême de guerrière. »

Les deux jeunes félins échangèrent un regard, mal à l'aise.

« Justement, dut admettre Griffe de Ronce. Nous sommes partis en cachette. »

Les yeux ronds de stupeur, Nuage de Jais en resta coi. Griffe de Ronce craignit un instant qu'il ne les chasse. Mais le solitaire se contenta de secouer la tête.

« Je suis désolé de l'apprendre. Peut-être m'en direz-vous davantage le ventre plein. Vous avez tous faim ?

— Pas qu'un peu ! » s'exclama Nuage d'Écureuil, ce qui fit rire le solitaire.

« Chassez autant que nécessaire, les encouragea-t-il. Les souris ne manquent pas ici. »

Peu après, Griffe de Ronce se roula en boule dans la paille, l'estomac plein. Il aurait pu croire que les souris attendaient de se jeter dans sa gueule. Si Nuage de Jais et Gerboise mangeaient autant tous les jours, pas étonnant qu'ils soient si forts et si vifs.

Ses compagnons s'installèrent autour du guerrier, tout aussi repus et somnolents. Le soleil couchant dardait ses derniers rayons jusque dans la grange, par les trous dans le mur. Autour d'eux, les félins percevaient des bruissements et des petits cris dans la paille, comme si, malgré leurs prises, les souris étaient toujours aussi nombreuses.

« Si cela ne vous gêne pas, nous dormirons ici ce soir et nous partirons demain à l'aube, déclara Griffe de Ronce.

— Entendu. Je vous accompagnerai jusqu'aux Hautes Pierres. » Avant que le jeune guerrier ait eu le temps de protester, il poursuivit : « Les Bipèdes sont plus nombreux que jamais près du Chemin du Tonnerre. Je les épie depuis longtemps, je connais donc les passages les plus sûrs. »

Griffe de Ronce le remercia, mais Nuage Noir se tourna vers lui et murmura à son oreille :

« Est-il digne de confiance ? »

Les oreilles de Nuage de Jais frémirent ; à l'évidence, il avait entendu la remarque. Griffe de Ronce aurait voulu disparaître sous terre tellement il avait honte. Nuage d'Écureuil leva la tête pour cracher.

« Ne lui en voulez pas, les calma Nuage de Jais. C'est un bon état d'esprit, Nuage Noir. Celui d'un vrai guerrier, en fait. Pendant votre voyage, vous ne devrez faire confiance à personne, à moins d'avoir une bonne raison. »

Nuage Noir baissa les yeux, visiblement flatté par le compliment.

« Mais vous pouvez vous fier à moi, poursuivit le solitaire. Je ne pourrai peut-être pas vous aider pour la suite de votre aventure, mais au moins je peux m'assurer que vous atteindrez les Hautes Pierres sains et saufs. »

Une bourrasque de vent surprit Griffe de Ronce. Le souffle plaqua sa fourrure sur ses côtes et faillit le déséquilibrer. Lorsqu'il sortit ses griffes pour se stabiliser, elles crissèrent sur la roche nue. Au sommet des Hautes Pierres, le guerrier et ses compagnons contemplaient les territoires inconnus qui s'étiraient jusqu'à l'horizon.

Ils étaient partis aux premières lueurs de l'aube et, suivant la foulée légère de Nuage de Jais, ils avaient rejoint les parois rocailleuses bien avant midi. À cet instant, le solitaire se tenait près de Griffe de Ronce, les oreilles dressées.

« Vous devrez éviter ce nœud de Chemins du Tonnerre, miaula-t-il en indiquant du bout de la queue la tache grisâtre qui défigurait le paysage. Il vaut mieux. C'est là que le Clan du Vent avait trouvé refuge lorsque le Clan de l'Ombre l'avait chassé. C'est plein de rats et de charognes.

— Je connais cette histoire ! coupa Nuage d'Écureuil. Plume Grise m'a raconté comment Étoile de Feu et lui-même avaient été les chercher là-bas.

— Il y a de nombreux Chemins du Tonnerre, plus petits, à traverser, continua le solitaire. Et des nids de Bipèdes à contourner. Je suis allé dans cette direction quelquefois. Pas très loin, mais suffisamment pour savoir que ce n'est pas un endroit pour des guerriers. »

Nuage d'Écureuil le regarda, l'œil inquiet.

« Il n'y a plus de forêt ? s'enquit-elle.

— D'après ce que j'ai vu, non.

— Rassure-toi, intervint Griffe de Ronce, je veillerai sur toi. »

D'un bond, elle se tourna vers lui, un éclair dans ses yeux verts.

« Combien de fois faudra-t-il que je te le répète ? Je peux me débrouiller toute seule ! Si tu comptes agir comme Étoile de Feu tout le long du voyage, j'aurais mieux fait de rester au camp.

— Quel dommage pour nous ! railla Nuage Noir, les yeux au ciel.

— Tu vas laisser une apprentie te parler sur ce ton ? s'étonna Pelage d'Or en regardant son frère.

— Essaye un peu de la faire taire, répondit-il dans un haussement d'épaules.

— Il est beau, le Clan du Tonnerre ! » soupira la guerrière.

Jolie Plume jeta un regard vers Pelage d'Orage, puis s'approcha de l'apprentie.

« Moi aussi, je me sens nerveuse, déclara-t-elle. Je frissonne à l'idée de me trouver si proche de tous ces Bipèdes. Le Clan des Étoiles nous guidera. »

Nuage d'Écureuil opina, mais ses yeux restaient troublés.

« Si vous avez fini de bavarder, on pourrait peut-être y aller, lança Nuage Noir.

— D'accord, répondit Griffe de Ronce, avant de se tourner vers le solitaire. Merci pour tout. J'apprécie ton ouverture d'esprit.

— N'en parlons plus. Bonne chance à vous tous, que le Clan des Étoiles éclaire votre route. »

Il s'écarta et, un par un, les six chats commencèrent à descendre le versant opposé de la colline. Le soleil levant projetait des ombres bleutées qui s'étiraient devant eux tandis qu'ils entamaient le plus long voyage de leur vie.

CHAPITRE 14

❧

Lorsque les Hautes Pierres furent loin derrière eux et qu'ils retrouvèrent la sensation de l'herbe sous leurs pattes, ils éprouvèrent un véritable soulagement. Maintenant, ils étaient seuls, en petit nombre, sur un vaste territoire inconnu. Nuage de Jais leur avait indiqué un chemin à travers des champs divisés par de hautes clôtures brillantes. Les odeurs des Bipèdes et de leurs chiens étaient nombreuses mais anciennes. Des moutons au corps laineux les observaient alors qu'ils se faufilaient, la tête basse et les oreilles rabattues, peu habitués aux déplacements à découvert.

« À croire qu'ils n'ont jamais vu de chats, maugréa Pelage d'Orage.

— C'est peut-être le cas, répondit Pelage d'Or. Les chats n'ont aucune raison de venir ici. Je n'ai pas flairé la moindre proie depuis qu'on a quitté la grange.

— Eh bien, moi, c'est la première fois que je vois un mouton », fit remarquer Nuage d'Écureuil. Lorsqu'elle s'approcha de l'animal, Griffe de Ronce se plaça derrière elle. Ces bêtes n'étaient pas dangereuses, mais il préférait rester prudent. L'apprentie s'arrêta à une longueur de queue, renifla un bon coup avant de froncer le nez. « Berk ! Ils ressemblent à des nuages sur pattes, mais ils empestent !

— Est-ce qu'on pourrait avancer, pour l'amour du Clan des Étoiles ? s'impatienta Pelage d'Or.

— Je me demande pourquoi il nous envoie si loin, miaula Jolie Plume, qui fit un détour pour éviter une brebis en train de brouter. Pourquoi ne pas nous avoir parlé dans la forêt ? Et pourquoi attendre minuit pour nous délivrer un message ?

— Aucune idée, grogna Nuage Noir, plissant les yeux vers Griffe de Ronce. Peut-être que le guerrier du Clan du Tonnerre le sait. Après tout, il est le seul à avoir vu cet endroit... enfin, c'est ce qu'il prétend.

— Vous en savez autant que moi, se défendit Griffe de Ronce. Il faut que nous fassions confiance au Clan des Étoiles ; tout deviendra bientôt clair.

— Ça ne coûte rien de le dire, ironisa l'apprenti.

— Laisse-le tranquille ! » Sous les yeux ébahis de Griffe de Ronce, Nuage d'Écureuil s'interposa, se plantant devant Nuage Noir. « Griffe de Ronce n'a pas demandé à faire cet autre rêve. Ce n'est pas sa faute si le Clan des Étoiles l'a choisi.

— Mais de quoi tu te mêles, toi ? feula-t-il. Au moins, dans le Clan du Vent, un apprenti sait quand il doit garder le silence.

— C'est vrai ? On ne t'entendra plus ? se moqua Nuage d'Écureuil. En voilà une bonne nouvelle. »

Ses babines découvrant ses dents, Nuage Noir la contourna, avant de poursuivre sa route.

« Merci de ton soutien, murmura Griffe de Ronce.

— Je ne l'ai pas fait pour toi, lâcha-t-elle, les yeux pleins de colère. Je n'allais pas laisser cette stupide boule de poils insinuer que le Clan du Vent est supérieur au Clan du Tonnerre. »

Elle reprit la route, visiblement énervée, et dépassa Jolie Plume et Nuage d'Orage, qui n'avaient rien perdu de la scène.

« Ne t'éloigne pas trop ! » lança Griffe de Ronce, mais elle l'ignora.

Il lui emboîta le pas, regrettant qu'aucun autre chat n'ait essayé de le défendre, pas même Pelage d'Or. Tout comme Jolie Plume, ils devaient tous nourrir des doutes quant à sa vision du soleil sombrant dans l'eau, ne comprenant pas vraiment pourquoi ils devaient se rendre à cet endroit. À chaque pas, Griffe de Ronce sentait un peu plus peser sur ses épaules le poids des responsabilités. Si un seul de ses compagnons venait à se faire blesser, voire tuer durant leur périple, ce serait sa faute. Et si le Clan des Étoiles s'était trompé, cette fois-ci ? Leur foi et leur courage de guerriers ne suffiraient peut-être pas à leur assurer la réussite de leur mission.

Peu après midi, ils atteignirent un premier Chemin du Tonnerre, plus étroit que celui de la forêt. Il était sinueux, si bien que les chats ne pouvaient voir les monstres arriver. De l'autre côté, une haute haie s'étendait dans les deux directions aussi loin que leurs regards portaient.

Nuage Noir s'approcha prudemment pour renifler la surface sombre et dure du Chemin du Tonnerre.

« Berk ! s'exclama-t-il, les narines frémissantes. Ça pue, ce truc ! Pourquoi les Bipèdes en mettent-ils partout ?

— Leurs monstres se déplacent dessus, lui expliqua Pelage d'Orage.

— Je le sais bien ! Ils empestent plus qu'une horde de putois.

— On va rester ici jusqu'au coucher du soleil à parler des Bipèdes ? les interrompit Pelage d'Or. Ou bien on se décide à traverser ? »

Griffe de Ronce se tapit dans l'herbe du bas-côté, les oreilles dressées, guettant le moindre bruit.

« Quand je dirai "maintenant", cours, dit-il à Nuage d'Écureuil, à côté de lui. Ça va aller. »

L'apprentie ne daigna pas le regarder. Elle était de mauvaise humeur depuis sa querelle avec Nuage Noir.

« Je n'ai pas peur, je te signale, siffla-t-elle.

— Tu devrais, rétorqua Pelage d'Or. Tu n'as donc rien écouté de ce que l'on t'a dit quand on a traversé le Chemin du Tonnerre près des Hautes Pierres ? Mets-toi bien ça dans la tête : les monstres sont dangereux même pour les plus aguerris. Ils en ont tué plus d'un. »

L'apprentie leva la tête vers la guerrière et opina du chef.

« Bien, fit son aînée. Alors, écoute Griffe de Ronce, et au signal, cours comme si ta vie en dépendait.

— Avant de traverser, reprit Griffe de Ronce en haussant la voix, on devrait décider de la marche à suivre de l'autre côté. Nous ne savons pas ce qui nous attend derrière la haie, et la puanteur du

202

Chemin du Tonnerre dissimule toutes les autres odeurs. »

Pelage d'Orage huma l'air, la gueule entrouverte.

« C'est vrai, reconnut-il. Je ne sens rien. Je propose qu'on se retrouve derrière la haie. Si un quelconque danger nous y attendait, à nous six, nous devrions pouvoir nous en sortir.

— Entendu », répondit Griffe de Ronce, impressionné par le raisonnement du guerrier.

Les autres chats, y compris Nuage Noir, approuvèrent.

« Griffe de Ronce, tu donnes le signal », déclara Pelage d'Orage.

De nouveau, le guerrier du Clan du Tonnerre tendit l'oreille. Un grognement grave dans le lointain enfla progressivement pour devenir un véritable rugissement : un monstre surgit dans un virage, son pelage artificiel brillait sous le soleil. Sur son passage, une bourrasque chaude et pleine de sable atteignit les félins, qui toussèrent en reniflant la puanteur que le monstre avait laissée dans son sillage.

Presque aussitôt, une autre créature fila devant eux, dans l'autre sens. Puis le silence retomba. Griffe de Ronce n'entendait plus rien, sauf des aboiements dans le lointain.

« Maintenant ! » hurla-t-il.

Il bondit, imité par Nuage d'Écureuil d'un côté et Jolie Plume de l'autre. Ses coussinets frôlèrent la surface dure puis il atteignit l'étroite bande d'herbe de l'autre côté et se lança à travers la haie, ignorant les branches piquantes qui s'accrochaient à sa fourrure.

Il força le passage et se retrouva à découvert. L'espace d'un instant, il ne comprit pas la scène devant lui et la panique le cloua sur place. Il aperçut un petit feu et l'odeur âcre de la fumée lui irrita la gorge. Un cri aigu retentit, puis un petit de Bipède, guère plus gros qu'un renard, se rua vers lui sur ses pattes épaisses et hésitantes. Soudain, des aboiements retentirent de nouveau tout près de lui.

« Nuage d'Écureuil, ne bouge pas ! »

Mais l'apprentie avait déjà disparu. Il entendit alors Pelage d'Orage.

« Restons groupés ! Par là ! »

Griffe de Ronce scruta les alentours, mais il ne voyait aucun de ses compagnons et ses pattes le conduisirent mécaniquement à l'abri d'un buisson de houx. Le ventre au ras du sol, il rampa dans les feuilles et sentit le contact d'une autre fourrure. Une plainte apeurée accueillit son arrivée ; dans le clair-obscur, il discerna un pelage gris tacheté de blanc et reconnut Jolie Plume.

« Ce n'est que moi, la rassura-t-il.

— Griffe de Ronce ! s'exclama-t-elle d'une voix chevrotante. J'ai cru que c'était le chien !

— As-tu vu les autres ? Sais-tu où est partie Nuage d'Écureuil ? »

La chatte secoua la tête, les yeux agrandis par la peur.

« Ne t'en fais pas, je suis sûr qu'ils vont bien, lui assura-t-il en lui donnant un coup de langue réconfortant sur l'oreille. Je vais jeter un œil par là. »

Il rampa sur une courte distance et leva un instant la tête. Le feu, comprit-il, soulagé, n'était qu'un tas de branchages brûlant dans un périmètre circonscrit. Un Bipède adulte y jetait d'autres branches. Son petit le rejoignit. Griffe de Ronce entendait toujours les aboiements, mais le chien restait invisible, et la fumée l'empêchait de le sentir. Pire, il ne voyait aucun de ses compagnons.

Il se tortilla pour rejoindre Jolie Plume et murmura :

« Suis-moi. Les Bipèdes sont occupés ailleurs.

— Et le chien ?

— Je ne sais pas où il se cache, mais il n'est pas là. Écoute, on va faire comme ça. » Griffe de Ronce savait qu'il devait trouver un plan sur-le-champ pour sortir Jolie Plume de là avant que la panique ne la tétanise tout à fait. Leur buisson de houx poussait près d'une clôture en bois et, un peu plus loin, un petit arbre étendait ses branches jusqu'au jardin suivant. « Par là, indiqua-t-il. Grimpe à cet arbre. Ensuite, on se perchera sur la clôture. De là, on pourra aller n'importe où. »

Il se demanda ce qu'il ferait si la peur empêchait Jolie Plume de bouger, mais la chatte grise chassa ses craintes en hochant vigoureusement la tête.

« Maintenant ? s'enquit-elle.

— Oui… je reste derrière toi. »

Aussitôt, la guerrière fila hors de l'abri, détala le long de la clôture et fit un grand saut pour atteindre l'arbre. Griffe de Ronce, qui la suivait de près, entendit de nouveau le cri du petit de Bipède. Puis il escalada l'arbre en s'aidant de ses griffes et gagna une branche où il put se dissimuler derrière un bouquet de feuilles. Il tourna la tête vers Jolie Plume et son regard plongea dans ses yeux bleus angoissés.

« Griffe de Ronce, miaula-t-elle, je crois que nous venons de le trouver. »

D'un frémissement de moustaches, elle lui indiqua le jardin suivant. Le guerrier tacheté jeta un œil par-dessus les feuilles et aperçut un énorme molosse brun, qui sautait et griffait la clôture comme un fou furieux. En apercevant le matou, la bête émit un aboiement hystérique.

« Crotte de renard ! » lança Griffe de Ronce.

Il se demanda s'ils avaient une chance de s'échapper en passant par le sommet de la clôture, mais celle-ci n'était guère large et le chien la secouait tellement que n'importe quel chat perdrait l'équilibre. Griffe de Ronce imagina les crocs du molosse qui pénétraient sa patte ou son cou. Il décréta qu'il était plus sage de rester dans l'arbre.

« Nous ne retrouverons jamais les autres, à ce rythme-là », gémit Jolie Plume.

Le guerrier entendit une porte s'ouvrir. Le Bipède qui apparut alors hurla sur le chien mais ce dernier ne cessait d'aboyer en malmenant la clôture. Le Bipède cria de nouveau avant de venir attraper le chien par son collier et le traîner, malgré ses protestations, jusqu'au nid. La porte se referma ; les aboiements continuèrent quelques instants avant de cesser tout à fait.

« Tu vois ? miaula Griffe de Ronce. Même les Bipèdes peuvent être utiles. »

Jolie Plume acquiesça, visiblement soulagée. Le matou se laissa glisser de l'arbre jusqu'à la clôture et trotta en équilibre pour atteindre la haie qui bordait le Chemin du Tonnerre. De là, il avait un excellent point de vue sur les jardins des environs. Tout semblait calme.

« Je ne les vois ni ne les entends, chuchota la guerrière en le rejoignant.

— Moi non plus, mais c'est peut-être bon signe, lui fit-il remarquer. Si les Bipèdes les avaient attrapés, ils feraient un tel raffut qu'on les entendrait forcément. »

Il n'en était pas si certain, mais cette affirmation sembla rassurer Jolie Plume.

« À ton avis, qu'est-ce qu'on devrait faire ? demanda-t-elle.

— Le danger se trouve à l'intérieur des jardins. Nous serons davantage en sécurité de l'autre côté de la haie, près du Chemin du Tonnerre. Les monstres ne nous gêneront pas si nous restons sur le côté et, une fois qu'on aura atteint le bout des nids de Bipèdes, il n'y aura plus de problème.

— Et les autres ? »

Il n'avait pas de réponse à cette question. Impossible de chercher leurs compagnons avec tous ces Bipèdes et leurs chiens. Son estomac se noua en pensant à Nuage d'Écureuil, seule et désemparée dans cet endroit inconnu et effrayant.

« Ils feront sûrement comme nous, miaula-t-il, espérant avoir l'air convaincant. Si ça se trouve, ils nous y attendent peut-être déjà. Dans le cas contraire, je reviendrai là à la nuit tombée, lorsque les Bipèdes dormiront. »

Jolie Plume acquiesça, l'air tendu. Les deux félins sautèrent de la clôture, leurs coussinets atterrirent dans une herbe rase mais brillante. Ils se faufilèrent à travers la haie, jusqu'au Chemin du Tonnerre, où ils restèrent à bonne distance de sa surface noire et lisse. Des monstres les dépassaient de temps en temps, mais Griffe de Ronce s'inquiétait tellement pour les autres qu'il remarquait à peine leur rugissement et les bourrasques de vent qu'ils soulevaient.

Finalement, ils atteignirent le bout de la haie. Le Chemin du Tonnerre traçait une courbe pour en rejoindre une autre un peu plus loin. Entre les deux se trouvaient des buissons d'aubépine. De l'autre côté du Chemin du Tonnerre, les champs s'étendaient jusqu'à l'horizon. Une brise froide ébouriffa la fourrure de Griffe de Ronce, dont le regard ne cessait de contempler le soleil déclinant.

« Que le Clan des Étoiles soit loué ! » soupira la chatte.

Griffe de Ronce se dirigea vers les buissons. Là, ils seraient en sécurité. Certains de leurs amis les y attendaient peut-être. Laissant Jolie Plume monter la garde, il s'enfonça entre les branches, les cherchant du regard, appelant leurs noms en chuchotant. Pas de réponse. Aucune odeur familière.

Lorsqu'il retrouva Jolie Plume, elle se tenait assise, la queue enroulée autour des pattes. Une souris morte gisait à ses pieds.

« On partage ? proposa-t-elle. Je l'ai attrapée, mais je n'ai pas vraiment d'appétit. »

La vue du rongeur rappela au guerrier à quel point il avait faim. Il avait bien mangé ce matin-là dans la grange de Nuage de Jais, mais ils avaient fait du chemin depuis.

« Tu es sûre ? Je pourrais m'en attraper une...

— Non, vas-y, insista-t-elle en poussant sa proie vers lui d'un coup de patte.

— Merci. » Il s'installa près d'elle et prit une bouchée ; la chaude saveur de la viande réjouit ses papilles. « Essaye de ne pas t'en faire, conseilla-t-il à la guerrière tandis qu'elle se forçait à manger un peu. Je suis sûr qu'on les retrouvera bientôt. »

Jolie Plume s'arrêta de mâcher pour le regarder d'un air inquiet.

« Je l'espère, dit-elle. Ça me fait bizarre d'être séparée de Pelage d'Orage. Nous avons toujours été plus proches que les autres frères et sœurs. Sans doute parce que notre père venait d'un Clan différent. »

Griffe de Ronce hocha la tête, se rappelant à quel point lui et Pelage d'Or avaient été complices lorsqu'ils étaient chatons. Il leur avait fallu du temps pour accepter l'héritage sanglant que leur avait laissé Étoile du Tigre.

« Tu es bien placé pour le comprendre, poursuivit-elle, l'encourageant d'un mouvement de la queue à prendre une autre bouchée de souris.

— Oui, reconnut-il dans un haussement d'épaules. Mais contrairement à vous, mon père ne me manque pas. J'aimerais honorer son souvenir, mais c'est impossible.

— Ce doit être très difficile, compatit-elle, pressant son museau contre son épaule. Au moins, moi, je vois Plume Grise lors des Assemblées. Et nous sommes très fiers qu'il soit devenu lieutenant.

— Lui aussi est très fier de vous », lui apprit-il, trop heureux d'éviter de parler davantage de son propre père.

Une fois sa part de souris terminée, il s'efforça d'élaborer un plan pendant que Jolie Plume finissait

209

de manger. En passant la tête hors des buissons, il avisa le soleil qui se couchait à l'horizon, traçant de ses derniers rayons le chemin qu'ils devraient suivre dès qu'ils seraient à nouveau réunis.

« Ils ne sont pas là ? demanda la guerrière en venant le rejoindre, soufflant son haleine chaude et douce dans son oreille.

— Non. Je vais devoir y retourner. Tu restes là au cas où... »

Un cri de rage l'interrompit. Des miaulements où se mêlaient la colère et la peur leur parvinrent, depuis le dernier jardin. Bondissant sur ses pattes, Griffe de Ronce croisa le regard éberlué de Jolie Plume.

« Ils sont là ! s'exclama-t-il. Et ils ont des ennuis ! »

CHAPITRE 15

❧

E<small>N OUVRANT LES YEUX</small>, Nuage de Feuille aperçut les frondes des fougères qui se découpaient sur un ciel pâlissant. Elle se souvint aussitôt que ce soir-là, la lune serait à son premier quartier ; tous les guérisseurs et leurs apprentis se rendraient aux Hautes Pierres pour rencontrer le Clan des Étoiles. Un frisson d'excitation parcourut sa fourrure. Elle n'y était allée qu'une seule fois, lorsque le Clan des Étoiles l'avait acceptée en tant qu'apprentie guérisseuse, et le souvenir de cette expérience l'accompagnerait jusqu'à la fin de ses jours.

Quittant son nid de mousse, elle s'étira en bâillant et cligna des yeux pour chasser les dernières traces de sommeil. Dans son repaire, Museau Cendré s'occupait des préparatifs ; peu après, elle sortit la tête de son antre pour humer l'air.

« Pas d'odeur de pluie, miaula-t-elle. Le voyage sera agréable. »

Sans plus attendre, elle la conduisit hors du camp. Nuage de Feuille lança un regard plein d'envie vers la réserve de gibier – les chats qui voulaient communiquer avec le Clan des Étoiles devaient jeûner.

Pelage de Granit, qui montait la garde près du tunnel d'ajoncs, les salua. Nuage de Feuille se sentit un peu gênée. Elle n'était encore qu'une apprentie, peu habituée à la déférence que montraient les autres guerriers envers les guérisseurs.

L'obscurité régnait toujours dans le ravin et les sous-bois tandis que les deux chattes se dirigeaient vers les Quatre Chênes, d'où elles rejoindraient le territoire du Clan du Vent. De légers bruissements dans les broussailles trahissaient la présence de gibier, mais les petits animaux n'avaient rien à craindre d'elles, pour le moment. De temps en temps, un oiseau émettait un cri d'alarme au passage des chattes qui se faufilaient telles deux ombres dans la lumière grisâtre.

« Entraîne ton odorat, lui dit Museau Cendré. Si tu repères des herbes utiles, nous les ramasserons au retour. »

L'apprentie se concentra alors de toutes ses forces pour repérer des odeurs de plantes connues. Les deux chattes firent halte au ruisseau pour se désaltérer. Puis elles remontèrent la rive jusqu'au rocher pour franchir le cours d'eau en quelques bonds. Nuage de Feuille surveilla son mentor, craignant que sa jambe blessée ne la gêne, mais Museau Cendré sauta avec l'assurance d'un félin expérimenté.

En grimpant le coteau menant aux Quatre Chênes, l'apprentie huma les premiers effluves des autres chats.

« Le Clan de l'Ombre, chuchota-t-elle. Ce doit être Petit Orage.

— Il a pris l'habitude de m'attendre », confirma Museau Cendré.

Le mentor avait sauvé la vie de Petit Orage lorsque le Clan de l'Ombre avait été ravagé par la maladie. Cela l'avait encouragé à suivre la voie de la médecine et à développer envers Museau Cendré une amitié plus forte encore que celle qui unissait tous les guérisseurs.

Du sommet du coteau, Nuage de Feuille aperçut la silhouette, petite mais noble, du guérisseur assis au pied du Grand Rocher. Le félin était venu seul car il n'avait pas d'apprenti. Il se leva dès qu'il les vit, les saluant de loin. Au même instant, les buissons frémirent de l'autre côté de la clairière, et Patte de Pierre, du Clan de la Rivière, en sortit accompagné de son apprentie, Papillon.

Nuage de Feuille se réjouit de retrouver la novice. Elle dévala le coteau pour la rejoindre, tandis que Museau Cendré et les autres guérisseurs se réunissaient au centre de la clairière pour échanger les dernières nouvelles.

« Papillon ! la salua-t-elle. Quelle joie de te revoir ! »

Le soleil s'élevait maintenant bien au-dessus des arbres, et la robe de Papillon brillait d'un éclat ambré. Sa beauté frappa une nouvelle fois Nuage de Feuille, qui fut déconcertée de voir son salut rester sans réponse.

Au contraire, Papillon la gratifia d'un signe de tête formel.

« Salutations. Je me demandais si Museau Cendré viendrait avec son apprentie. »

Cet accueil glaça Nuage de Feuille. Elle eut l'impression que Papillon avait voulu la remettre à sa place. Bien sûr, la chatte au pelage doré était déjà une guerrière : elle n'attendait peut-être d'elle que du respect, et non de l'amitié. Désappointée, Nuage de Feuille inclina la tête et se plaça à quelques pas derrière les autres félins qui s'apprêtaient à quitter la clairière pour entrer sur le territoire du Clan du Vent.

Dans la lande, elle retrouva sa bonne humeur. La lumière du soleil, la brise caressant les hautes herbes, les parfums d'ajoncs et de bruyère, tout était différent de la forêt luxuriante et ombragée du Clan du Tonnerre. Constatant que Papillon suivait son mentor sans se joindre à la conversation des guérisseurs, elle s'approcha.

« Je ne pensais pas te voir, déclara-t-elle. Je pensais que Patte de Pierre t'avait déjà emmenée jusqu'à la Grotte de la Vie. »

La chatte se tourna vivement pour la regarder en face, ses yeux ambrés jetaient des flammes comme si Nuage de Feuille l'avait offensée.

« Je suis désolée », s'excusa la jeune apprentie, en reculant.

Papillon sembla se détendre et la lueur hostile mourut dans ses yeux.

« Non, c'est moi qui suis désolée. Ce n'est pas ta faute. Tu as entendu la déclaration de mon mentor lors de la dernière Assemblée : il attendait un signe du Clan des Étoiles… »

Nuage de Feuille s'en souvenait parfaitement.

« Le signe a tardé à venir, expliqua-t-elle, griffant l'herbe épaisse de la lande. Il n'y avait rien ! Je pensais que le Clan des Étoiles m'avait rejetée… et les autres chats ont pensé de même ! Juste parce que ma mère est une chatte errante et que je ne suis pas née dans un Clan. »

La lueur farouche se raviva un instant dans son regard, avant de disparaître à nouveau.

« Oh, non ! C'est terrible ! s'exclama Nuage de Feuille.

— Patte de Pierre me répétait sans cesse d'être patiente. » Ses babines se retroussèrent en un sourire désabusé. « Il est peut-être doué pour ça, mais pas moi. J'ai essayé d'attendre, mais le signe ne venait toujours pas. J'étais prête à quitter le Clan, mais Plume de Faucon – mon frère, tu te rappelles ? – m'a conseillée de ne pas les écouter. Il m'a assuré que je n'avais pas à prouver ma loyauté à des guerriers jaloux, seulement au Clan des Étoiles. Il était certain que le signe viendrait.

— Et il ne se trompait pas, ou alors tu ne serais pas là aujourd'hui.

— Effectivement, confirma Papillon, le regard apaisé. Le signe est venu il y a deux aubes. En sortant de sa tanière, Patte de Pierre a trouvé une aile de papillon devant l'entrée. Il l'a montrée à Étoile du Léopard et à tous les membres du Clan. Il a déclaré qu'on ne pouvait imaginer signe plus clair.

— Est-ce qu'Étoile du Léopard… »

Nuage de Feuille fut interrompue par un appel lointain. Les trois guérisseurs avaient fait halte au sommet d'une colline et les observaient.

« Vous venez avec nous ou quoi ? »

La voix de Patte de Pierre leur parvint faiblement, portée par le vent.

Nuage de Feuille et Papillon échangèrent un regard étonné avant d'éclater de rire. Le signe venait du Clan des Étoiles, alors Papillon n'avait pas à s'inquiéter. La Pierre de Lune les attendait toutes deux, prête à leur faire partager les mystères des guerriers de jadis. À cet instant, Nuage de Feuille ne pouvait concevoir meilleur destin que celui d'un apprenti guérisseur.

« Viens, lança-t-elle tout excitée à sa camarade. On s'est laissé distancer ! »

À midi, ils retrouvèrent Écorce de Chêne, le guérisseur du Clan du Vent, près de la source de l'un des ruisseaux qui traversaient la lande. Nuage de Feuille observa le nouveau venu et Patte de Pierre se saluer chaleureusement malgré les dissensions entre leurs Clans. Les rivalités n'existaient pas entre les guérisseurs : ils étaient avant tout loyaux envers le Clan des Étoiles, qui ignorait les frontières.

Peu après, Nuage de Feuille remarqua que la claudication de Museau Cendré s'était accentuée et en conclut que sa vieille blessure commençait à la gêner. Comme la guérisseuse du Clan de la Rivière n'admettrait jamais sa faiblesse, Nuage de Feuille décida de ralentir l'allure de son propre chef.

« Pourrait-on faire une pause ? gémit-elle en s'affalant sur un carré de bruyère. Je n'en peux plus ! »

Son mentor lui lança un regard pénétrant, comme si elle lisait dans ses pensées, puis hocha la tête.

« Ah, les apprentis, marmonna Écorce de Chêne. Ils n'ont vraiment aucune endurance.

— Il n'a pas marché autant que nous ! murmura Papillon en s'installant près de Nuage de Feuille. Et il n'a même pas d'apprenti, alors de quel droit se permet-il de dire ça ?

— Il n'est pas aussi méchant qu'il en a l'air. À mon avis, il aime bien râler, c'est tout. »

À ces mots, Nuage de Feuille se coucha sur le côté et entreprit de faire une toilette complète avant de rencontrer le Clan des Étoiles.

Papillon l'imita, puis s'interrompit pour l'interroger :

« Nuage de Feuille, tu veux bien tester mes connaissances ?

— Quelles connaissances ?

— Les propriétés des herbes, répondit-elle, l'œil inquiet. Au cas où Patte de Pierre me testerait. Je ne veux pas le décevoir. On utilise le souci pour désinfecter et la millefeuille comme contrepoison, mais quel est le plus efficace pour soigner les maux de ventre ? Je n'arrive jamais à m'en souvenir.

— Les baies de genièvre, ou les racines de cerfeuil, répondit-elle, perplexe. Mais pourquoi t'inquiéter ? Tu peux toujours demander à ton mentor. Il n'attend pas de toi que tu saches déjà tout.

— Je ne lui demanderai rien lorsque je serai devant le Clan des Étoiles. Je dois montrer que je suis digne d'être guérisseuse. Il pourrait me rejeter s'il estime que j'ai des lacunes.

— Ce n'est pas comme cela que ça se passe, répondit Nuage de Feuille, réprimant un rire. Le Clan des Étoiles ne te posera aucune question. Il… Enfin, c'est difficile à expliquer, mais je suis sûre que tu n'as pas à t'en faire.

« — Pour toi, tout est simple, rétorqua l'apprentie du Clan de la Rivière, une pointe d'amertume dans la voix. Tu es née au sein d'un Clan. Moi, je dois faire mes preuves, être encore meilleure que les autres, simplement pour être acceptée dans le Clan. »

Ses grands yeux reflétaient autant de colère que de détermination. Nuage de Feuille eut pitié d'elle. Elle posa le bout de sa queue sur l'épaule de Papillon.

« C'est peut-être vrai pour le Clan de la Rivière, déclara-t-elle, mais pas pour le Clan des Étoiles. Tu n'as pas à gagner le soutien des guerriers de jadis... Ils nous l'offrent.

— Peut-être qu'ils refuseront de me l'offrir, à moi... »

Nuage de Feuille observa son amie, ébahie. Elle était si belle et si forte, elle avait tous les talents d'une guerrière en plus d'avoir la chance d'être une apprentie guérisseuse, et pourtant, elle redoutait encore de ne jamais trouver sa place dans la forêt.

Elle se rapprocha de Papillon pour presser son museau contre son flanc.

« Ne t'en fais pas, ça va aller, chuchota-t-elle. Regarde Étoile de Feu. Il n'est pas né dans la forêt et pourtant il est devenu le chef du Clan du Tonnerre. » Comme sa camarade n'avait toujours pas l'air convaincue, elle ajouta : « Fais-moi confiance. Lorsque tu verras la Pierre de Lune, tout deviendra clair. »

Le soleil déclinait déjà lorsque les guérisseurs approchèrent des Hautes Pierres. L'herbe éparse de la lande laissait place à des coteaux parsemés ici et là de touffes de bruyère et d'affleurements rocheux couverts de lichen.

Écorce de Chêne, qui menait le groupe, fit halte sur un rocher plat pour inspecter les alentours. Près du sommet, un trou noir s'ouvrait comme une bouche sous une arche grise.

« C'est la Grotte de la Vie, expliqua Nuage de Feuille à Papillon, avant de se rappeler que son amie l'avait forcément vue lorsqu'elle était apprentie guerrière. Excuse-moi, ajouta-t-elle. J'avais oublié que tu étais déjà venue. »

Papillon leva les yeux vers l'entrée béante de la caverne.

« Je n'ai pas été plus loin, répondit-elle. Je n'avais pas été choisie pour pénétrer à l'intérieur.

— C'est assez effrayant... mais c'est aussi merveilleux, la rassura Nuage de Feuille.

— Je n'ai pas peur, rétorqua son amie. Je suis une guerrière. Rien ne m'effraie. »

Même pas l'idée que le Clan des Étoiles te rejette ? Nuage de Feuille n'osa pas le lui demander à voix haute. Néanmoins, tandis que les deux chattes s'installaient pour attendre la nuit, elle ne put que remarquer les tremblements de l'apprentie.

Enfin, la lune à son premier quartier s'éleva au-dessus du pic, et Patte de Pierre se leva.

« Il est temps », déclara-t-il d'une voix rocailleuse.

L'estomac noué, Nuage de Feuille suivit son mentor le long du versant puis sous l'arche de pierre. Une brise froide et humide leur parvenait depuis la caverne, comme si une rivière de ténèbres y prenait sa source. Nuage de Feuille se plaça en dernier dans la file de chats, juste derrière Papillon.

Le tunnel s'enfonçait en changeant de direction constamment si bien que l'apprentie du Clan du Tonnerre perdit son sens de l'orientation. L'atmosphère semblait palpable, comme s'ils marchaient non seulement sous terre, mais aussi sous l'eau. Elle ne voyait rien, pas même son amie devant elle, mais elle entendait sa respiration haletante et sentait l'odeur de sa peur.

Nuage de Feuille perçut enfin un courant d'air froid. L'excitation était à son comble lorsqu'elle comprit qu'ils atteignaient le cœur de la montagne. Des odeurs fraîches du monde extérieur lui parvinrent faiblement tandis qu'elle passait dans une vaste antichambre. Le scintillement des étoiles qui pénétrait par un trou dans la voûte dévoilait de hauts murs de pierre et un sol lisse. Au centre trônait un roc haut de trois longueurs de queue. Nuage de Feuille le contemplait, émerveillée.

Papillon vint se placer près d'elle.

« Où sommes-nous ? Que se passe-t-il ?

— Papillon, approche de la Pierre de Lune, lui ordonna Écorce de Chêne. Nous devons tous attendre que le temps soit venu de partager les rêves du Clan des Étoiles. »

Il s'assit au pied du rocher, imité par les autres guérisseurs.

Papillon poussa un soupir craintif. Son amie se pressa contre elle pour la rassurer.

« Nous aussi, nous pouvons nous asseoir », chuchota-t-elle à l'oreille de la novice.

Tandis qu'elle-même s'installait derrière Museau Cendré, elle sentit Papillon se coucher timidement près d'elle.

Dans l'obscurité, Nuage de Feuille crut attendre une éternité. Soudain, une lumière blanche aveuglante inonda la caverne lorsque la lune apparut dans l'ouverture. Papillon eut un hoquet. Sous leurs yeux, la Pierre de Lune s'éveilla à la vie, étincelant sous le clair de lune comme si la Toison Argentée avait pénétré sa surface cristalline.

Une fois ses yeux habitués à la luminosité, Nuage de Feuille aperçut Patte de Pierre qui se levait et se dirigeait lentement vers son apprentie. Sous la lumière de la pierre, la fourrure du guérisseur semblait recouverte de givre.

« Papillon, miaula-t-il solennellement, souhaites-tu devenir guérisseuse et partager les mystères du Clan des Étoiles ? »

L'apprentie hésita. Elle déglutit avant de répondre.

« Oui.

— Alors avance. »

La novice obéit, suivant son mentor jusqu'au pied de la pierre. Nimbée de son éclat, Papillon semblait irréelle, son pelage doré aussi pâle que de la cendre, ses yeux illuminés d'une lueur argentée, comme si elle avait déjà rejoint le Clan des Étoiles. Nuage de Feuille frissonna. Cette pensée lui déplaisait ; elle la repoussa donc de son esprit, refusant de croire qu'il pouvait s'agir d'un signe.

« Guerriers du Clan des Étoiles, poursuivit Patte de Pierre, je vous présente cette apprentie. Elle a suivi la voie des guérisseurs. Accordez-lui sagesse et clairvoyance afin qu'elle comprenne vos choix et soigne son Clan selon votre volonté. »

Il fit onduler sa queue et poursuivit à l'intention de Papillon :

« Couche-toi ici, et presse ton museau contre la pierre. »

Elle obtempéra, comme dans un rêve. Les autres l'imitèrent et prirent place autour du roc. Museau Cendré fit signe à son apprentie de s'avancer. Elle avait hâte d'y être car elle savait ce qui allait se passer.

« Il est temps de partager les rêves du Clan des Étoiles, murmura Écorce de Chêne.

— Parlez-nous, guerriers de jadis, chuchota Petit Orage. Montrez-nous le destin de nos Clans. »

Nuage de Feuille ferma les yeux, le museau collé à la pierre. Aussitôt, le froid lui saisit le corps telles les serres d'un faucon, comme si elle était tombée la tête la première dans une rivière. Elle ne voyait ni n'entendait plus rien, ne sentait plus le sol pierreux de la caverne. Elle flottait dans une nuit sans fin que même la lumière de la Toison Argentée ne parvenait pas à déchirer.

Puis une série de scènes rapides défilèrent devant ses yeux. Elle reconnut les Quatre Chênes, mais les grands arbres étaient dénudés, seules quelques feuilles mortes s'accrochaient encore à leurs branches. L'un des arbres ployait d'avant en arrière, comme malmené par un orage extraordinaire, tandis que les trois autres restaient immobiles. La scène fut aussitôt remplacée par une vue du Chemin du Tonnerre, où des monstres filaient à toute vitesse, puis par une longue file de chats avançant dans la neige, telle une ligne noire sur le paysage blanc uni. Aucun arbre en vue, aucun signe ne laissait penser que cet endroit se trouvait près de la forêt.

La dernière scène lui montra Nuage d'Écureuil. Sachant qu'il lui était interdit de parler, Nuage de Feuille réprima avec peine un cri de soulagement et de joie. Sa sœur trottait dans un immense champ vert. Juste avant que la vision disparaisse, elle eut l'impression que plusieurs chats l'accompagnaient. Puis, de nouveau, elle se retrouva plongée dans les ténèbres.

Peu à peu, la sensation de la pierre froide sous ses pattes lui revint et le temps infini où flottaient les rêves du Clan des Étoiles redevint une nuit fraîche et ordinaire de la saison des feuilles mortes. Nuage de Feuille ouvrit les yeux et s'écarta de la Pierre de Lune avant de se dresser sur des pattes tremblantes. Elle se sentait étrangement rassurée, comme un chaton protégé par sa mère pendant son sommeil. Le Clan des Étoiles avait préservé le lien qui l'unissait à sa sœur, malgré la distance qui les séparait.

Les autres guérisseurs se levèrent les uns après les autres, prêts à regagner la surface. Papillon les imita, les yeux illuminés d'un éclat d'émerveillement. Nuage de Feuille fut soulagée de voir que leurs ancêtres l'avaient acceptée. Quels que soient ses sentiments pour ses camarades de Clan, l'apprentie ne douterait plus de l'approbation du Clan des Étoiles.

Patte de Pierre plaça le bout de sa queue sur les babines de la novice, lui intimant le silence, puis les mena hors de la caverne. De nouveau, Nuage de

Feuille se plaça en dernier et trotta le long du tunnel tortueux jusqu'au monde ordinaire.

Dès qu'ils atteignirent la sortie, Papillon bondit au sommet d'un pic rocheux. Rejetant la tête en arrière, elle poussa un cri de triomphe retentissant.

Patte de Pierre l'observa, secouant la tête avec indulgence.

« Tu vois, ça n'était pas si terrible, déclara-t-il. Eh bien, ça y est, tu es une véritable apprentie guérisseuse, maintenant. Comment te sens-tu ?

— Merveilleusement bien ! J'ai vu Plume de Faucon menant une patrouille, et... »

Elle s'interrompit en voyant Nuage de Feuille froncer les sourcils, pour lui rappeler que les guérisseurs ne partageaient pas leurs rêves tant qu'ils ignoraient leur signification.

L'apprentie du Clan du Tonnerre rejoignit son amie pour presser son museau contre le sien.

« Félicitations ! miaula-t-elle. Je t'avais dit que tout se passerait sans problème.

— C'est vrai, admit Papillon, les yeux brillants. Dorénavant, tout ira bien. Le Clan de la Rivière saura que le Clan des Étoiles m'a acceptée et ils devront s'incliner ! »

Elle dévala la pente, laissant les autres derrière elle. Nuage de Feuille l'observa, l'esprit encombré de questions. Qu'avait vu Papillon ? Et Museau Cendré ? Son mentor semblait pensif, mais son regard restait impénétrable.

Réprimant un frisson, elle se souvint de ses propres visions. Existait-il une chose si puissante qu'elle pouvait ébranler l'un des Quatre Chênes ? Et pourquoi ces chats voyageaient-ils au milieu du froid mordant de la mauvaise saison ? Si le Clan des Étoiles lui avait envoyé des signes concernant l'avenir du Clan, comment devait-elle les interpréter ?

Malgré ses incertitudes, Nuage de Feuille était pleine d'espoir. Même si Nuage d'Écureuil se trouvait bien loin de la forêt, le Clan des Étoiles lui avait montré qu'elle était saine et sauve.

Ramenez-la bientôt, pria l'apprentie en suivant les autres félins dans la descente. *Où que les mène leur voyage, s'il vous plaît, faites en sorte qu'ils reviennent tous sains et saufs.*

CHAPITRE 16

GRIFFE DE RONCE DÉTALA VERS LA HAIE, Jolie Plume sur les talons. Son instinct le poussait à débouler sans réfléchir pour sauver ses amis, mais le souvenir de son arrivée dans le premier jardin lui dictait de se montrer plus prudent. Il choisit donc de se faufiler entre les branches jusqu'à un point de vue lui permettant d'observer la scène tout en restant caché.

Ce qu'il vit lui retourna l'estomac. Près du nid de Bipèdes, deux énormes chats domestiques avaient coincé Pelage d'Orage et Nuage Noir. L'apprenti était tapi au ras du sol, les oreilles rabattues et les babines retroussées. Pelage d'Orage tendait une patte et menaçait les ennemis de ses griffes. À l'évidence, le combat était inévitable et les deux chats de la forêt ne pouvaient se replier, sinon par la porte entrouverte du nid de Bipèdes.

« Par le Clan des Étoiles ! s'étonna Jolie Plume. Ces matous sont plus gros que la plupart de nos guerriers ! »

Peu importent la taille et le lustre de la fourrure, se dit Griffe de Ronce, il en faut plus pour être un guerrier. Il ne doutait nullement que ses amis et lui remporteraient l'affrontement, mais les deux chats domestiques ne faisaient que défendre leur territoire et semblaient capables de leur infliger une terrible correction… Or, les chats de la forêt ne pouvaient se permettre d'être blessés s'ils voulaient poursuivre leur périple.

Il banda ses muscles, prêt à sauter sur le dos de ses adversaires, lorsqu'un éclair orange surgit de la clôture et traversa le jardin, le prenant de vitesse.

« Nuage d'Écureuil, non ! » hurla-t-il.

L'apprentie ignora l'appel. Se jetant droit devant, elle planta ses griffes dans la fourrure du premier opposant. Les deux chats firent volte-face dans un même mouvement, en laissant échapper un feulement.

Aussitôt, Griffe de Ronce lança :

« Pelage d'Orage, Nuage Noir ! Par ici ! »

L'apprenti détala ventre à terre sous la haie, percutant Jolie Plume au passage. Mais Pelage d'Orage ne bougea pas, crachant sur les chats domestiques qui fondaient sur lui et sur Nuage d'Écureuil. Au même instant, Pelage d'Or apparut au sommet de la clôture et les rejoignit d'un bond.

« Reculez, sales crottes de renard ! » lâcha Nuage d'Écureuil aux deux matous qui s'approchaient.

Le premier voulut lui donner un coup de patte, mais il la manqua d'un poil. Puis la porte du nid s'ouvrit à la volée et une Bipède en sortit ; elle vociférait et agitait les bras. Les chats domestiques filèrent derrière le nid tandis que les guerriers se précipitaient dans la haie. La Bipède leur lança un regard mauvais puis rentra dans son nid en claquant la porte.

« Nuage d'Écureuil ! siffla Griffe de Ronce lorsque l'apprentie dérapa près de lui. À quoi songeais-tu ? Ces deux-là auraient pu t'arracher la fourrure ! »

Elle haussa les épaules, pas le moins du monde inquiète.

« Jamais de la vie, miaula-t-elle. Tous les chats domestiques sont faibles. Et puis Pelage d'Orage et Nuage Noir étaient là, eux aussi.

— Ne la gronde pas, Griffe de Ronce, intervint Pelage d'Orage, dont les yeux ambrés luisaient en regardant la petite chatte. Je n'ai jamais vu un tel acte de courage. »

Jolie Plume murmura qu'elle était d'accord, et Griffe de Ronce se sentit soudain mal à l'aise. Pelage d'Or hocha la tête en direction de l'apprentie, comme pour la féliciter. Seul Nuage Noir semblait contrarié, peut-être parce que la jeune chatte s'était montrée plus brave que lui ou peut-être parce que, dans un moment critique, il avait obéi à un ordre de Griffe de Ronce.

« Je n'ai jamais nié son courage, se défendit Griffe de Ronce. J'ai juste dit qu'elle devait réfléchir avant d'agir. Nous sommes loin d'être arrivés. Si l'un de nous se fait blesser, cela nous ralentira.

— Eh bien, nous voilà réunis, fit remarquer Pelage d'Or. Allons-y. »

Son frère les mena au bosquet où il avait attendu en compagnie de Jolie Plume. Entre-temps, le soleil avait disparu, mais les striures rougeoyantes qui zébraient le ciel leur indiquaient la route à suivre.

« Et si nous passions la nuit ici ? suggéra Jolie Plume. Nous serions à l'abri, et nous pourrions chasser.

« — C'est trop près des nids de Bipèdes, argua Pelage d'Orage. Si on traversait le Chemin du Tonnerre pour gagner ces champs, là, on serait plus en sécurité. »

Personne ne le contredit. Le Clan des Étoiles leur permit de franchir sans encombre le ruban sombre et, tandis que le crépuscule tombait, ils reprirent la route à travers champs. La terre était dure, semée de trous d'eau et de rocailles, comme si on avait laissé d'anciens nids de Bipèdes tomber en ruine.

L'obscurité était presque totale lorsqu'ils croisèrent un pan de mur à moitié effondré. Ils pourraient dormir à l'abri des fougères et des touffes d'herbe qui avaient poussé dans ses fissures, sur la mousse qui recouvrait les vieilles pierres.

« Ce n'est pas si terrible, constata Pelage d'Orage. On pourrait s'arrêter là.

— Oh, oui, pitié ! renchérit l'apprentie. Je suis tellement fatiguée que je ne sens plus mes pattes !

— Moi, je crois qu'on devrait continuer un peu », intervint Nuage Noir, buté. Griffe de Ronce le soupçonnait de le faire exprès. « On ne sent aucune proie, par ici.

— Nous avons déjà beaucoup marché, aujourd'hui, répondit Griffe de Ronce. Si nous continuons, nous risquons de tomber sur d'autres difficultés ou d'être obligés de dormir à la belle étoile. Inspectons d'abord les alentours pour nous assurer qu'aucune mauvaise surprise ne nous attend. Qu'aucun blaireau ou renard n'a creusé son terrier par là. »

Tous les autres acquiescèrent, sauf Nuage Noir, qui grommela. Nuage d'Écureuil partit inspecter le terrain de l'autre côté du mur. Comme elle tardait à revenir, Griffe de Ronce se lança à sa recherche, craignant qu'elle ne se soit encore attiré des ennuis. Mais il l'aperçut bientôt qui bondissait vers lui.

« Cet endroit est génial ! annonça-t-elle en remuant les moustaches pour en faire tomber des gouttelettes d'eau, tandis que Griffe de Ronce se demandait où elle puisait son énergie. Il y a une mare de l'autre côté.

— Une mare ? répéta Pelage d'Or. Dis-moi où elle se trouve. Ma bouche est aussi sèche que les feuilles de la saison dernière. »

Nuage d'Écureuil lui indiqua comment s'y rendre et, l'instant d'après, la guerrière revint et se dirigea vers l'apprentie d'un pas menaçant.

« Tu m'as joué un sale tour ! grogna-t-elle.

— De quoi tu parles ? s'enquit la rouquine, tout éberluée.

— L'eau est infecte ! répondit Pelage d'Or en crachant. Elle est pleine de sel.

— C'est faux ! J'en ai bu tout mon saoul, et elle était aussi fraîche que celle d'un ruisseau ! »

La guerrière se détourna, donna un coup de patte rageur dans une botte d'herbe gorgée d'eau. Pelage d'Orage coula un regard inquiet vers la novice.

« Attendez-moi là », déclara-t-il. Il revint peu après, des gouttelettes scintillant sur ses moustaches. « Non, elle est bonne, confirma-t-il.

— Alors pourquoi je me suis retrouvée la bouche pleine de sel ? »

Griffe de Ronce fut pris de frissons.

« Et si… hésita-t-il, son regard passant d'un chat à un autre. Et si le Clan des Étoiles venait de nous envoyer un signe pour nous dire que nous sommes sur la bonne voie, qu'il faut que nous trouvions l'endroit où le soleil sombre dans l'eau ? J'ai rêvé d'eau salée, après tout. »

Les quatre félins se dévisagèrent, médusés.

« Si tu as raison, murmura Jolie Plume, cela signifie que le Clan des Étoiles nous observe à chacun de nos pas. »

Elle balaya du regard l'horizon, comme si elle espérait voir des silhouettes couvertes de poussière d'étoile s'avancer vers eux.

Le guerrier tacheté plongea ses griffes dans la terre, sentant le besoin de s'accrocher à quelque chose de réel et de solide.

« Alors c'est une bonne chose, miaula-t-il.

— Et pourquoi on n'a pas tous reçu un signe ? le défia Nuage Noir. Pourquoi seulement vous deux ?

— Peut-être que notre tour viendra, suggéra Jolie Plume, effleurant le flanc de l'apprenti du bout de sa queue. Pour nous indiquer que nous suivons toujours la bonne voie.

— Peut-être », répéta Nuage Noir en haussant les épaules d'un air contrarié, avant d'aller se rouler en boule à l'autre bout du mur.

Le reste du groupe s'installa pour la nuit. Griffe de Ronce pensa avec regret aux souris de la grange de Nuage de Jais. Mais là, il n'y avait aucune odeur de gibier. Il leur faudrait dormir le ventre vide. Le lendemain, ils prendraient le temps de chasser avant de repartir.

Les premières étoiles de la Toison Argentée apparaissaient çà et là dans le ciel. *Voilà les guerriers du*

Clan des Étoiles qui nous observent et nous guident dans notre aventure, se dit Griffe de Ronce en fermant les yeux.

Si seulement je pouvais vous parler…, pensa-t-il. *Vous demander si ce que nous faisons est juste, et pourquoi nous devons voyager si loin. Si seulement je pouvais vous interroger sur le danger qui menace la forêt.*

Les étoiles scintillèrent d'un éclat plus vif, mais nulle voix ne lui répondit.

CHAPITRE 17

Griffe de Ronce se réveilla en sursaut, sentant qu'on lui donnait de petits coups dans les côtes.

« Debout, Griffe de Ronce, murmura Nuage d'Écureuil d'un ton pressant. Jolie Plume et Nuage Noir ont disparu ! »

Le guerrier s'assit, les yeux tout ensommeillés. Pelage d'Or était elle aussi sur ses pattes, et Pelage d'Orage sortait tout juste du nid qu'il s'était fabriqué sous un bouquet de fougères. La novice avait raison : aucun signe des deux autres.

L'esprit encore confus, il s'efforça de se lever. Le soleil était déjà au-dessus de l'horizon, dans un ciel clair piqué de petits nuages moutonneux. Le vent qui soufflait sur le champ faisait onduler l'herbe mais ne diffusait aucune odeur de chat. Griffe de Ronce se demanda tout d'abord si Jolie Plume et Nuage Noir étaient retournés chez eux. S'étaient-ils sentis découragés, rejetés, parce qu'ils n'avaient pas reçu le signe de l'eau salée ? Et s'ils avaient fait demi-tour, Pelage d'Or et lui pourraient-ils accomplir la mission seuls ?

Il se raisonna. Si Nuage Noir pouvait penser ainsi, Jolie Plume, elle, ne renoncerait jamais. Or, où qu'ils soient, les deux félins étaient sûrement ensemble. Il était peu probable qu'un prédateur les ait attrapés car l'endroit ne présentait aucun danger et, de toute façon, le bruit les aurait alertés.

« Va voir au point d'eau, ils sont peut-être partis boire, suggéra-t-il à Nuage d'Écureuil, qui le regardait toujours d'un air paniqué.

— J'y suis déjà allée. Je ne suis pas une cervelle de souris.

— Tu as bien fait… Alors, euh… »

Griffe de Ronce balaya le champ des yeux, désespérant de trouver un plan. Soudain, il aperçut deux petites silhouettes, l'une gris perle, l'autre noire, qui venaient vers eux. Le vent, qui soufflait vers le mur en ruine, avait effacé leur odeur.

« Ils sont là ! » s'exclama-t-il.

Jolie Plume et Nuage Noir les rejoignirent d'un pas vif. Ils portaient tous deux dans la gueule plusieurs proies et leurs yeux brillaient de satisfaction.

« Où étiez-vous passés ? s'enquit Griffe de Ronce. On s'inquiétait pour vous.

— Tu ne devrais pas partir sans prévenir, ajouta Pelage d'Orage à sa sœur.

— À votre avis, on faisait quoi ? rétorqua Nuage Noir, après avoir posé au sol deux souris. Vous ronfliez tous comme des hérissons en plein hiver, alors on a décidé d'aller chasser.

— Le gibier ne manque pas, là-bas, annonça Jolie Plume, indiquant des fourrés au milieu du champ. Nous avons attrapé des tas de rongeurs, il faudra qu'on retourne chercher le reste.

— C'est au tour de ces feignasses d'y aller, grommela Nuage Noir.

— Bien sûr, nous allons vous aider, répondit Griffe de Ronce, qui salivait déjà à l'odeur des souris. Je vous félicite. Restez là pour manger, nous nous occupons du reste. »

Nuage Noir s'était déjà installé et s'apprêtait à mordre dans une souris lorsqu'il répondit :

« Arrête de nous parler comme si tu étais notre mentor. »

Il semblait décidé à être désagréable, mais Griffe de Ronce ignora sa remarque. Malgré le mauvais caractère de l'apprenti, il se sentait plein d'espoir. Ils avaient survécu aux difficultés rencontrées dans les jardins des Bipèdes, le signe reçu par Pelage d'Or indiquait qu'ils suivaient la volonté du Clan des Étoiles, et maintenant, ils allaient profiter d'un bon repas. Tandis qu'il entraînait les autres vers les fourrés, il se dit que la situation aurait pu être pire.

« Qu'est-ce que c'est que ça ? » demanda Griffe de Ronce.

Pendant trois jours, les félins voyageurs avaient traversé les champs, évitant les nids de Bipèdes disséminés ici et là. Ils n'avaient rien croisé de plus dangereux que des moutons. Mais ce matin-là, ils atteignirent un fossé qui longeait une haie partageant deux champs. Tous fixaient du regard les deux créatures qui couraient, renâclant et secouant leur crinière. Griffe de Ronce n'avait jamais vu de bêtes aussi grosses. L'impact de leurs pieds gigantesques faisait trembler le sol.

« Des chevaux, répondit Nuage Noir avec un petit air de supériorité. Parfois, ils traversent notre territoire en portant des Bipèdes sur leur dos. »

Quelle idée farfelue, pensa le guerrier tacheté.

« J'imagine que même les Bipèdes ont besoin de quatre pattes de temps en temps », plaisanta-t-il.

L'apprenti haussa les épaules.

« On peut continuer, s'il vous plaît ? s'impatienta Nuage d'Écureuil. Ce fossé est plein d'eau et ma queue est trempée.

— Bien, allons-y, marmonna Griffe de Ronce. Mais je n'ai pas trop envie de me faire piétiner.

— Les chevaux ne sont pas dangereux, le rassura Pelage d'Orage. Ceux de la ferme à la frontière de notre territoire nous laissent toujours tranquilles.

— Et s'il leur arrivait de nous marcher dessus, ce serait par accident », ajouta Jolie Plume.

Maigre consolation, pensa Griffe de Ronce. Un seul coup de ces drôles de pieds, qui ressemblaient à des morceaux de pierre polie, pouvait briser l'échine d'un chat.

« On n'a qu'à traverser le champ à toute vitesse pendant qu'ils sont de l'autre côté, suggéra Pelage d'Or. Je doute qu'ils nous suivent. Ils doivent être très bêtes, ou alors ils ne laisseraient pas des Bipèdes leur monter sur le dos.

— D'accord. » Ce raisonnement convainquit Griffe de Ronce. « On file tout droit et on se retrouve de l'autre côté de la haie. Et pour l'amour du Clan des Étoiles, on essaye de rester groupés, cette fois-ci. »

Ils attendirent que les chevaux aient trotté jusqu'au fond du champ.

« Maintenant ! » lança Griffe de Ronce.

Il se jeta à découvert, le vent ébouriffant son pelage, suivi de près par ses compagnons. Il crut entendre le martèlement des énormes pieds, mais il n'osa pas ralentir pour regarder derrière lui. L'instant d'après, il franchit d'un bond le fossé qui longeait la haie du fond et plongea dans les buissons.

Un coup d'œil prudent lui apprit que les autres étaient sains et saufs, près de lui.

« Super ! fit-il. On commence à prendre le coup.

— Il serait temps », maugréa Nuage Noir.

Dans le champ suivant se trouvaient d'autres bêtes énormes, groupées à l'ombre de rares arbres. Elles agitaient la queue tout en mâchonnant de l'herbe. Des vaches, se dit Griffe de Ronce. Il en avait déjà vu près de la grange de Nuage de Jais, lors de son voyage aux Hautes Pierres, pendant son apprentissage. Leur pelage noir et blanc était lisse et leurs yeux, immenses, évoquaient de grandes flaques tourbeuses.

Comme les vaches ne prêtaient guère attention à eux, les félins purent traverser le champ plus lentement, fendant l'herbe haute en gardant un œil sur les animaux. Le soleil était presque au zénith. Griffe de Ronce aurait volontiers fait une sieste, mais ils devaient poursuivre. Sachant que le soleil devait sombrer dans l'eau au bout de l'horizon, il vérifiait sans arrêt sa position, guettant son déclin pour s'assurer qu'ils suivaient toujours la bonne direction. Si les nuages venaient à assombrir le ciel, pensa le guerrier, ils n'auraient plus de point de repère.

Laissant les vaches derrière eux, ils arrivèrent à un champ tellement grand qu'ils n'en voyaient pas la fin. Il était recouvert non pas d'herbe mais de tiges plus épaisses, jaunes et rigides comme la paille aperçue dans la grange de Nuage de Jais. Coupées très court, ces tiges leur piquaient les coussinets. Dans le lointain résonnait un terrible rugissement.

« Il est là-bas ! lança Nuage d'Écureuil qui avait grimpé au sommet d'un vieil arbre bordant la haie. Un monstre énorme, dans le champ ! Si loin du Chemin du Tonnerre !

— Quoi ? Mais c'est impossible ! »

Griffe de Ronce bondit près d'elle. Stupéfait, il constata qu'elle avait raison. Un monstre bien plus gros que ceux qui empruntaient le Chemin du Tonnerre traversait lentement le champ en vrombissant. Une espèce de nuage jaune l'enveloppait, emplissant l'air de poussière.

« Tu disais ? lui demanda Nuage d'Écureuil, sarcastique.

— Désolé, répondit-il avant de descendre de l'arbre. Nuage d'Écureuil dit vrai. Il y a un monstre dans le champ.

— Alors on ferait mieux de filer d'ici le plus vite possible, avant qu'il ne nous voie, déclara Pelage d'Orage.

— D'habitude, ils restent sur le Chemin du Tonnerre, gémit Jolie Plume. C'est injuste ! »

Nuage Noir tapota les courtes tiges du bout de la patte.

« Impossible de passer par là, lâcha-t-il. On finirait tous les coussinets en sang. On va devoir contourner la haie. »

Il fixait durement les autres, comme s'il s'attendait à être contredit. Personne ne répondit, sauf Jolie Plume qui murmura son assentiment. Nuage Noir avait de bonnes idées, se dit Griffe de Ronce.

Si seulement il se montrait moins agressif en les exposant...

L'apprenti du Clan du Vent ouvrit la voie, suivi de près par les autres. Ils longeaient la haie, de façon à pouvoir s'y cacher si le monstre les pourchassait. Entre la haie et les tiges jaunes se trouvait une bande d'herbe tout juste assez large pour permettre aux chats de s'y faufiler.

« Regardez ça ! » s'exclama Pelage d'Or.

Elle inclina ses oreilles vers une souris tapie entre les tiges, en train de grignoter une des graines répandues sur le sol. Avant que quiconque ait eu le temps de bouger, Nuage d'Écureuil bondit, roula parmi les tiges et se releva tant bien que mal, la souris dans la gueule.

« Tiens, fit-elle en posant le rongeur devant Pelage d'Or. C'est toi qui l'as vue en premier.

— Je peux attraper mes propres proies, merci », rétorqua sèchement la guerrière.

Griffe de Ronce se rendit compte que la souris n'était pas seule : d'autres se gavaient de graines un peu partout dans le champ. À croire que le Clan des Étoiles leur offrait la possibilité de chasser pour bien se nourrir. Une fois que Nuage d'Écureuil eut mangé, il l'envoya monter la garde dans un autre arbre pour surveiller le monstre, au cas où il changerait de direction.

Mais la créature garda ses distances. Lorsqu'ils reprirent leur périple, le guerrier du Clan du Tonnerre se sentit ragaillardi par la nourriture et plus optimiste : maintenant que le soleil déclinait, il pouvait être sûr de leur itinéraire. Une fois le champ de tiges derrière eux, leur progression devint plus aisée. La chaleur de la journée pesait encore dans l'air ; des abeilles bourdonnaient. Un papillon voleta devant eux. Nuage d'Écureuil leva mollement une patte, trop engourdie pour le chasser.

Lorsqu'ils approchèrent du bord de la prairie, Pelage d'Or avait pris la tête du groupe, suivie de Pelage d'Orage et de Nuage d'Écureuil. Nuage Noir et Jolie Plume venaient ensuite, et Griffe de Ronce fermait la marche, à l'affût du moindre danger.

Cette fois-ci, ils ne tombèrent pas sur une haie mais sur une clôture de Bipèdes fabriquée dans un matériau fin et brillant. Elle ressemblait à un treillage de brindilles entrelacées, mais les espaces entre chacune étaient réguliers. Ils ne pouvaient l'escalader. En revanche, le jour entre le bas de la clôture et le sol était suffisamment grand pour qu'un chat s'y faufile.

Griffe de Ronce s'aplatit, plantant ses griffes dans la terre pour s'aider, mais il sentait la clôture lui labourer le dos. Près de lui, Pelage d'Orage l'imita. Tandis que le jeune guerrier se redressait, il entendit un cri de rage.

« Je suis coincée ! »

C'était la voix de Nuage d'Écureuil. Le guerrier tacheté revint vers elle en soupirant, Pelage d'Orage sur les talons. Nuage Noir et Jolie Plume se tenaient déjà près de la jeune apprentie, et Pelage d'Or les rejoignit peu après.

« Restez pas plantés là ! miaula la rouquine. Sortez-moi de là ! »

Elle avait plaqué son ventre au sol pour passer, mais était restée bloquée à mi-chemin. Le matériau de la clôture, qui commençait à se défaire, s'était pris dans sa fourrure. Chaque fois qu'elle se tortillait, les bouts pointus lui rentraient dans la peau, lui arrachant un gémissement.

« Tiens-toi tranquille », lui ordonna Griffe de Ronce. Il étudia la situation. « Si on déterrait ce poteau, la clôture se détacherait. » Le morceau de bois avait l'air solidement planté dans le sol, mais s'ils s'y mettaient tous...

« On irait plus vite en coupant les brindilles avec nos dents », intervint Pelage d'Orage. Il donna de petits coups de canine dans la clôture, mais celle-ci ne céda pas. « Non, c'est trop dur.

— Sans blague ! railla Nuage Noir. C'est plutôt sa fourrure qu'il faudrait arracher à coups de dents !

— Laisse ma fourrure tranquille, espèce de cervelle de souris ! »

L'apprenti du Clan du Vent montra les dents.

« Si tu avais fait attention, ce ne serait pas arrivé. Et si on ne parvient pas à te libérer, tu devras rester là.

— Pas question ! intervint Pelage d'Orage. On ne peut pas l'abandonner ! Je resterai avec elle, s'il le faut.

— Parfait ! rétorqua Nuage Noir. Comme ça, nous quatre, les vrais élus, pourrons continuer sans vous. »

Les poils du guerrier du Clan de la Rivière se dressèrent sur sa nuque. Il fit basculer son poids sur ses pattes arrière si bien que les muscles de ses cuisses roulèrent sous sa fourrure gris sombre. Les deux matous étaient à un poil de souris de se battre. Griffe de Ronce constata avec inquiétude que quelques moutons s'étaient approchés d'eux, tandis que dans le lointain il entendait un chien aboyer. Il leur faudrait partir au plus vite.

« Ça suffit ! rugit-il, s'interposant entre les deux mâles. On ne laisse personne derrière. Il doit y avoir un moyen de la sortir de là. »

Pelage d'Or et Jolie Plume s'étaient couchées près de l'apprentie. La chatte grise mâchait des feuilles d'oseille.

« Franchement ! s'exclama-t-elle en crachant la mixture, exaspérée. Vous, les mâles, vous ne savez donc rien faire à part vous disputer ?

— Que veux-tu, c'est la seule chose pour laquelle ils sont doués, répondit Pelage d'Or, une lueur amusée dans les yeux. C'est ça, étale l'oseille sur sa fourrure. Ça devrait la rendre bien glissante. Rentre le ventre, Nuage d'Écureuil, tu as mangé trop de souris ! »

Griffe de Ronce observa Jolie Plume appliquer la pulpe d'oseille sur le pelage de l'apprentie, frottant avec sa patte avant dans les bourres de poils autour de la clôture.

« Essaye encore », lui indiqua Pelage d'Or.

Les griffes plantées dans le sol, Nuage d'Écureuil tira de toutes ses forces sur ses pattes avant, et poussa sur ses pattes arrière.

« Ça ne marche pas ! fulmina-t-elle.

— Mais si », lui assura Jolie Plume d'une voix tendue. La guerrière appliqua une patte sur l'épaule de Nuage d'Écureuil, qui était maintenant toute visqueuse. « Continue.

— Et dépêche-toi ! » ajouta Griffe de Ronce.

Le chien aboya de nouveau, dispersant les moutons venus les observer. Une odeur de canidé leur parvint, portée par la brise. Pelage d'Orage et Nuage Noir se préparèrent à détaler.

Nuage d'Écureuil fit un dernier effort, colossal, et s'extirpa enfin de la clôture. Une touffe de fourrure rousse y resta accrochée, mais l'apprentie était enfin libre.

« Merci, miaula-t-elle aux deux chattes en s'ébrouant. C'était une idée géniale ! »

Elle avait raison. Griffe de Ronce regrettait de ne pas y avoir pensé lui-même. Enfin, ils allaient pouvoir reprendre leur progression, droit vers le couchant… et vite, avant que ce chien ne les rattrape. Il les mena à travers champs, convaincu que le Clan des Étoiles les guidait.

En ouvrant les yeux le lendemain matin, Griffe de Ronce fut désemparé à la vue du ciel voilé par une épaisse couverture nuageuse. Sa confiance envers le Clan des Étoiles vacilla. Voilà ce qu'il avait redouté depuis le début. Ce n'était peut-être qu'un hasard si le ciel était resté dégagé jusque-là. Comment pouvait-il savoir dans quelle direction aller s'il ne pouvait voir le soleil ?

Ses compagnons dormaient toujours. La veille au soir, ils n'avaient trouvé comme abri qu'une petite cuvette dans un champ, protégée par deux arbustes au tronc noueux. Griffe de Ronce se sentait de plus en plus nerveux sans la voûte familière de la forêt au-dessus de sa tête. Il ne s'était jamais rendu compte à quel point les siens et lui dépendaient des arbres : ils y trouvaient du gibier, un abri et une cachette. Il repensa à la prophétie d'Étoile Bleue, et une terrible anxiété se referma sur lui comme une mâchoire de blaireau sur sa nuque.

Pour se dégourdir les pattes, il grimpa au sommet de la cuvette afin de jeter un œil alentour. Le ciel arborait un gris uniforme ; l'air était humide, comme s'il allait pleuvoir. Au loin se trouvaient une ceinture d'arbres et d'autres nids de Bipèdes. Griffe de Ronce espérait que leur itinéraire ne les conduirait pas une nouvelle fois en terrain hostile.

« Griffe de Ronce ! Griffe de Ronce ! »

Une voix excitée retentit dans son dos. En se retournant, il vit Jolie Plume courir vers lui.

« Je l'ai eu !

— Quoi donc ?

— Le signe de l'eau salée ! précisa-t-elle, ronronnant de plaisir. J'ai rêvé que je marchais au bord d'une étendue rocailleuse où s'écoulait un ruisseau. Lorsque je me suis penchée pour y boire, l'eau était toute salée, et je me suis réveillée avec son goût dans la bouche.

— C'est formidable, Jolie Plume. »

L'inquiétude du guerrier se dissipa un peu. Le Clan des Étoiles veillait toujours sur eux.

« Cela signifie que seul Nuage Noir n'a pas reçu de signe, poursuivit la chatte, coulant un regard vers l'apprenti qui dormait dans une touffe d'herbe.

— Alors on ne devrait peut-être pas évoquer ton rêve devant lui, suggéra-t-il, mal à l'aise.

— C'est impossible ! protesta-t-elle, choquée. Il le découvrirait d'une façon ou d'une autre, et il penserait qu'on l'a trompé délibérément. Non, ajouta-t-elle après avoir réfléchi un instant, laisse-moi le lui dire. J'attendrai qu'il soit de bonne humeur.

— Tu n'es pas près de lui en parler, alors ! »
ricana-t-il.

Jolie Plume émit un petit miaulement peiné.

« Oh, Griffe de Ronce ! Nuage Noir n'est pas si
terrible. Ça a été très dur pour lui de quitter la forêt
juste avant son baptême de guerrier. À mon avis, il
se sent isolé. Moi, j'ai Pelage d'Orage, et toi, Pelage
d'Or et Nuage d'Écureuil. On se connaissait déjà
tous avant, alors que Nuage Noir est tout seul. »

Griffe de Ronce n'avait jamais considéré les
choses sous cet angle. Il prendrait le temps d'y réfléchir, même s'il doutait de pouvoir montrer plus de
patience envers ce novice qui le contredisait sans
cesse.

« Nous sommes tous loyaux envers nos Clans,
miaula-t-il. Envers la forêt et le code du guerrier
également. Nuage Noir comme nous tous. Il s'en
sortirait très bien s'il arrêtait de vouloir jouer les
chefs, alors qu'il n'est qu'un apprenti. »

— Tu as raison, mais quand il apprendra qu'il
est le seul à ne pas avoir eu de signe... »

D'un geste bref, Griffe de Ronce pressa son
museau contre celui de Jolie Plume :

« Alors parle-lui. On ferait bien de les réveiller et
de se mettre en route. Enfin, si on arrive à déter-
miner la bonne direction.

— Par là. » Elle leva la queue vers la ceinture
d'arbres au bout du champ. « Le soleil s'est couché
derrière hier soir. »

Et après ? se demanda Griffe de Ronce. Sans le
soleil, comment trouveraient-ils leur chemin ? Le
Clan des Étoiles leur viendrait-il en aide pour
découvrir l'endroit où le soleil sombrait dans l'eau ?

En redescendant dans la cuvette et avant de réveiller ses compagnons, il adressa une courte prière aux guerriers de jadis.

Montrez-nous la voie, par pitié. Et veillez sur nous lorsque les ennuis arriveront… quels qu'ils soient.

CHAPITRE 18

« **N**ous allons bientôt manquer de pavot des bois, lança Museau Cendré, qui avait sorti la tête de sa tanière. J'ai presque tout utilisé pour soigner les yeux de Longue Plume. Pourrais-tu aller m'en chercher ? »

Nuage de Feuille leva les yeux de sa tâche : elle mâchait des feuilles de pâquerettes qu'elle transformait en cataplasme.

« Bien sûr, miaula-t-elle en recrachant les derniers brins. J'ai presque fini. Veux-tu que j'aille porter le remède à Perce-Neige ?

— Non, je ferais mieux de l'examiner moi-même. Ses articulations lui font mal depuis que le temps a tourné à l'humidité. » La guérisseuse rejoignit son apprentie dans la clairière et émit un ronronnement approbateur en reniflant la mixture. « C'est parfait, tu peux y aller. Emmène un guerrier avec toi. Le meilleur pavot des bois se trouve près des Quatre Chênes, le long de la frontière du territoire du Clan de la Rivière. Au fait, il paraît que les guerriers du Clan du Vent continuent à venir boire chez lui.

— Ils y vont encore ? Mais il a tellement plu que leurs ruisseaux doivent de nouveau couler à flots !

— Va dire ça au Clan du Vent… » soupira Museau Cendré.

Tandis que l'apprentie guérisseuse franchissait le tunnel de fougères menant à la clairière principale, elle remisa cette information dans un coin de son esprit. Cette querelle ne regardait pas le Clan du Tonnerre et elle avait suffisamment de soucis avec Nuage d'Écureuil et Griffe de Ronce. Le soleil s'était déjà levé quatre fois depuis leur départ. Au plus profond d'elle, elle savait que sa sœur était toujours en vie, mais elle ignorait où elle se trouvait et ce qu'elle y faisait.

Comme elle n'avait pas mangé ce matin-là, elle se rendit au tas de gibier, où Poil de Châtaigne finissait un campagnol.

« Bonjour ! » fit la jeune guerrière écaille en agitant la queue, pendant que Nuage de Feuille se choisissait une souris.

L'apprentie la salua à son tour, avant de poursuivre :

« Poil de Châtaigne, tu as quelque chose de prévu ce matin ?

— Non », répondit-elle en avalant une dernière bouchée. Elle s'assit et se lécha les babines d'un air satisfait. « Pourquoi ?

— Museau Cendré m'a demandé d'aller aux Quatre Chênes récolter du pavot des bois. Elle m'a conseillé d'y aller accompagnée.

— Génial ! » La guerrière bondit sur ses pattes, une lueur d'excitation dansant dans ses yeux ambrés.

« Au cas où le Clan du Vent pénétrerait accidentellement sur notre territoire ? Qu'il essaye ! »

Alors qu'elles allaient s'engager dans le tunnel d'ajoncs, Étoile de Feu en émergea, la tête et la queue basses, suivi de Poil de Fougère et de Perle de Pluie. Le cœur de l'apprentie se serra soudain : la fourrure de son père semblait avoir perdu de son éclat.

« Rien de neuf ? » s'enquit Poil de Châtaigne doucement. Nuage de Feuille comprit que son amie connaissait la raison de leur patrouille.

« Non, admit Étoile de Feu en secouant la tête. Aucune trace d'eux. Ni de leur odeur ni de leur passage, rien du tout. Ils ont disparu.

— Ils ont dû quitter le territoire depuis des jours, fit remarquer Poil de Fougère d'un air sombre. Cela ne sert plus à rien d'envoyer des patrouilles à leur recherche.

— Tu as raison, reconnut le chef en soupirant. Leur destin est entre les pattes du Clan des Étoiles. »

Nuage de Feuille pressa son museau contre son flanc, tandis que son père lui caressait les oreilles du bout de la queue. Puis il rejoignit Tempête de Sable au pied du Promontoire et, ensemble, ils se dirigèrent vers la tanière d'Étoile de Feu.

Elle se sentait coupable de dissimuler des informations, de cacher à son père que sa sœur était en vie, bien que loin du territoire du Clan du Tonnerre. Alors qu'elle suivait Poil de Châtaigne hors du camp, elle crut que tout le monde regardait ses poils hérissés par la gêne.

Le soleil poursuivit son ascension et les brumes matinales se dissipèrent. La journée promettait d'être chaude, même si les arbres rouge et or annonçaient la saison des feuilles mortes. Nuage de Feuille et Poil de Châtaigne se dirigeaient droit vers les Quatre Chênes. L'apprentie guérisseuse ronronnait de plaisir en voyant la jeune guerrière inspecter chaque buisson, chaque fossé qu'elles croisaient. La blessure à l'épaule de Poil de Châtaigne qui avait retardé son baptême ne semblait plus qu'un mauvais souvenir. Alors qu'elle était plus âgée que Nuage de Feuille, elle avait conservé l'énergie et la bonne humeur d'un chaton.

Près de la frontière, l'apprentie entendit un clapotis et aperçut la rivière miroiter à travers les sous-bois. Elle trouva d'épaisses bottes de pavot des bois à l'endroit indiqué par son mentor et entreprit d'en couper autant qu'elle pourrait en porter.

« Moi aussi, je pourrais en rapporter, suggéra son amie. Berk… le Clan de la Rivière a marqué son territoire ici. Cette odeur me fait friser la fourrure ! »

Elle s'absorba dans la contemplation de la pente qui menait à la rivière pendant que Nuage de Feuille continuait sa tâche. Cette dernière avait presque fini lorsqu'elle entendit sa camarade l'appeler :

« Viens voir ça ! »

L'apprentie rejoignit la jeune guerrière en quelques bonds et vit, en contrebas, un groupe de chats du Clan du Vent venus étancher leur soif. Elle reconnut parmi eux Étoile Filante et Moustache, l'ami d'Étoile de Feu.

« C'est donc vrai ! s'exclama-t-elle.

— Et regarde un peu, répondit Poil de Châtaigne, la queue tendue vers une patrouille du Clan de la Rivière qui traversait le pont des Bipèdes. À mon avis, il va y avoir du grabuge. »

Patte de Brume était à la tête de la patrouille. Elle avait emmené avec elle Plume de Faucon, le nouveau guerrier, et un chat noir plus vieux que Nuage de Feuille ne connaissait pas. Ils descendirent au bord de la rivière, faisant halte à quelques longueurs de queues des visiteurs. Patte de Brume parla la première, mais la distance empêchait les deux chattes d'entendre ce qu'elle disait.

« Si seulement on pouvait s'approcher un peu… soupira Poil de Châtaigne, les oreilles frémissantes.

— À mon avis, franchir la frontière est une très mauvaise idée, miaula l'apprentie, nerveuse.

— Je le sais bien. Mais j'aurais bien aimé entendre leur conversation », souffla-t-elle, résignée.

Le pelage de Patte de Brume était maintenant ébouriffé, sa queue avait doublé de volume. Étoile Filante s'avança pour lui parler. Plume de Faucon fit une remarque à son lieutenant, mais la chatte grise secoua la tête et recula d'un pas, visiblement contrariée.

Étoile Filante retrouva les siens, qui finirent de se désaltérer avant de reprendre le chemin de leur territoire. Ils prenaient leur temps : Nuage de Feuille eut l'impression qu'ils partaient parce qu'ils avaient fini de boire et non parce que Patte de Brume les avait chassés. Plusieurs chats du Clan du Vent crachèrent devant la patrouille du Clan de la Rivière en passant, et l'apprentie remarqua que Patte de Brume s'échinait à empêcher ses deux guerriers d'attaquer. Ils n'étaient que trois face à eux tous. Nuage de Feuille pouvait imaginer la frustration du lieutenant de ne pouvoir faire respecter les frontières de son territoire, et ce à cause de l'accord passé lors de la dernière Assemblée.

Lorsque les chats du Clan du Vent eurent disparu, Patte de Brume emmena ses deux acolytes jusqu'à la rive. Instinctivement, Nuage de Feuille l'appela. Lorsqu'elle l'aperçut, la guerrière grise vint la rejoindre après une brève hésitation au sommet du coteau.

« Bien le bonjour, miaula-t-elle. La chasse est bonne, en ce moment ?

— Très bonne, merci », répondit l'apprentie. Elle adressa un regard entendu à Poil de Châtaigne, lui intimant de ne pas évoquer la scène qu'elles venaient de voir. « Tout va bien pour le Clan de la Rivière ? »

— Tout va bien, sauf... » Elle s'interrompit, avant de poursuivre. « Avez-vous vu Pelage d'Orage et Jolie Plume, par hasard ? Il y a quatre aubes qu'ils ont disparu de notre territoire. Personne ne les a revus depuis...

— Nous avons suivi leur trace jusqu'aux Quatre Chênes, mais bien sûr, nous n'avons pas pu continuer nos recherches en territoire ennemi », ajouta Plume de Faucon, qui venait d'arriver et n'avait rien perdu des propos de son lieutenant. Le guerrier noir était resté près de la rivière, où il montait la garde.

Plume de Faucon salua courtoisement les deux chattes d'un signe de tête. C'était un guerrier massif à la fourrure lustrée. L'espace d'un instant, il rappela à l'apprentie guérisseuse un autre chat... Mais personne de sa connaissance ne possédait de tels yeux bleus perçants.

« Qu'est-ce que tu veux dire ? demanda-t-elle. Jolie Plume et Pelage d'Orage ont quitté le Clan de la Rivière ?

— Oui, admit le lieutenant, le regard troublé. Nous pensions qu'ils avaient décidé de rejoindre leur père au sein du Clan du Tonnerre.

— Non, nous ne les avons pas vus, lui apprit l'apprentie.

— Mais nous aussi, nous avons perdu des chats ! s'exclama Poil de Châtaigne, la queue battant l'air vigoureusement. Et... oui, c'était aussi il y a quatre aubes !

— Quoi ? fit Patte de Brume, incrédule. Qui donc ?

— Griffe de Ronce et Nuage d'Écureuil », répondit Nuage de Feuille en grimaçant.

Elle aurait préféré que son amie ne divulgue pas cette information. D'instinct, elle aurait choisi de ne rien dire aux autres Clans, mais il était trop tard.

« Serait-il possible qu'une bête les ait enlevés ? demanda Patte de Brume comme si elle réfléchissait à haute voix. Un prédateur ? Je me souviens de ces chiens...

— Non, je suis sûre que ce n'est pas ça, déclara Nuage de Feuille pour la rassurer sans se trahir. Si un renard ou un blaireau les avait attaqués, nous aurions trouvé des traces. Des odeurs, des crottes, ou autre chose... »

Le lieutenant du Clan de la Rivière ne savait que penser. Soudain, les yeux de Poil de Châtaigne s'illuminèrent.

« Et s'ils avaient décidé de quitter la forêt ensemble ? avança la guerrière.

— Je sais que Jolie Plume et Pelage d'Orage avaient parfois l'impression d'être des intrus : le Clan leur reprochait souvent que leur père soit issu du Clan du Tonnerre. Et Griffe de Ronce devait porter le fardeau d'être le fils d'Étoile du Tigre. Mais Nuage d'Écureuil… Quelle raison aurait-elle de quitter son foyer ? »

La prophétie du feu et du tigre, se dit Nuage de Feuille, avant de se souvenir que sa sœur n'en avait pas connaissance. Nuage d'Écureuil était partie à cause de l'attitude insupportable de leur père. Mais en vérité, seul le rêve de Griffe de Ronce l'y avait poussée. Nuage de Feuille se devait cependant de garder le silence.

« Il se peut que les autres Clans aient aussi des disparus, intervint Plume de Faucon. Nous devrions nous renseigner. Ils en savent peut-être plus que nous.

— C'est vrai », convint Patte de Brume. Jetant un regard noir vers la rive où le Clan du Vent était venu boire, elle ajouta : « Il ne sera pas difficile de parler à Étoile Filante et les siens. Mais personne ne pourra interroger le Clan de l'Ombre avant la prochaine Assemblée.

— C'est bientôt, fit remarquer l'apprentie.

— Es-tu certaine de pouvoir t'adresser facilement au Clan du Vent ? » osa demander Poil de Châtaigne, comme si elle mettait Patte de Brume au défi d'admettre que le Clan ennemi venait toujours se désaltérer sur son territoire.

La guerrière grise recula d'un pas, soudain grandie, ses yeux lançant des éclairs. La chatte qui partageait l'instant précédent ses craintes était redevenue le lieutenant du Clan de la Rivière, dissimulant les faiblesses de son camp.

« J'imagine que tu as vu la scène, tout à l'heure, siffla-t-elle. Étoile Filante a brisé l'esprit de son pacte avec Étoile du Léopard. Elle leur a permis de venir à la rivière uniquement parce que l'eau manquait sur leur territoire, et il le sait très bien.

— On aurait dû les chasser ! s'exclama Plume de Faucon d'un ton sec, ses yeux bleu pâle rivés dans la direction prise par le Clan du Vent un peu plus tôt.

— Tu sais qu'Étoile du Léopard nous l'a interdit », lui rappela son lieutenant. Son ton suggérait qu'ils avaient déjà eu cette discussion. « Elle affirme qu'elle tiendra parole quels que soient les actes d'Étoile Filante. »

Plume de Faucon hocha la tête, mais Nuage de Feuille remarqua qu'il ne cessait de sortir et de rentrer les griffes, comme s'il lui tardait de les plonger dans la fourrure des importuns. Peu importait qu'il ne soit pas né dans la forêt, il devenait jour après jour un guerrier formidable, se dit-elle, aussi exceptionnel, à sa façon, que sa sœur, Papillon.

« Salue Papillon de ma part », lui lança-t-elle. Elle eut soudain une idée : elle fit un pas vers sa pile de pavot des bois coupé, en préleva quelques tiges qu'elle se hâta de déposer devant Plume de Faucon. « Cela pourrait lui être utile, expliqua-t-elle. Museau Cendré s'en sert pour soigner des problèmes de vue.

J'ai l'impression que ça pousse mieux de notre côté de la frontière.

— Merci, répondit-il, reconnaissant.

— Nous ferions mieux d'y aller, miaula Patte de Brume. Nuage de Feuille, annonce la disparition de Pelage d'Orage et Jolie Plume à Étoile de Feu, et demande-lui de nous prévenir s'il y a du neuf.

— Je n'y manquerai pas. »

De nouveau, la culpabilité s'empara de la chatte tandis qu'elle regardait la patrouille du Clan de la Rivière remonter le cours d'eau. Elle était la seule à connaître les deux prophéties : celle qui avait entraîné Griffe de Ronce et Nuage d'Écureuil vers l'inconnu, et celle qui avait convaincu Étoile de Feu que les deux jeunes félins seraient impliqués dans la destruction de son Clan. Malgré tout, elle n'en savait pas assez. Le Clan des Étoiles avait choisi de ne pas lui parler du destin de la forêt, et elle avait l'impression que même la pleine lune, qui brillerait au-dessus de la prochaine Assemblée, ne ferait pas la lumière sur ces sombres questions.

Le temps que Poil de Châtaigne et elle regagnent le camp, chargées de pavot des bois, le soleil était presque au zénith.

« On ferait mieux d'aller faire notre rapport à Étoile de Feu, miaula la jeune guerrière une fois les herbes déposées chez Museau Cendré. Il sera certainement intéressé d'apprendre que des chats du Clan de la Rivière ont également disparu. »

Nuage de Feuille acquiesça et mena son amie jusqu'à l'antre de son père, au pied du Promontoire. La clairière regorgeait de félins profitant des dernières chaleurs. Nuage d'Araignée et Nuage Ailé étaient affalés à l'ombre des fougères qui abritaient leur tanière, tandis que Flocon de Neige et Cœur Blanc faisaient leur toilette au soleil. Fleur de Bruyère et Pelage de Poussière se tenaient devant la pouponnière, observant leurs petits jouer ensemble.

Une vague de tristesse s'empara de Poil de Châtaigne. On aurait pu penser que Griffe de Ronce et Nuage d'Écureuil n'avaient jamais existé, à croire qu'ils avaient sombré dans la mémoire collective comme un chat se noie dans la rivière, englouti par les eaux tumultueuses.

Cette impression se dissipa un peu lorsqu'elles atteignirent l'antre du chef et annoncèrent leur venue. Il les invita à entrer, et l'apprentie se glissa entre le rideau de lichen. Elle aperçut son père roulé en boule dans son nid. Plume Grise était assis près de lui. L'anxiété qui se lisait dans les yeux des deux chats rassura Nuage de Feuille : tout le monde n'avait pas oublié sa sœur et Griffe de Ronce.

« Nous avons des nouvelles », miaula aussitôt Poil de Châtaigne, avant de rapporter tout ce que leur avait appris Patte de Brume.

Le lieutenant se leva d'un bond, prêt à filer à la recherche de ses enfants disparus.

« Si un renard les a attrapés, je le retrouverai et l'écorcherai vif ! » feula-t-il.

Étoile de Feu resta dans son nid, mais sortit les griffes, prêt à les plonger dans la fourrure de la créature inconnue qui lui avait dérobé sa fille.

« Les chiens n'ont pas pu revenir ? marmonnat-il. Le Clan des Étoiles ne nous demanderait pas de les affronter une seconde fois ! »

— Non, rien n'indique qu'il s'agisse des chiens, le rassura Nuage de Feuille. Jolie Plume et Pelage d'Orage ont dû partir avec Griffe de Ronce et Nuage d'Écureuil... Ils avaient donc une bonne raison de quitter les territoires. »

Elle tenta désespérément d'évaluer les informations qu'elle pouvait révéler sans laisser deviner aux deux pères inquiets qu'elle en savait bien plus encore. Jusque-là, elle avait gardé secrète sa vision des chats voyageurs, envoyée par le Clan des Étoiles près de la Pierre de Lune. Même Museau Cendré l'ignorait. Mais elle savait maintenant qu'elle devait l'évoquer. Elle ne brisait pas sa promesse, se dit-elle. Elle ne trahissait aucun des secrets de Griffe de Ronce et de sa sœur.

« Étoile de Feu, reprit-elle, hésitante, tu sais à quel point Nuage d'Écureuil et moi sommes proches ? Eh bien, parfois, je sais exactement ce qu'elle fait, même si elle se trouve très loin.

— C'est impossible ! Pas à ce point...

— Si, je te le promets. Lorsque je me suis rendue à la Pierre de Lune, le Clan des Étoiles m'a envoyé une vision d'elle. Elle était saine et sauve, et d'autres chats l'accompagnaient. » Elle vit dans le regard intense de son père à quel point il ne demandait qu'à la croire. « Nuage d'Écureuil est en vie, conclut-elle, et elle n'est pas seule. Quatre chats sont plus en sécurité que deux.

— Plaise au Clan des Étoiles que tu aies raison. »

Les yeux de Plume Grise reflétaient toujours sa peur et ses doutes.

« Même si c'est vrai, déclara le lieutenant, pourquoi sont-ils partis sans nous dire où ils allaient, sans nous en donner la raison ? Si Pelage d'Orage et Jolie Plume avaient des ennuis, pourquoi ne sont-ils pas venus me voir ?

— Il est possible que des chats aient également disparu dans les deux autres Clans, poursuivit Poil de Châtaigne. On devrait le leur demander. »

Les deux mâles échangèrent un regard.

« Pourquoi pas ? » miaula Étoile de Feu. Nuage de Feuille voyait à quel point il s'efforçait d'avoir l'air autoritaire, d'agir en chef de Clan et non en père de famille désespéré. « La prochaine Assemblée est dans quelques jours.

— Que le Clan des Étoiles veille sur eux ! » ajouta Plume Grise avec ferveur.

L'apprentie guérisseuse devina qu'il ne croyait pas à sa propre prière. Il connaissait suffisamment les dangers au-delà des territoires. En quittant l'antre de son père, son fardeau lui sembla plus lourd encore. De tous les chats de la forêt, elle était la seule à connaître l'existence et la teneur des deux prophéties.

Mais je ne suis qu'une novice, se dit-elle, inquiète. *Je les ai entendues par hasard, non parce que les guerriers de jadis ont choisi de me les confier. Qu'est-ce que le Clan des Étoiles attend de moi ?*

Cette nuit-là, elle eut du mal à s'endormir, tournant et se retournant dans sa litière de fougères tandis que la Toison Argentée scintillait au-dessus de sa tête. Elle aurait tout donné pour savoir ce qui était arrivé aux chats voyageurs, mais elle n'avait aucun moyen de le découvrir.

Lorsqu'elle glissa enfin dans l'inconscience, elle se retrouva dans l'obscurité, filant ventre à terre à travers une forêt fantomatique.

« Nuage d'Écureuil ! Nuage d'Écureuil ! » appela-
t-elle.

Seuls lui répondirent le hululement d'une chouette
et le glapissement d'un renard. La mort soufflait son
haleine glaciale sur ses talons, à chaque pas d'un peu
plus près et, malgré ses feintes et ses détours, Nuage
de Feuille savait que la situation était sans espoir.

CHAPITRE 19

Pᴀɪꜱ DE PANIQUE, Gʀɪꜰꜰᴇ DE Rᴏɴᴄᴇ ꜰɪʟᴀɪᴛ entre les arbres, zigzaguant dans un effort désespéré pour s'échapper. Il entendait juste derrière lui les aboiements rauques et furieux du chien qui avait jailli des fourrés lorsque ses compagnons avaient atteint les bois. Jetant un regard en arrière, il vit la silhouette souple du molosse se ruer à travers un bouquet de fougères. Il sentait presque ses crocs pointus dans sa fourrure.

« Clan des Étoiles, aidez-nous ! » implora Jolie Plume en parvenant à son niveau.

Ils s'étaient laissé distancer par les autres, qui poussaient devant eux des cris terrorisés.

« Feinte ! lança-t-il. Essaye de le semer ! »

Le chien aboya de nouveau et, dans le lointain, Griffe de Ronce entendit un Bipède vociférer. Il perdit son poursuivant de vue et ralentit l'allure, soudain soulagé. La bête avait dû retourner aux pieds de son Bipède.

Puis il entendit la respiration haletante du chien, qui surgit de derrière un tronc couché. L'espace d'un instant, Griffe de Ronce contempla les prunelles enflammées de l'animal, qui fit demi-tour et détala entre les arbres en aboyant de plus belle.

Malgré la peur qui le tétanisait, le félin se rappela la façon dont Étoile de Feu et le reste du Clan avaient guidé la meute de chiens à travers la forêt jusqu'aux gorges, où ils s'étaient noyés. Mais comment ses amis et lui pourraient-ils faire de même ici, en territoire inconnu ?

« Grimpez aux arbres ! » hurla-t-il, espérant que ses compagnons l'entendraient malgré les aboiements du molosse.

Malheureusement, tous les arbres semblaient avoir des troncs lisses dépourvus de branches basses. Griffe de Ronce ne pouvait s'arrêter pour chercher un abri sûr : la bête se jetterait aussitôt sur lui. Avait-elle déjà attrapé l'un des autres ? Le guerrier allait-il bientôt découvrir que l'un de ses amis était terriblement blessé comme Cœur Blanc, ou pire, mort ?

Respirer lui brûlait la gorge et ses coussinets le torturaient à chaque pas. Il ne pourrait maintenir l'allure très longtemps. C'est alors qu'une voix venue d'en haut lui souffla :

« Par là ! Vite ! »

Le guerrier tacheté s'arrêta en dérapant devant un arbre couvert de lierre. Une paire d'yeux luisaient depuis les hauteurs. Au même moment, le chien apparut derrière lui au milieu d'un buisson d'églantier. Poussant un cri de terreur, le jeune mâle sauta le plus haut possible et planta ses griffes dans le lierre, qui céda sous son poids. L'espace d'un instant, il bascula en arrière. Le chien bondit : Griffe de Ronce entendit le claquement de ses mâchoires et sentit son souffle chaud sur sa fourrure.

Enfin, il parvint à s'accrocher à une tige plus épaisse et se propulsa vers le haut. Nuage d'Écureuil apparut soudain, passa sous le nez du chien et grimpa elle aussi, dépassant Griffe de Ronce avant de se pelotonner, tremblante, sur une branche solide. Le guerrier la rejoignit.

Pelage d'Orage et Pelage d'Or s'étaient perchés juste au-dessus d'eux. Nuage Noir les retrouva bientôt, de l'autre côté du tronc.

« Jolie Plume ! hoqueta Griffe de Ronce. Où est-elle ? »

Dressé sur ses pattes arrière au pied de l'arbre, le chien n'était qu'à une queue de renard de lui. Ses griffes arrachaient le lierre et ses babines pleines de bave dévoilaient ses crocs. Les cris du Bipède retentirent de nouveau dans le lointain.

Soudain, le guerrier du Clan du Tonnerre aperçut Jolie Plume, tapie sous l'églantier juste derrière le chien, terrorisée. Si elle tentait de les rejoindre dans l'arbre, le molosse lui tomberait dessus. Combien de temps lui faudrait-il pour flairer la guerrière ?

Nuage Noir s'emporta :

« Crotte de renard ! J'en ai assez ! »

L'apprenti se jeta de l'arbre. Ratant le chien de peu, il atterrit non loin derrière. Le molosse se retourna et se lança à sa poursuite, dérapant sur les feuilles sèches. Jolie Plume en profita pour jaillir des fourrés et sauter sur une branche basse qui ploya d'une façon inquiétante sous son poids.

« Nuage Noir ! » appela Griffe de Ronce.

Le matou au pelage sombre disparut dans les buissons. Aboyant comme un fou, le chien se rua à sa poursuite. Au même instant, les cris du Bipède se rapprochèrent. Nuage Noir réapparut soudain. Il courut ventre à terre vers l'arbre, le molosse à ses trousses. Griffe de Ronce ferma les yeux. Il les rouvrit au moment où Nuage Noir prenait son élan avant de planter ses griffes dans le lierre.

Le Bipède déboula dans la clairière en hurlant, le visage cramoisi, et se jeta sur le collier du chien. La bête tenta de l'esquiver mais son maître réussit à l'attraper et lui mit une laisse. Les aboiements devinrent des gémissements tandis qu'il se faisait traîner hors des bois.

« Merci, Nuage Noir ! s'écria Jolie Plume, toujours accrochée à la branche basse. Tu m'as sauvé la vie !

— C'est vrai, renchérit Griffe de Ronce. Bravo ! »

L'apprenti grimpa dans l'arbre pour se placer près de Griffe de Ronce et Nuage d'Écureuil.

« Quelle sale brute ! grommela-t-il, embarrassé. Tellement stupide qu'il marchait sur ses propres pattes. »

Les yeux de Jolie Plume ne le quittaient pas, telles deux grandes lunes.

« Si tu n'étais pas venu à mon aide, je suis sûre qu'il m'aurait attrapée », murmura-t-elle, sous le choc.

Tandis que la peur de Griffe de Ronce se dissipait, il se rappela la voix qui lui avait conseillé de grimper dans l'arbre. Elle lui était inconnue. Levant la tête, il vit une paire d'yeux luisant au milieu des feuilles. Puis les branches frémirent et un chat apparut.

C'était un vieux matou tigré et dodu au pelage négligé. Ses mouvements se firent lents et précis lorsqu'il rejoignit les six compagnons de voyage.

« Ben ça, croassa-t-il, vous formez une fine équipe, pour sûr. Vous ne savez donc point que le chien court tous les jours dans les bois lorsque le soleil se lève ?

— Et comment on le saurait ? feula Pelage d'Or. C'est la première fois qu'on vient ici.

— Y a pas de quoi prendre la mouche. Vous êtes prévenus maintenant. La prochaine fois, vous éviterez le coin.

— Il n'y aura pas de prochaine fois, lui apprit Pelage d'Orage. On ne fait que passer.

— Merci de ton aide, ajouta Griffe de Ronce. J'ai cru qu'on ne s'en sortirait jamais.

— Vous ne faites que passer ? répéta le vieux matou, ignorant les remerciements. Je parie que vous avez de sacrées histoires à raconter. Vous pourriez rester un peu et m'expliquer tout ça, non ? »

Sur ces mots, il se prépara à regagner la clairière.

« En bas ? s'indigna Nuage d'Écureuil. Et si le chien revient ?

— Il ne reviendra point, il est rentré chez lui, à présent. Venez donc. »

Il s'aida de ses griffes, descendit le long du tronc couvert de lierre. Une longueur de queue avant le sol, il se laissa tomber lourdement. Levant la tête, il bâilla à s'en décrocher la mâchoire avant de lancer :

« Ben alors, vous venez ? »

Griffe de Ronce le rejoignit d'un bond. Il n'allait pas laisser cet ancien, ou ce chat domestique, se montrer plus courageux que des guerriers. Ses camarades l'imitèrent, encerclant l'inconnu pour mieux le voir.

« Qui es-tu ? demanda Pelage d'Orage. Un chat domestique ?

— Un quoi ? fit le matou, perplexe.

— Est-ce que tu vis avec des Bipèdes ? expliqua Nuage d'Écureuil d'un ton impatient.

— Des quoi ?

— Oh, allons-nous-en, soupira Nuage Noir, méprisant. Des abeilles doivent bourdonner dans le cerveau de ce vieux maboul.

— Qui traites-tu de maboul, jeune félin ? grommela le matou d'une voix caverneuse, les griffes plongées dans les feuilles mortes.

— Excuse-nous », bafouilla Griffe de Ronce, coulant un regard irrité vers l'apprenti. Nuage Noir s'était montré très courageux, mais il n'en demeurait pas moins insupportable. Il se tourna vers leur aîné pour s'expliquer.

« Les créatures semblables à celle qui est venue récupérer le chien, ce sont des Bipèdes.

— Oh, tu veux dire des Deux-Pattes ? Non, je ne vis point avec eux. Avant, oui, c'est vrai. C'était le bon temps ! » Il s'installa au pied de l'arbre, les yeux perdus dans le lointain, comme s'il revoyait le jeune félin qu'il était jadis. « Un bon feu pour dormir au chaud, de la nourriture à volonté… »

Griffe de Ronce n'était pas sûr d'apprécier ce point de vue. Étoile de Feu disait toujours que la pâtée d'un chat domestique était loin d'égaler la proie que l'on attrape soi-même. Quant à dormir près d'un feu… Il se rappelait l'incendie qui avait balayé le camp du Clan du Tonnerre, et ce souvenir lui hérissait les poils.

« En parlant de nourriture, lança Nuage Noir, il faut qu'on parte chasser. Il y a sûrement du gibier par ici. Hé, toi... » Il tendit la patte et tapota le flanc du vieux matou qui s'était endormi. « Y a du gibier, dans le coin ?

— Ah, les jeunes... marmonna-t-il en ouvrant ses yeux ambrés. Toujours pressés. Ici, on n'a point besoin d'attraper des petits couineurs pour manger. Si on sait où aller.

— Ce qui n'est pas notre cas, le coupa Nuage d'Écureuil, les oreilles rabattues.

— S'il te plaît, pourrais-tu nous aider ? demanda Jolie Plume. Nous sommes des étrangers, ici. Nous avons parcouru un long chemin, et nous mourons de faim. »

La gentillesse de son ton et ses yeux bleus implorants conquirent le vieux matou.

« Je pourrais vous montrer, oui, répondit-il en se grattant vigoureusement derrière l'oreille avec une patte arrière.

— Ce serait très gentil de ta part », ajouta Pelage d'Orage, venu épauler sa sœur.

Le regard de l'inconnu passa de l'un à l'autre, avant de revenir se poser sur Griffe de Ronce.

« Vous êtes six, déclara-t-il. Ça fait du monde à nourrir. Qui êtes-vous, d'abord ? Pourquoi n'habitez-vous point chez des Deux-Pattes ?

— Nous sommes des guerriers ! lança Griffe de Ronce, avant de donner son nom et ceux de ses camarades. Tu dois être un solitaire, puisque tu ne vis pas chez les Bipèdes – je veux dire, chez les Deux-Pattes. » Essayant de se montrer aussi poli que Jolie Plume, il demanda : « Et toi, quel est ton nom ?

— Mon nom ? Je ne crois point que j'en aie un. Les Deux-Pattes me nourrissent, mais je ne vis plus chez eux. Ils m'appellent de différentes façons... un chat n'est quand même pas censé se rappeler tous les noms qu'on lui donne !

— Mais au tout début, tu devais bien avoir un nom, insista Nuage d'Écureuil, les yeux levés au ciel.

— Oui, comment t'appelaient... tes Deux-Pattes lorsque tu dormais près du feu ? » s'enquit Jolie Plume.

Le vieux chat se gratta l'autre oreille un bon coup.

« Ben ça... c'était y a longtemps, soupira-t-il. Très, très longtemps. J'ai attrapé plus de couineurs près de ce feu que vous autres jeunots n'en avez vu de toute votre vie.

— Alors pourquoi être parti, si la vie était si belle ? voulut savoir Pelage d'Or, impatient.

— Celui chez qui je vivais est mort. » Le matou tigré secoua la tête comme si ses oreilles sifflaient. « Plus de nourriture... plus de caresses près du feu, plus de sieste sur ses genoux... D'autres sont venus placer des pièges pour m'attraper, mais j'ai été plus malin qu'eux, et je suis parti.

— Mais quel était ton nom ? siffla Nuage d'Écureuil à travers ses dents. Comment t'appelait-il ?

— Mon nom ? Ah, oui, mon nom... Isidore, c'est ça. Il m'appelait Isidore.

— Enfin ! grommela l'apprentie.

— Nous t'appellerons Isidore, d'accord ? »

L'intéressé se leva avec difficulté avant de répondre.

« Comme vous voulez. Bon, vous avez faim, oui ou non ? »

Il s'éloigna à pas menus entre les arbres. Griffe de Ronce échangea un regard indécis avec ses amis.

« Vous croyez qu'on peut lui faire confiance ?

— Non ! lâcha aussitôt Nuage Noir. Il a vécu avec un Bipède ! Les guerriers ne peuvent faire confiance aux chats domestiques ! »

Pelage d'Or approuva dans un murmure, mais Jolie Plume n'était pas de cet avis.

« Nous mourons tous de faim, et nous ne connaissons pas ces bois. Quel mal cela peut-il faire, juste une fois ?

— Mon estomac crie famine ! ajouta Nuage d'Écureuil.

— Un peu d'aide ne serait pas de refus, miaula Pelage d'Orage. Je ne peux pas dire que l'idée me plaise, mais tant que nous restons vigilants…

— Entendu, trancha Griffe de Ronce. Nous allons prendre le risque. »

Il partit le premier, bondissant à travers le sous-bois pour rattraper Isidore, qui poursuivait sa route sans se soucier que les autres le suivent ou non. À la grande surprise du meneur, il ne les emmenait pas vers les bois pour chasser. Non, il se dirigeait de l'autre côté, où une étroite bande de gazon séparait l'orée de la forêt d'une rangée de nids de Bipèdes. Isidore traversa gaiement la bande verte pour rejoindre la première clôture sans même s'inquiéter d'éventuels dangers.

« Hé ! lança Nuage Noir en s'arrêtant devant l'herbe. Où nous entraîne-t-il ? Pas question que j'entre dans un nid de Bipèdes ! »

Griffe de Ronce fit halte lui aussi. Pour une fois, il était d'accord avec l'apprenti.

« Isidore, attends ! appela-t-il. Nous sommes des guerriers… nous ne pénétrons pas là où vivent les Deux-Pattes. »

Le vieux matou marqua une pause près de la clôture et les regarda d'un air amusé.

« Vous avez peur, c'est ça ? »

Nuage Noir ne fit qu'un pas en avant, la patte raide et la fourrure hérissée.

« Ose répéter ça ! » feula-t-il.

Étonnamment, Isidore ne bougea pas d'un poil de moustache, alors que Nuage Noir semblait prêt à en faire de la chair à corbeau.

« Mais on est susceptible, à ce que je vois ! ricana le matou tigré. Ne vous tracassez point, les petits jeunes. Les Deux-Pattes qui habitent là ne sont pas chez eux. Et on trouve de la bonne nourriture dans leur jardin.

— Vous en pensez quoi ? demanda Griffe de Ronce en regardant ses amis.

— On devrait tenter le coup, déclara Pelage d'Orage. Nous avons besoin de manger.

— Exactement, allons-y », renchérit Pelage d'Or.

Jolie Plume hocha vigoureusement la tête pendant que Nuage d'Écureuil sautillait sur place, impatiente. Seul Nuage Noir restait dans son coin, les yeux braqués devant lui, silencieux.

« Bon, on y va », déclara Griffe de Ronce.

Après avoir regardé des deux côtés, il traversa l'herbe pour rejoindre Isidore, suivi de ses compagnons, y compris Nuage Noir, même si ce dernier traînait la patte, les yeux rivés au sol.

« J'ai raconté mon rêve à Nuage Noir, chuchota Jolie Plume à l'oreille de Griffe de Ronce. Il semblait de bonne humeur ce matin, alors je lui ai tout dit, juste avant que le chien nous attaque. Je crois que ça l'a contrarié.

— Il faudra pourtant qu'il fasse avec », s'impatienta-t-il.

Il avait assez de problèmes sans devoir en plus se soucier de l'ego blessé de l'apprenti. Jolie Plume secoua la tête, peu convaincue. Ils venaient de rattraper Isidore si bien qu'elle n'en dit pas plus.

Une fois tous réunis, le vieux matou se faufila par un trou dans la clôture et les entraîna dans le jardin des Bipèdes. La truffe de Griffe de Ronce se fronça en humant tant de fragrances. Il reconnut l'odeur âcre d'un monstre, qui heureusement n'était pas fraîche, et d'innombrables parfums de plantes. Certaines de ces plantes étaient coiffées d'une grosse fleur poilue qui ployait sous son poids. Nuage d'Écureuil en renifla une et fit un bond en arrière lorsqu'elle se vit arrosée de pétales.

Isidore s'engagea sur la pelouse avant de s'asseoir en plein milieu. Il agita la queue pour que les autres le rejoignent. Griffe de Ronce aperçut une mare d'eau entourée d'un grillage. Des fleurs pâles et des feuilles vertes flottaient à la surface. Au fond, il aperçut un éclair doré si vif qu'il leva la tête, croyant à une percée du soleil ; mais le ciel était toujours couvert.

« C'est un poisson ! s'exclama Jolie Plume. Un poisson rouge !

— Hein ? Les poissons ne sont pas rouges ! grogna Nuage Noir.

— Chez nous, peut-être pas, mais ceux-ci le sont, répliqua Pelage d'Orage, assis près de sa sœur, le regard scrutant l'eau. Je n'en ai jamais vu de pareils.

— Ils sont bons à manger ? voulut savoir Pelage d'Or.

— Pour sûr ! Y a rien de meilleur, lui répondit Isidore.

— Je vais essayer ! s'exclama Nuage d'Écureuil en donnant un coup de patte hésitant dans la mare.

— Pas comme ça ! la réprimanda Pelage d'Orage. Tu vas leur faire peur et ils s'enfuiront tout au fond. Jolie Plume et moi, on va te montrer. »

Les deux guerriers du Clan de la Rivière se mirent à l'affût près de la mare, les yeux fixes. Puis la patte de Jolie Plume fendit l'air et un poisson rouge vif jaillit de l'eau, traçant un arc de gouttelettes étincelantes avant de tomber sur l'herbe, où il continua de frétiller.

« Vite ! Il faut que quelqu'un s'en saisisse avant qu'il replonge », lança Pelage d'Orage.

Nuage d'Écureuil, qui était la plus proche, bondit vers le poisson et le mordit derrière la tête.

« Ch'est bon ! » annonça-t-elle, la bouche pleine.

Pelage d'Orage avait déjà attrapé un autre poisson, bientôt imité par Jolie Plume, si bien que Pelage d'Or et Griffe de Ronce eurent eux aussi leur part. Ne sachant à quoi s'attendre, le jeune guerrier mordit dans la chair avec méfiance, mais le poisson avait un goût succulent et il n'en fit qu'une bouchée.

Lorsque Pelage d'Orage attrapa le suivant, il le fit rouler vers Nuage Noir.

« Vas-y, l'encouragea-t-il. C'est sans danger. »

L'apprenti regarda la prise avec dédain.

« Nous devrions être sur la route, pas nous mêler des affaires des Bipèdes. Je ne serais jamais venu si j'avais su que ce voyage durerait si longtemps. Je prends du retard sur mon entraînement de guerrier.

— Toutes les épreuves que l'on traverse constituent un excellent entraînement, fit remarquer Pelage d'Orage.

— Viens t'asseoir près de moi, lui proposa Jolie Plume, et je t'apprendrai à en attraper.

— Moi aussi, je veux apprendre ! » lança Nuage d'Écureuil.

L'apprenti toisa la rouquine avant de rejoindre Jolie Plume près de la mare.

« Bien, fit-elle. Le truc, c'est de ne pas laisser ton ombre porter sur l'eau. Dès que tu aperçois un poisson, sors-le d'un coup de patte aussi vite que possible, avant qu'il ait le temps de s'échapper. »

Nuage Noir se pencha au-dessus de l'eau, une patte à demi tendue, et l'instant d'après, il la projeta dans l'eau. Un poisson en jaillit, mais il fit un tour complet avant de retomber dans la mare et d'éclabousser le chat. Nuage d'Écureuil ricana, ce qui lui valut un regard courroucé de Griffe de Ronce.

« C'est très bien, pour un premier essai, le félicita la guerrière grise. Essaye encore. »

Mais le jeune félin s'était éloigné. La tête inclinée, il avait entrepris de lécher son pelage pour le sécher. Il s'arrêta aussitôt.

« Qu'est-ce que c'est que cette eau ? Elle est salée ! »

— Pas du tout », le contredit Pelage d'Orage, surpris.

Il fut soudain interrompu par un claquement de porte et un cri. Griffe de Ronce aperçut un Bipède sur le seuil de son nid, hurlant. Il tenait quelque chose à la main, qu'il jeta vers les chats. Le projectile atterrit parmi les fleurs, non loin d'Isidore.

« Oh, oh, miaula le vieux matou. Il est temps de filer. »

Il se dirigea d'un pas lourd vers le trou dans la clôture, suivi de Griffe de Ronce et de Pelage d'Orage. Pelage d'Or et Nuage d'Écureuil détalèrent pour sortir du jardin les premières, accompagnées de Jolie Plume. Nuage Noir s'extirpa en dernier avant de traverser la bande d'herbe et de regagner le couvert des arbres.

« Pourquoi nous avoir amenés ici ? feula-t-il en se tournant vers Isidore. On n'aurait jamais dû te faire confiance. Tu voulais que ce Bipède nous attrape ou quoi ? Ces sales poissons n'en valaient même pas la peine.

— Nuage Noir, arrête, l'implora Jolie Plume, laissant tomber le poisson qu'elle tenait entre ses mâchoires. Ils sont très bons, et l'eau de la mare aussi.

— Je te dis qu'elle était salée ! » s'emporta-t-il.

Ils avaient déjà perdu suffisamment de temps, d'abord en fuyant le chien et maintenant en se disputant. Griffe de Ronce allait intervenir lorsqu'il vit une lueur briller dans les yeux de Jolie Plume.

« Tu sais très bien pourquoi toi seul as senti le goût du sel dans cette eau, non ? demanda-t-elle gentiment, posant le bout de sa queue sur l'épaule de l'apprenti. C'est ton signe, Nuage Noir. Tu l'as enfin reçu ! »

Le jeune félin ouvrit la bouche pour répondre, mais aucun son n'en sortit. Il posa les yeux sur le poisson, puis sur Jolie Plume.

« Tu es sûre ? miaula-t-il, perplexe.

— Évidemment, stupide boule de poils ! » ron-ronna-t-elle.

Elle seule pouvait traiter l'apprenti de « stupide boule de poils » et s'en tirer sans une égratignure, pensa Griffe de Ronce.

« Pour quelle raison l'eau d'une mare de Bipèdes serait-elle salée ? C'est le signe du Clan des Étoiles ! Il nous confirme que nous sommes sur la bonne voie. »

Nuage Noir cligna des yeux et laissa la fourrure de son dos retomber.

« Qu'est-ce donc que cette histoire de signe et d'eau salée ? s'enquit Isidore.

— Nous faisons un voyage très important ! l'informa Nuage d'Écureuil, tout excitée. Le Clan des Étoiles nous a envoyés en mission pour sauver nos Clans.

— Un voyage ? Vous venez d'où ? Et quels sont ces Clans ? »

Griffe de Ronce soupira. Même s'il voulait à tout prix avancer, il devinait la solitude du vieux matou. Il semblait impoli de l'abandonner sans même lui expliquer ce qui les avait amenés là. Grâce à lui, ils avaient échappé au chien, après tout, et ils avaient pu se nourrir.

« Installons-nous dans ces fougères, miaula-t-il. Personne ne nous verra et nous pourrons tout te raconter. »

Ils le suivirent docilement. Même Nuage Noir ne fit aucune objection. Pelage d'Orage et Jolie Plume se partagèrent le poisson. Pelage d'Or monta la garde pendant que Nuage d'Écureuil lui exposait toute l'histoire. Griffe de Ronce la coupait de temps à autre pour la corriger et expliquer certains détails que le solitaire ne comprenait pas.

« Le Clan des Étoiles ? répéta le matou, sur un ton dubitatif. Griffe de Ronce, il te parle dans tes rêves ? C'est la première fois que j'entends une chose pareille. »

La novice écarquilla ses yeux verts, abasourdie qu'un chat puisse ne pas connaître le Clan des Étoiles.

« Continue », la pressa Griffe de Ronce, soucieux de ne pas perdre plus de temps.

Elle lui lança un regard mauvais, mais reprit son récit sans discuter. À la fin, le vieux solitaire resta silencieux… tellement longtemps que Griffe de Ronce se demanda s'il s'était endormi. Puis il se redressa, ouvrit grand ses yeux jaunes, animés d'un feu nouveau.

« Je connais cet endroit, là où le soleil sombre dans l'eau, miaula-t-il soudain. On m'en a parlé. Ce n'est guère loin d'ici.

— C'est où ? s'enquit la rouquine en bondissant sur ses pattes. À quelle distance ?

— À deux, peut-être trois jours de marche, répondit Isidore, les yeux luisants. Vous savez quoi ? Je vais venir avec vous pour vous montrer le chemin. »

Son expression réjouie se renfrogna aussitôt : les chats de la forêt observaient un silence glacial. Finalement, Nuage Noir exprima ce que Griffe de Ronce pensait lui aussi.

« Pas question. Tu nous retarderais.

— Et d'ailleurs, je ne me rappelle pas qu'on t'ait invité, ajouta Pelage d'Or.

— Mais s'il connaît le chemin… on devrait peut-être le laisser venir, suggéra Pelage d'Orage.

— Il saura forcément s'orienter mieux que nous dans ce camp de Bipèdes », renchérit Jolie Plume, pointant sa queue vers les rangées de nids rougeâtres qui s'étendaient à l'infini.

Ce n'était pas négligeable, se dit Griffe de Ronce, qui n'avait pas oublié les problèmes rencontrés dans le camp de Bipèdes précédent. Si Isidore connaissait réellement le chemin, ils iraient peut-être plus vite avec lui, même s'il se déplaçait péniblement. Était-il le guide envoyé par le Clan des Étoiles ? S'il faisait un bien curieux sauveur, son courage n'avait rien à envier à celui des chats de la forêt.

« D'accord, répondit-il, surpris que les autres attendent qu'il prenne la décision finale. Je pense qu'il devrait nous accompagner. »

CHAPITRE 20

❧

ISIDORE CONDUISIT LES GUERRIERS le long du bois. Griffe de Ronce était inquiet : il gardait le souvenir de leur échappée de la veille, après l'attaque du chien. De plus, il commençait à regretter d'avoir suivi le vieux matou. Nuage Noir et Pelage d'Or semblaient eux aussi dubitatifs. Mais ils n'avaient pas le choix. Les nids de Bipèdes se succédaient à perte de vue et les nuages encombraient toujours le ciel, empêchant les compagnons de se guider grâce au soleil.

« Tu penses qu'on trouvera bientôt de quoi se nourrir ? demanda-t-il à Isidore tandis qu'ils quittaient les bois pour s'engager sur une pelouse parsemée de fleurs multicolores. Les poissons d'hier étaient bien maigres, et Nuage Noir n'en a même pas mangé.

— Pour sûr, je connais un endroit », répondit-il.

Le matou lança un regard hostile à Nuage Noir, espérant ainsi lui clouer le bec.

Le vieux félin leur fit traverser la pelouse, vers une énième rangée de nids de Bipèdes. Anxieux, Griffe de Ronce observa le matou s'aplatir contre le sol pour se faufiler sous un portail en bois, grognant sous l'effort. Une fois de l'autre côté, il s'ébroua avec entrain.

« Encore des Bipèdes ? feula Nuage Noir. Il est hors de question que j'entre là-dedans.

— Comme tu veux, miaula Isidore, qui se dirigeait déjà vers la porte d'entrée, la queue bien haute.

— Nous ferions mieux de rester groupés, murmura Griffe de Ronce. Rappelez-vous ce qui s'est produit la dernière fois. »

Nuage Noir renifla d'un air méprisant mais ne dit rien. Personne ne protesta. Un par un, ils se glissèrent sous le portail pour rejoindre leur guide. Nuage Noir passa en dernier, jetant des coups d'œil inquiets de part et d'autre.

Isidore les attendait près de la porte entrouverte. Une lumière aveuglante éclairait l'intérieur du nid, qui regorgeait de formes et d'odeurs inconnues.

« Tu veux vraiment qu'on entre là-dedans ? s'indigna-t-il. Dans un nid de Deux-Pattes ? »

Isidore agita la queue, impatient.

« La nourriture est à l'intérieur. Je connais bien l'endroit. J'y viens souvent.

— Nous perdons notre temps », grogna Pelage d'Or.

Griffe de Ronce eut l'impression que sa sœur avait peur : elle plantait ses griffes dans la surface dure de l'allée, comme pour montrer son anxiété.

« On ne peut pas entrer là-dedans, reprit-elle. On n'est pas des chats domestiques. Manger la nourriture des Bipèdes va à l'encontre du code du guerrier.

— Oh, allez, quoi, miaula Pelage d'Orage, tapotant amicalement l'oreille de la guerrière du bout de la queue. Il n'y a pas de mal à cela. Nous faisons un long voyage et si nous pouvons trouver de quoi manger facilement, nous gagnerons du temps… Le Clan des Étoiles comprendra. »

La guerrière secoua la tête, peu convaincue, mais Jolie Plume sembla rassurée par le raisonnement de son frère et le suivit prudemment à l'intérieur.

« C'est ça, les encouragea Isidore. La nourriture est là-bas, dans des bols… Elle n'attend que nous. »

L'estomac de Griffe de Ronce gargouilla. Le poisson de la veille n'était plus qu'un souvenir.

« Entendu, miaula-t-il. Je crois que Pelage d'Orage a raison. Allons-y, mais vite. »

Nuage d'Écureuil ne l'avait pas attendu pour bondir vers la lumière, suivant de près Isidore. Griffe de Ronce l'imita, mais Pelage d'Or et Nuage Noir restèrent sur le seuil.

« On monte la garde ! » lui lança la guerrière.

Le frère et la sœur du Clan de la Rivière s'affairaient déjà au-dessus des bols. Griffe de Ronce jeta un œil sceptique sur leur contenu : des boulettes dures qui ressemblaient à des crottes de lapin, mais l'odeur qui s'en dégageait lui disait qu'il pouvait les manger sans crainte.

Nuage d'Écureuil plongea le nez dans l'autre bol. Lorsqu'elle releva la tête, son museau était couvert d'une substance blanche, et ses yeux brillaient.

« C'est délicieux ! s'exclama-t-elle. Isidore, qu'est-ce que c'est ?

— Du lait. Un peu comme celui que ta mère te donnait quand tu étais petite.

— Et les chats domestiques en boivent tous les jours ? Ouah ! Ça vaut presque la peine de quitter la forêt ! » conclut-elle avant de replonger le nez dans le bol.

Griffe de Ronce se tapit près d'elle et lapa quelques gouttes du liquide blanc. L'apprentie avait raison : c'était riche et savoureux. On sentait à peine l'odeur des Bipèdes. Il s'installa à son aise et but avidement.

Il sut que les problèmes arrivaient en entendant un grincement et un cri de Bipède suraigu. En se tournant, le guerrier tacheté avisa un petit de Bipède qui courut pour prendre Jolie Plume dans ses bras.

Surprise, la guerrière poussa un gémissement effrayé et essaya de se libérer. En vain. La créature la tenait fermement. Pelage d'Orage tendit les pattes avant vers sa sœur, mais son ravisseur n'y prêta pas attention. Griffe de Ronce contemplait la scène, interdit. *Jolie Plume !* Il chercha Isidore du regard et le découvrit qui se dirigeait à pas menus vers le Bipède adulte qui se tenait dans l'embrasure de la porte. Le matou agita la queue en signe de bienvenue.

Puis Nuage Noir surgit du jardin, tourbillon de jais aux yeux bleus furieux.

« T'es content ? cracha-t-il à Griffe de Ronce. C'est ta faute ! T'as laissé ce vieux sac à puces nous attirer ici. »

L'accusation laissa le jeune guerrier bouche bée. L'apprenti n'attendit d'ailleurs pas sa réponse. Il fit face au petit de Bipède, les babines retroussées.

« Laisse-la partir ou je te réduis en charpie ! » feula-t-il.

Le petit de Bipède, qui caressait Jolie Plume en poussant des cris de joie, ne remarqua pas le chat noir. Le novice allait s'élancer lorsque Nuage d'Écureuil s'interposa.

« Attends, cervelle de souris ! Ce n'est qu'un bébé. Il faut s'y prendre autrement. »

Elle alla se placer aux pieds de l'enfant et lui lança un regard implorant tout en ronronnant et se frottant contre ses jambes.

« Bonne idée ! » s'exclama Pelage d'Orage, qui imita l'apprentie.

Les yeux du petit de Bipède s'illuminèrent. Il poussa un cri et se pencha pour caresser Nuage d'Écureuil. Au même instant, sentant l'étreinte se desserrer, Jolie Plume réussit à se libérer.

« Allons-y ! » lança Griffe de Ronce.

Les félins filèrent vers la porte et dévalèrent l'allée jusqu'au portail. Tandis que Griffe de Ronce se faufilait dessous, il entendit le petit de Bipède hurler après eux.

« Par là ! » ordonna-t-il en détalant vers des fourrés.

Une fois à l'abri des branches basses chargées de feuilles luisantes, il fut soulagé de voir que tous l'avaient suivi. Peu après, le souffle court et la démarche pesante, Isidore les rejoignit.

« Sors d'ici ! cracha Nuage Noir. C'est toi qui nous as guidés jusque-là, pour que les Bipèdes nous attrapent. » Se tournant vers Griffe de Ronce, il ajouta : « Si tu m'avais écouté, tout cela ne serait pas arrivé. »

Isidore agita une oreille mais ne sembla guère disposé à partir.

« Je ne vois point pourquoi vous vous en faites, les petits jeunes. Ces Deux-Pattes sont bien élevés. Jamais ils ne feraient de mal à un chat.

— Non, ils se contenteraient de le capturer, gronda Pelage d'Or. À l'évidence, ce petit de Bipède voulait faire de Jolie Plume son chat domestique.

— Je ne risquais rien, intervint la guerrière. J'aurais pu m'échapper toute seule, mais je ne voulais pas griffer l'enfant. Nuage d'Écureuil a eu une très bonne idée », conclut-elle en remerciant l'apprentie d'un regard.

La rouquine inclina la tête, gênée.

« Quand on sera rentrés, si jamais l'un d'entre vous s'avise de répéter que j'ai ronronné aux pieds d'un Bipède, lança-t-elle en serrant les dents, je le transforme en chair à corbeau. Juré craché. »

Malgré les protestations de Nuage Noir, les chats, guidés par Isidore, poursuivirent leur périple. Toute la journée, le vieux matou les entraîna sur des chemins de Bipèdes qui leur endolorissaient les pattes. Ils avançaient d'un pas furtif à l'abri des murs, quand ils ne devaient pas traverser en un éclair les Chemins du Tonnerre sous le nez de monstres rugissants.

Au crépuscule, Griffe de Ronce, épuisé, peinait à mettre une patte devant l'autre. Ses compagnons n'étaient guère plus vaillants. Nuage d'Écureuil boitait et la queue de Nuage Noir traînait au sol. Se souvenant que l'apprenti n'avait toujours pas mangé, Griffe de Ronce se demanda s'ils trouveraient du gibier en plein milieu du camp de Bipèdes.

« Isidore ! lança-t-il, s'efforçant de hâter le pas pour rattraper le matou. Connais-tu un lieu sûr où nous pourrions passer la nuit ? N'importe où, pourvu qu'on puisse y trouver à manger… et pas de la nourriture pour chat domestique. Il nous faut un endroit où nous pouvons chasser. »

Isidore se laissa tomber lourdement à l'angle de deux Chemins du Tonnerre et leva une patte arrière pour se gratter l'oreille.

« J'suis point sûr qu'il y aura du gibier, croassa-t-il. Mais je connais un coin où on pourra passer la nuit tranquilles, un peu plus loin.

— Loin comment ? grogna Pelage d'Or. Je ne sens plus mes coussinets.

— Pas loin. »

Isidore se remit tant bien que mal sur ses pattes. Griffe de Ronce devait reconnaître que leur guide montrait plus d'endurance qu'il ne s'y attendait.

« Pas loin du tout, même », répéta-t-il.

Tandis que Griffe de Ronce se motivait pour repartir, il aperçut une lueur rougeâtre sur la surface dure du Chemin du Tonnerre. En tournant la tête, il vit avec horreur que les nuages s'étaient dissipés et que, entre deux nids de Bipèdes, le soleil se couchait à l'horizon… droit derrière eux. Ils avaient progressé dans la direction opposée !

« Isidore ! gémit-il. Regarde ! »

Le vieux chat cligna des yeux devant le ciel embrasé.

« On aura beau temps demain. Pour sûr.

— Du beau temps ! feula Nuage Noir. Il nous guide dans la mauvaise direction depuis le début. »

Nuage d'Écureuil s'effondra, la tête posée sur ses pattes.

« Nous sommes censés nous diriger vers le couchant, fit remarquer Griffe de Ronce. Isidore, sais-tu vraiment où tu vas ?

— Évidemment, se défendit-il, sa fourrure miteuse soudain hérissée. Mais… c'est juste que dans les camps de Bipèdes, on est toujours obligé de faire des détours.

— Il nous a menti, lâcha Pelage d'Or.

— Sans blague, railla Nuage Noir. Il ne saurait pas trouver sa propre queue même avec ses deux pattes. Laissons-le là et continuons de notre côté. »

Un autre monstre les dépassa en rugissant. Pelage d'Orage, qui se tenait au bord du chemin, fit un bond de côté sous une averse de graviers.

« Attendez, miaula-t-il. D'accord, Isidore nous entraîne dans la mauvaise direction. Mais on ne peut pas partir sans lui. On n'arriverait jamais à sortir de ce camp de Bipèdes. »

Jolie Plume hocha la tête d'un air triste avant de rejoindre son frère pour l'aider à débarrasser sa fourrure des graviers.

Griffe de Ronce dut reconnaître qu'ils avaient raison. Il ravala sa frustration, essayant de ne pas penser à tout ce temps perdu.

« D'accord, déclara-t-il. Isidore, montre-nous l'endroit où nous pourrons dormir. La nuit porte conseil. »

Ignorant le mépris de Nuage Noir, il suivit une nouvelle fois les pas du vieux matou.

Le temps qu'ils atteignent l'abri, le soir était tombé. Cependant, leur chemin restait éclairé par les lumières des Bipèdes qui brillaient comme de petits soleils sales. Isidore les conduisit dans des buissons entourés d'une clôture en bois. Les écarts entre les planches étaient suffisamment larges pour qu'un chat s'y faufile. Ils venaient de trouver un abri, ils pourraient boire dans les flaques, et peut-être même chasser.

« Voilà ! lança Isidore, les moustaches frémissant de satisfaction. Ce n'est point si mal ? »

Ce n'était pas mal du tout, se dit Griffe de Ronce. Il se demandait si le matou les avait conduits là délibérément ou s'il avait trouvé cet endroit par un heureux hasard. Malgré leur fatigue, les compagnons se mirent aussitôt en quête de nourriture. Les souris qu'ils attrapèrent étaient maigres et empestaient le Bipède, mais ils les savourèrent comme les plus dodus des campagnols.

Nuage d'Écureuil ne fit qu'une bouchée de la sienne et se remit à l'affût pour en trouver une autre.

« Je donnerais n'importe quoi pour un bol de lait… soupira-t-elle. Je plaisante ! ajouta-t-elle à l'intention de Nuage Noir qui montrait déjà les dents. Décoince-toi un peu ! »

L'apprenti lui tourna le dos, trop épuisé pour se quereller.

Au grand soulagement de Griffe de Ronce, tous ses compagnons s'installèrent bientôt pour dormir. Il se roula en boule sous des branches basses qui lui rappelaient la tanière des guerriers. Il tenta d'apercevoir le ciel entre les feuilles, mais les lumières aveuglantes des Bipèdes dissimulaient l'éclat de la

Toison Argentée. Le Clan des Étoiles lui semblait soudain très loin.

Le lendemain, ils progressèrent tant bien que mal, suivant les indications d'Isidore. Griffe de Ronce avait l'impression qu'ils marchaient depuis plusieurs saisons, longeant les hauts murs rougeâtres des Bipèdes. Ils lui semblaient aussi vertigineux que les falaises de son cauchemar. Le guerrier tacheté était maintenant presque certain que le vieux matou avançait au hasard, peu soucieux de savoir s'ils allaient dans la bonne direction. Mais les guerriers ne pouvaient espérer retrouver seuls la sortie du camp. Le soleil était de nouveau dissimulé par les nuages, et la pluie tombait en averses régulières.

« On n'en sortira jamais, se lamenta Pelage d'Or alors qu'ils s'apprêtaient une nouvelle fois à traverser un Chemin du Tonnerre.

— Arrête de te plaindre, rétorqua Pelage d'Orage. On ne peut rien y faire, de toute façon. »

Le ton hostile du guerrier, d'habitude de bonne composition, étonna Griffe de Ronce. Mais ils étaient tous fatigués, même après une bonne nuit de sommeil. Leur espoir s'étiolait peu à peu. Lorsque Pelage d'Or adressa un regard mauvais au guerrier gris, les poils de sa nuque hérissés, son frère vint se placer devant elle.

« Calmez-vous », tous les deux, miaula-t-il.

Il s'interrompit car Pelage d'Orage fit volte-face et traversa le chemin comme une flèche, manquant de peu de se faire écraser par un monstre. Jolie Plume gémit avant de le rejoindre.

« Et ne prenez pas de risques inutiles ! » lança Griffe de Ronce.

Le frère et la sœur l'ignorèrent. Le guerrier du Clan du Tonnerre haussa les épaules et se tourna vers Nuage d'Écureuil, qui était tapie près de lui au bord du Chemin, attendant le moment propice pour traverser.

« Je te dirai quand tu pourras y aller, la prévint-il.

— Je n'ai pas besoin de ton aide ! Arrête de te prendre pour mon père. »

Elle bondit aussitôt sur la surface dure. Heureusement, aucun monstre ne surgit.

Griffe de Ronce se lança à la poursuite de l'apprentie et la rattrapa de l'autre côté. Il colla son museau au sien et lui parla d'un ton furieux.

« Si tu refais une chose aussi stupide, tu vas regretter que je ne sois pas ton père ! Je me montrerai bien plus dur que lui avec toi.

— Si seulement il était là ! Au moins, Étoile de Feu saurait où aller, lui. »

Que répondre à cela ? Elle avait raison. Étoile de Feu, le chef héroïque du Clan du Tonnerre, n'aurait jamais laissé l'équipée si mal tourner. Pourquoi le Clan des Étoiles l'avait-il choisi ? Pourquoi ?

Il se tourna vers le vieux matou, qui traversait tranquillement le Chemin du Tonnerre comme s'il avait l'éternité devant lui.

« Isidore, combien de temps va-t-il nous falloir pour sortir de ce camp de Bipèdes ?

— Oh, point longtemps, point longtemps du tout, répondit-il dans un ronronnement amusé. Vous, les petits jeunes, vous êtes trop impatients. »

Nuage Noir émit un grognement et fit un pas vers leur guide.

« On est peut-être impatients, mais on n'est pas gâteux, nous ! lâcha-t-il. Avance ! »

Isidore l'observa, clignant des yeux.

« Chaque chose en son temps », répondit-il sans bouger. Il huma l'air, puis se tourna vers le Chemin du Tonnerre. « Par là.

— Il ne sait même pas où il va », feula Nuage Noir, qui le suivit tout de même.

La journée leur sembla interminable. Lorsque la lumière se mit à décliner, tous claudiquaient le long d'une haute clôture. Griffe de Ronce avait l'impression que ses coussinets étaient à vif à force de marcher sur de la pierre. Il se languissait de la fraîcheur apaisante de la végétation sous ses pas.

Il allait demander à Isidore de leur trouver un endroit pour la nuit, mais huma soudain une odeur prégnante, peu familière. Il s'arrêta pour tenter de l'identifier. Au même moment, Pelage d'Or se hâta de le rejoindre.

« Griffe de Ronce, as-tu senti cette odeur ? Elle me rappelle le charnier, près du territoire du Clan de l'Ombre. Restons sur nos gardes. Il y a sûrement des rats. »

Le jeune guerrier acquiesça. Maintenant que sa sœur l'avait mentionné, il percevait nettement une odeur de rat au milieu des autres puanteurs qui émanaient des ordures des Bipèdes. Un coup d'œil en arrière lui apprit que ses compagnons, éprouvés par la peur, les doutes et la longue marche de la journée, avaient rompu les rangs.

« Dépêchez-vous ! lança-t-il. Restez groupés ! »

Un couinement sec l'interrompit : trois énormes rats se faufilèrent sous la clôture et vinrent lui barrer le chemin, leur queue dénudée levée bien haut. Leurs petits yeux vicieux luisaient au milieu de leur visage pointu. Griffe de Ronce discernait même l'éclat de leurs incisives.

Aussitôt, le premier rat se jeta sur lui. Le guerrier fit un bond en arrière et sentit les petites dents claquer à un poil de sa patte. Il le griffa au visage, l'envoyant au sol dans un couinement. Un autre rongeur prit sa place. Ils étaient de plus en plus nombreux à se faufiler sous la clôture, envahissant le chemin comme une rivière mauvaise, gémissante. Pelage d'Or hurla lorsqu'un rat plongea ses dents dans son épaule. Son frère ne put l'aider car deux autres rats attaquèrent le jeune chasseur, qui disparut sous une masse grouillante de petites boules de poils.

Au début, il pouvait à peine reprendre son souffle. L'odeur répugnante des rongeurs emplissait ses narines jusqu'à l'asphyxier. Il distribua des coups de pattes et enfonça ses griffes au hasard dans la fourrure et la chair ennemies. Un rat couina, avant de lâcher prise. Une fois sur ses pattes, Griffe de Ronce en profita pour se débarrasser d'une autre vermine d'un coup de dents à l'oreille.

Tout près de lui, Nuage d'Écureuil se débattait sous un rat presque aussi gros qu'elle. Avant que son camarade ait le temps de l'aider, elle repoussa son assaillant et se jeta sur lui, les oreilles rabattues, les mâchoires entrouvertes pour laisser éclater un cri de fureur. Le rongeur s'enfuit. L'apprentie s'en détourna pour en frapper un autre agrippé au dos de Jolie Plume. Des éclaboussures écarlates s'échappaient des griffes acérées du rat.

Griffe de Ronce se jeta de nouveau dans la bataille ; voyant que Nuage Noir, les crocs plantés dans la patte d'un rat, se faisait traîner au sol, le jeune guerrier chassa le rongeur d'un seul coup de patte puis fit volte-face pour affronter le prochain attaquant. Pelage d'Orage et Jolie Plume combattaient côte à côte au pied de la clôture ; Pelage d'Or, dont l'épaule saignait abondamment, secoua un rat par la queue avant de le laisser tomber et de le mordre de toutes ses forces à la gorge. Isidore était revenu sur ses pas, avançant péniblement dans la marée de rongeurs, les écartant d'un coup de patte puissant.

Le combat s'acheva aussi vite qu'il avait débuté. Les survivants décampèrent par le trou dans la clôture. Nuage Noir n'eut pas même le temps de frapper son adversaire une dernière fois avant de le voir disparaître de l'autre côté.

Griffe de Ronce était à bout de souffle. Il sentait des élancements dans sa queue et l'une de ses pattes avant. Il constata que certains rats bougeaient encore faiblement. *Du gibier frais*, pensa-t-il mollement. Mais il n'avait plus la force de rassembler les corps des rongeurs ni même de manger. Ses compagnons s'étaient réunis autour de lui, les yeux écarquillés. Toutes les querelles avaient été balayées par la peur commune.

« Isidore, miaula Griffe de Ronce d'une voix exténuée. Nous devons nous reposer. Là-bas, ça irait ? »

Du bout de la queue, il indiqua un trou dans le mur de l'autre côté du Chemin du Tonnerre, face au charnier où se trouvaient les rats. Au-delà, tout était sombre. Il percevait une odeur de Bipède, mais elle était ancienne.

« Bien sûr, répondit le matou en clignant des yeux. Ce sera parfait. »

Cette fois-ci, Griffe de Ronce fut le premier à traverser. Ils étaient tellement épuisés que, si un monstre était arrivé, il aurait pu tous les écraser. Mais le Clan des Étoiles veillait sur eux. Nuage Noir, Pelage d'Orage et Jolie Plume traînèrent des rats de l'autre côté, pendant que Nuage d'Écureuil soutenait Pelage d'Or de son épaule. La guerrière, qui boitait terriblement, laissait une trace de sang dans son sillage.

Derrière le mur se trouvait un terrain clos près d'un nid de Bipèdes abandonné. Des pierres irrégulières sortaient du sol où des flaques d'eau graisseuse s'étaient formées. Nuage Noir pencha la tête pour y boire, avant de grogner de dégoût. Mais il n'avait plus la force de se plaindre.

Rien ne pouvait faire office de litière. Les chats se couchèrent les uns contre les autres dans un coin, excepté Nuage d'Écureuil qui partit fureter derrière le mur. Elle revint avec des toiles d'araignée qu'elle appliqua sur l'épaule de Pelage d'Or.

« Si seulement j'arrivais à me souvenir des herbes dont se sert Nuage de Feuille contre les morsures de rat… gémit-elle.

— Tu ne trouverais rien ici, de toute façon, murmura Pelage d'Or en grimaçant de douleur. Merci quand même, Nuage d'Écureuil. Ça me soulage déjà beaucoup.

— On ferait mieux de monter la garde, annonça Griffe de Ronce. Ces rats pourraient revenir. Je prends le premier tour, ajouta-t-il, de peur que certains ne protestent. Vous autres, allez dormir, mais pas avant d'avoir nettoyé vos blessures. »

Tous ses camarades obéirent sans poser de questions, même Nuage Noir. Ils avaient eu tellement peur qu'ils étaient soulagés de recevoir des ordres, se dit Griffe de Ronce.

Il regagna le trou dans le mur et s'assit dans l'ombre, le regard rivé par-delà le Chemin du Tonnerre, là où les rats avaient surgi. Tout était calme. Griffe de Ronce n'avait rien d'autre à faire que de ruminer sur la mauvaise tournure de leur périple. Avant tout, il s'inquiétait pour sa sœur. Ils souffraient tous de nombreuses égratignures, mais l'entaille de Pelage d'Or était profonde et pas belle à voir. De plus, il savait que de toutes les blessures, la morsure de rat était la plus redoutée de son Clan. Comment feraient-ils si la plaie s'infectait, ou si sa jambe se raidissait tant que la guerrière ne pouvait plus marcher ?

Un léger mouvement près de lui le fit sursauter, mais ce n'était que Nuage d'Écureuil. Malgré sa fourrure crasseuse et une coupure sur la truffe, ses yeux brillaient toujours. Griffe de Ronce se prépara à recevoir ses critiques, mais contre toute attente elle lui parla d'une voix douce.

« Pelage d'Or s'est endormie.

— Tant mieux. Tu... tu t'es bien battue aujourd'hui. Pelage de Poussière serait fier de toi. »

Il poussa un long soupir, rongé par le doute et l'inquiétude. À sa grande surprise, Nuage d'Écureuil pressa son museau dans sa fourrure pour le réconforter.

« Ne t'en fais pas, miaula-t-elle. On va s'en sortir. Le Clan des Étoiles veille sur nous. »

Savourant son odeur douce et chaude, Griffe de Ronce ne demandait qu'à la croire.

CHAPITRE 21

Nuage de Feuille s'éveilla en sursaut dans son nid de fougères devant la tanière de Museau Cendré. Le soleil se levait à peine, ses rayons scintillaient sur les gouttes de rosée perlant au bout de chaque fronde de fougère, de chaque brin d'herbe. L'air frais rappelait à l'apprentie que la saison des feuilles mortes laisserait bientôt place à la saison des neiges.

Au début, elle ne sut ce qui l'avait tirée de son sommeil. Dans l'aube silencieuse, seuls lui parvinrent le soupir du vent dans les cimes et les murmures des guerriers dans la clairière principale. Museau Cendré ne l'avait pas appelée non plus. Pourtant, elle était sur le qui-vive, prête à intervenir.

Presque malgré elle, ses pattes la menèrent à l'entrée du gîte de son mentor. Jetant un coup d'œil à l'intérieur du rocher, elle murmura :

« Museau Cendré, tu dors ?

— Plus maintenant, répondit la guérisseuse d'une voix ensommeillée. Qu'y a-t-il ? Une attaque du Clan de l'Ombre ? Une visite surprise du Clan des Étoiles ?

— Non, répondit l'apprentie, gênée. Je voulais juste te demander si nous avions de la racine de glouteron.

— De la racine de glouteron ? »

Nuage de Feuille entendit la guérisseuse se lever et, l'instant d'après, elle sortit la tête de la fissure.

« Pour quoi faire ? lui demanda-t-elle. Au fait, rappelle-moi dans quel cas on l'utilise.

— Pour soigner les morsures de rat, Museau Cendré. » La petite chatte s'assit, la queue enroulée autour des pattes, tentant de calmer les battements de son cœur : il palpitait comme si elle venait de revenir en courant des Quatre Chênes. « Surtout si elles sont infectées.

— Effectivement. » Museau Cendré sortit dans la petite clairière, en fit le tour et tâta du bout de la patte les bouquets de fougères. « C'est bien ce que je pensais. Pas de rat.

— Je le sais bien, miaula Nuage de Feuille, impuissante. Je voulais juste m'assurer qu'on avait de la racine de glouteron, c'est tout.

— Tu as eu une vision ? s'enquit son mentor, les yeux plissés.

— Non, je… En fait, je crois que si, mais je ne sais pas ce qu'elle signifie. Et je ne m'en souviens même pas… »

Museau Cendré la considéra calmement de ses yeux bleus.

« C'est peut-être un signe du Clan des Étoiles, miaula-t-elle enfin.

— Alors peux-tu me dire comment je dois l'interpréter ? la supplia l'apprentie. Je t'en prie ! »

Elle fut étonnée de voir son mentor secouer la tête.

« Le signe, si c'en est un, n'appartient qu'à toi. Tu sais que le Clan des Étoiles ne nous parle jamais

300

en termes clairs. Ses messages sont contenus dans de petites manifestations... les poils qui se hérissent, les pattes qui tremblent...

— L'impression qu'une chose est bonne, ou mauvaise, ajouta Nuage de Feuille.

— Exactement. Être guérisseur, c'est en partie apprendre à reconnaître ces messages instinctivement... et nous savons toutes deux à quel point cela peut être difficile. Tu dois pourtant essayer, maintenant.

— Je ne sais pas trop comment m'y prendre, reconnut-elle, grattant la terre d'une patte. Et si je me trompais sur sa signification ?

— Crois-tu donc que je ne me trompe jamais ? Tu dois faire confiance à ton jugement. Sache-le, Nuage de Feuille, un jour, tu deviendras une guérisseuse formidable... peut-être même aussi douée que Petite Feuille. »

L'apprentie en resta bouche bée. Elle avait entendu bien des histoires sur la guérisseuse surdouée qui avait été tuée peu après l'arrivée d'Étoile de Feu dans le Clan. Même dans ses rêves les plus fous, jamais elle n'aurait pensé qu'un jour on la comparerait à elle.

« Museau Cendré, tu n'es pas sérieuse ?

— Bien sûr que si, répondit-elle sèchement. Je ne parle pas pour le plaisir de m'entendre. Quant au glouteron, tu en trouveras au bord de la combe sablonneuse. Pourquoi n'irais-tu pas en ramasser quelques racines... comme ça nous serons parées, au cas où. »

Tout en quittant le camp d'un pas léger, l'apprentie essaya de se souvenir de son rêve. Mais rien ne lui revint, mis à part l'image d'obscurs nids de Bipèdes et celle d'une lumière aveuglante sur un Chemin du Tonnerre. Elle se demanda si ce rêve venait vraiment du Clan des Étoiles. Elle avait plutôt l'impression que c'était Nuage d'Écureuil qui tentait de lui dire quelque chose, même si la force du lien qui les unissait avait faibli avec la distance. Nuage de Feuille n'avait plus revu sa sœur ou ses compagnons dans ses rêves mais, pour une raison inconnue, elle était de plus en plus convaincue qu'elle s'était fait mordre par un rat.

Si seulement j'étais partie avec elle, se lamenta-t-elle. *Ils ont besoin d'un guérisseur. Oh, Nuage d'Écureuil, où es-tu ?*

Dans la combe sablonneuse, Poil de Souris et Cœur d'Épines entraînaient leurs apprentis. Nuage de Feuille s'arrêta un instant pour les observer, mais ne parvint pas à s'intéresser à la scène. À croire que l'éclat du soleil aspirait toute son énergie, l'empêchant de mettre une patte devant l'autre.

Elle n'eut aucun mal à trouver les hautes tiges du glouteron. Creusant sous les feuilles au parfum puissant, elle déterra plusieurs racines, dont elle gratta la terre avant de les rapporter dans l'antre de Museau Cendré, où elle les disposa en une pile nette près des autres plantes médicinales.

Ce soir-là aurait lieu l'Assemblée, se souvint-elle. Lorsque son mentor lui avait appris qu'elle l'accompagnerait, elle avait attendu ce moment avec impatience, pour revoir Papillon. Maintenant, elle ne se sentait pas la force de rejoindre les Quatre Chênes. Elle aurait volontiers renoncé à toutes les Assemblées de sa vie future pour avoir la certitude que sa sœur était saine et sauve.

Le temps que les guerriers du Clan du Tonnerre rejoignent l'Assemblée, l'apprentie se sentait mieux. Elle avait fait une courte sieste dans l'après-midi, le nez empli du parfum du glouteron qui collait à sa fourrure, et s'était réveillée en meilleure forme.

Dès qu'elle pénétra dans la clairière des Quatre Chênes, Papillon s'avança vers elle.

« Bonsoir, la salua Nuage de Feuille. Comment ça va ?

— Bien, dans l'ensemble, mais il y a tant à apprendre ! Parfois je ne me sens pas plus proche du Clan des Étoiles qu'avant notre voyage à la Grotte de la Vie…

— Nous avons tous cette impression, la rassura son amie. Tous les guérisseurs de la forêt ont dû ressentir cela à un certain moment.

— Mais je pensais acquérir plus de sagesse, protesta Papillon, ses grands yeux troublés. Je pensais marcher dans les pas du Clan des Étoiles et connaître la réponse à toutes les questions… »

Elle semblait si découragée que Nuage de Feuille se pencha vers elle pour lui donner un coup de langue amical.

« Patience. Chaque jour, nous nous rapprochons un peu plus du Clan des Étoiles. » Comme Papillon ne semblait guère convaincue, elle ajouta : « Papillon, y a-t-il une chose en particulier qui te tracasse ? »

La guerrière sursauta.

« Oh, non, fit-elle en secouant sa tête dorée et majestueuse. Rien du tout. Mais… »

Nuage de Feuille n'entendit pas la suite. Un cri puissant couvrit la voix de Papillon : Étoile Filante, perché sur le Grand Rocher, demanda le silence. Étoile du Léopard se tenait près de lui, tandis qu'Étoile de Feu et Étoile de Jais, le chef du Clan de l'Ombre, restaient un peu en retrait.

Étoile du Léopard fut la première à parler.

« Étoile Filante, la pluie est tombée nombre de fois depuis la dernière Assemblée. Les ruisseaux du territoire du Clan du Vent ont-ils retrouvé leur vigueur ?

— Oui, Étoile du Léopard, reconnut-il en inclinant la tête.

— Alors je te retire la permission de venir boire à la rivière. Dès lors, mes guerriers pourchasseront tout membre du Clan du Vent découvert sur nos terres. »

Elle ne mentionna pas le fait que le Clan du Vent avait continué à venir à la rivière alors qu'il n'en avait plus besoin. Néanmoins, sa voix retentit clairement et son visage traduisait ce qu'elle ne pouvait exprimer avec des mots.

Étoile Filante se tourna vers le chef du Clan de la Rivière, sans ciller.

« Étoile du Léopard, le Clan du Vent te remercie de ton aide et ne trahira pas ta confiance. »

La guerrière inclina légèrement la tête et recula. Soudain, il y eut des remous dans l'assistance et un guerrier tacheté aux épaules massives se leva. C'était Plume de Faucon, le frère de Papillon.

« Avec ta permission, Étoile du Léopard, j'aimerais prendre la parole. »

Cette requête étonna son chef. Il était peu habituel que de jeunes guerriers parlent lors d'une Assemblée.

« J'attends », fit-elle.

Plume de Faucon hésita, grattant le sol par timidité. Mais Nuage de Feuille vit son regard bleu passer d'un côté puis de l'autre, comme pour s'assurer que tout le monde l'observait.

« Je ne sais pas si je devrais le dire, mais… quand les guerriers du Clan du Vent venaient à la rivière, ils ne se contentaient pas de boire. Je les ai vus nous voler du poisson.

— Quoi ? s'indigna Étoile Filante avant de bondir au bord du Grand Rocher, prêt à se jeter sur le guerrier du Clan de la Rivière. Comment oses-tu affirmer une chose pareille ? Aucun de mes guerriers n'a jamais volé de gibier ! »

C'était un mensonge. Nuage de Feuille se rappelait que sa sœur avait vu une patrouille du Clan du Vent sur le territoire du Clan du Tonnerre, avec un campagnol volé.

« Y a-t-il d'autres témoins ? demanda Étoile du Léopard à Plume de Faucon.

— Je ne pense pas, répondit-il, l'air de s'excuser. J'étais seul à ce moment-là. »

Le regard de son chef parcourut la clairière, mais personne ne parla. Nuage de Feuille hésita à intervenir, mais elle n'avait pas vu la scène de ses propres yeux. Nuage d'Écureuil et Griffe de Ronce avaient disparu depuis longtemps, et Pelage de Poussière, lui aussi présent ce jour-là, n'était pas venu à l'Assemblée. Elle garda donc le silence.

Étoile Filante se tourna vers le chef du Clan de la Rivière.

« Je jure sur le Clan des Étoiles que le Clan du Vent n'a pris que de l'eau. Vas-tu nous condamner sur la foi d'un seul témoignage ?

— Traites-tu mon guerrier de menteur ?

— Et toi, traites-tu tous mes guerriers de voleurs ? » s'enquit Étoile Filante, les babines retroussées et les griffes sorties.

Dans la clairière, des chats des deux Clans poussèrent des cris de protestation. Nuage de Feuille observait les guerriers autour d'elle s'invectiver. Sa fourrure se dressa tant elle redoutait que la trêve sacrée de l'Assemblée ne soit brisée.

« Plume de Faucon devait-il vraiment déclencher cela ? murmura-t-elle comme pour elle-même.

— Et qu'aurait-il dû faire, à ton avis ? rétorqua Papillon pour défendre son frère. Se taire et laisser le Clan du Vent s'en tirer à bon compte ? Tous les chats du Clan de la Rivière savent que pour deux queues de souris ils seraient prêts à t'arracher la fourrure. »

Ses yeux ambrés lançaient des éclairs. Elle se leva d'un bond, comme si elle guettait le début du combat.

Patte de Pierre, son mentor, feula de colère. Il lui rappela que les guérisseurs étaient censés préserver la paix. Papillon lui coula un regard en coin, mi-furieuse, mi-honteuse.

« Arrêtez ! » Ce seul mot résonna dans la clairière. Nuage de Feuille avisa Étoile de Feu qui s'était avancé au bord du rocher. « Le Clan des Étoiles est contrarié… Regardez la lune ! »

Dans un même mouvement, Nuage de Feuille et le reste de l'assemblée levèrent la tête. La pleine lune flottait au-dessus des arbres. Non loin, un nuage solitaire dérivait vers elle, alors que le vent soufflait à peine sur la clairière. L'apprentie frissonna. Si le Clan des Étoiles était irrité au point que la lune se voile, alors l'Assemblée devrait être dissoute.

Les guerriers se rassirent, l'agressivité laissant place à la peur.

La voix d'Étoile de Feu retentit de nouveau.

« Étoile du Léopard, Étoile Filante, mènerez-vous vos troupes au combat sur la foi d'un seul témoignage ? Plume de Faucon, est-il possible que tu te sois trompé ? »

Après quelques secondes de réflexion, le guerrier tacheté plissa les yeux vers le chef du Clan du Tonnerre.

« Je rapporte ce que j'ai vu, répondit-il enfin. Peut-être ai-je été victime d'une illusion d'optique.

— Alors ne brisons pas l'amitié entre nos Clans, déclara Étoile de Feu. Étoile Filante a déjà promis de ne plus revenir à la rivière.

— Et je tiendrai parole. Mais tu devrais apprendre le respect à tes jeunes guerriers, Étoile du Léopard.

— Tu n'as pas à me dire ce que je dois faire ! »

La meneuse était toujours courroucée, mais la menace du combat s'était dissipée. Dans le ciel, le nuage poursuivit sa course, comme si la colère du Clan des Étoiles s'était apaisée.

« Rappelez-vous comme il fait bon vivre dans la forêt en ce moment, lança Étoile de Feu aux deux chefs tendus. Nous avons du gibier en abondance et les ruisseaux gargouillent de nouveau partout. Nous sommes bien préparés pour la saison des feuilles mortes et la saison des neiges. Il n'y a aucune raison pour que les uns envahissent le territoire des autres. » Il adressa un regard à Étoile de Jais. Ce dernier était resté assis dans son coin depuis le début : il prenait plaisir à la querelle. « Mais nos frontières sont toujours bien gardées, ajouta-t-il à dessein.

— Les nôtres aussi », siffla Étoile du Léopard, qui recula d'un pas comme pour reconnaître que la dispute avait pris fin.

Étoile Filante se retira lui aussi, laissant Étoile de Feu seul au bord du rocher. Nuage de Feuille savait ce qu'il allait dire. Son père prit le temps de choisir ses mots avec soin. Il ne voulait pas que les autres Clans pensent qu'il avait chassé ses propres guerriers.

« Au cours du dernier quartier de lune, se lança-t-il, le guerrier Griffe de Ronce et l'apprentie Nuage d'Écureuil ont quitté le Clan du Tonnerre. Nous ne savons pas où ils sont partis, mais nous avons des raisons de penser qu'ils ne sont pas seuls. » Il se tourna vers les autres chefs avant de poursuivre : « Certains des vôtres ont-ils disparu ? »

Étoile du Léopard répondit sans faire de difficultés. Patte de Brume lui avait sans doute rapporté la disparition de Pelage d'Orage et de Jolie Plume.

« Deux guerriers ont quitté le Clan de la Rivière, Pelage d'Orage et Jolie Plume, la veille du premier quartier de lune. Au début, nous pensions qu'ils avaient traversé la rivière pour aller vivre sur ton territoire, Étoile de Feu. Puisqu'ils ont des liens avec le Clan du Tonnerre. » Son ton reflétait sa désapprobation. « Il n'est pas impossible qu'ils soient partis ensemble. »

Silence.

Puis Étoile Filante se racla la gorge avant de parler doucement :

« Le Clan du Vent a perdu un apprenti : Nuage Noir. À la même époque. Je pensais qu'un renard ou un blaireau l'avait attrapé, mais il est peut-être parti avec les vôtres », ajouta-t-il.

Des murmures s'élevèrent dans la clairière. Un chat les interpella :

« Comment savez-vous qu'ils sont partis ensemble ? Il y a peut-être un prédateur dans la forêt qui nous enlève les uns après les autres ! »

Les murmures s'intensifièrent, et on entendit même un cri de terreur. Autour de Nuage de Feuille, les guerriers échangeaient des regards apeurés avant de bondir sur leurs pattes comme pour quitter la clairière.

« Et si c'étaient les chiens ? coupa une autre voix. Ils sont peut-être revenus ! »

Étoile de Feu se plaça tout au bord du rocher et contempla l'assemblée. Il fixa Nuage de Feuille un instant. L'apprentie frissonna. Il n'allait tout de même pas évoquer le lien qui l'unissait à sa sœur devant tout le monde ?

Elle se détendit lorsqu'il reprit la parole.

« Nous aussi, nous avons pensé à un prédateur. Mais nous n'en avons trouvé aucune trace. Et croyez-moi, si les chiens étaient de retour, le Clan du Tonnerre le saurait. Nous sommes certains que ces chats sont partis de leur plein gré. »

Sa voix posée sembla calmer l'assistance. Ceux qui s'étaient levés se rassirent, même s'ils paraissaient toujours mal à l'aise.

« Et dans le Clan de l'Ombre ? s'enquit Étoile de Feu en se tournant vers Étoile de Jais. Y a-t-il eu des disparitions ? »

Le chef hésita. Ce Clan avait toujours gardé ses secrets, comme si les informations pouvaient être aussi précieuses que du gibier.

« Pelage d'Or, miaula-t-il enfin. Je me disais qu'elle avait rejoint son frère dans le Clan du Tonnerre. »

De nouveau, l'assemblée fut parcourue de murmures.

« Cela fait au moins un chat de chaque Clan ! s'exclama Papillon. Qu'est-ce que cela signifie ? Pourquoi le Clan des Étoiles ne m'a-t-il rien montré ? » soupira-t-elle, frustrée.

Nuage de Feuille aurait voulu dire à son amie ce que Nuage d'Écureuil et Griffe de Ronce lui avaient appris avant leur départ. Elle se demanda si Museau Cendré évoquerait sa vision dans les fougères en feu, feu et tigre ensemble, peut-être unis dans un même but : la destruction de la forêt. Mais lorsqu'elle aperçut la guérisseuse dans la foule, tapie près de Petit Orage au pied du Grand Rocher, cette dernière garda la tête basse et ne pipa mot.

« À ton avis, que devrions-nous faire, Étoile de Feu ? s'enquit Étoile Filante.

— Malheureusement, pas grand-chose, coupa Étoile du Léopard. Ils sont partis. Ils peuvent être n'importe où.

— Je ne comprends pas pourquoi ils s'en sont allés tous ensemble, répondit le vieux chef, ils devaient avoir une bonne raison de quitter leurs territoires. Je suis prêt à jurer que Nuage Noir est resté loyal envers son Clan.

— Tous sont loyaux », confirma Étoile de Feu.

Nuage de Feuille savait qu'il devait penser à ses disputes avec Nuage d'Écureuil et Griffe de Ronce, et à la prophétie.

« Il y a forcément quelque chose à faire, insista Étoile Filante. Nous ne pouvons pas nous comporter comme s'ils n'avaient jamais existé.

— Ton inquiétude t'honore, Étoile Filante, miaula le rouquin. Mais je suis d'accord avec Étoile du Léopard. Nous sommes impuissants. Leur destin est entre les pattes du Clan des Étoiles. S'il le veut, ils reviendront bientôt sains et saufs. »

Étoile de Jais, qui avait jusque-là gardé le silence, ajouta d'un ton moqueur :

« L'espoir fait vivre, dit-on, mais il n'apporte pas de gibier. À mon avis, on ne les reverra jamais. »

Quelqu'un derrière Nuage de Feuille marmonna : « Il a raison, le monde est dangereux, en dehors des frontières. »

L'apprentie guérisseuse eut l'impression que des serres lui transperçaient le cœur. De nouveau, elle trembla pour sa sœur, et le souvenir de son rêve avec les rats lui revint à l'esprit. *Nuage d'Écureuil*, pensa-t-elle, *je dois pouvoir t'aider d'une façon ou d'une autre…*

Elle eut du mal à se concentrer sur les paroles d'Étoile de Jais : il rapportait que les Bipèdes étaient plus actifs que jamais près du Chemin du Tonnerre, et que de nouveaux monstres s'étaient rassemblés autour d'une zone marécageuse où les chats ne s'aventuraient jamais.

Qu'est-ce qu'on en a à faire ? soupira-t-elle intérieurement. *Qui s'intéresse aux activités des Bipèdes ?*

À la fin de l'Assemblée, elle salua Papillon et se hâta de rejoindre Museau Cendré. Elle venait d'avoir une idée et voulait regagner le camp au plus vite pour la mettre à exécution.

Sur le chemin du retour, elle se força à suivre l'allure de son mentor. Peu à peu, elles se retrouvèrent seules derrière les autres.

« Tu as entendu, des chats des quatre Clans ont disparu… » dit la guérisseuse d'un air songeur. Elle s'interrompit pour regarder la pleine lune qui se cachait maintenant derrière les arbres. « Nuage de Feuille, tu t'inquiètes pour ta sœur, pas vrai ? Sais-tu où elle se trouve ? »

La question, si directe, surprit Nuage de Feuille. Pendant un instant, elle ne sut que répondre.

« Allez, l'encouragea la guérisseuse. Ne me fais pas croire que tu ne sais rien du tout ! »

L'apprentie fit halte pour regarder son mentor, soulagée de pouvoir se livrer.

« Je sais qu'elle est en vie et qu'elle se trouve auprès des autres. Mais j'ignore où ils sont, et ce qu'ils font. Ils sont très loin… je le sens. Plus loin qu'aucun guerrier n'est jamais allé. »

Museau Cendré acquiesça. Nuage de Feuille se demanda si le Clan des Étoiles lui avait transmis quoi que ce soit sur la mission. Si c'était le cas, la guérisseuse n'en laissa rien paraître.

« Tu ferais bien d'en parler à ton père, lui conseilla-t-elle. Cela le rassurera quelque peu.

— D'accord. »

Elles atteignirent enfin le ravin. Les pattes de l'apprentie lui semblèrent lourdes tandis qu'elle suivait la chatte vers le tunnel d'ajoncs.

« Museau Cendré ? Qu'est-ce qui m'arriverait si je mangeais de la racine de glouteron ?

— Tu aurais sûrement mal au ventre. Pourquoi ?

— C'est juste une idée, comme ça. »

Si j'arrive à voir les pensées de Nuage d'Écureuil, se dit-elle, *elle, elle pourra peut-être sentir cela.* Elle se trouvait presque stupide d'espérer communiquer avec sa sœur par-delà la distance, mais elle se devait d'essayer.

Une lueur chaleureuse dansa dans les yeux de son mentor et elle n'interrogea pas davantage son apprentie. Avant de rejoindre son nid de fougères, Nuage de Feuille mordit dans l'une des racines de glouteron empilées dans la tanière et s'installa pour dormir avec le goût amer de la plante dans la bouche.

De la racine de glouteron. De la racine de glouteron, murmura-t-elle. *Nuage d'Écureuil, m'entends-tu ? De la racine de glouteron contre les morsures de rat.*

CHAPITRE 22

TAPI DANS LES BUISSONS, Griffe de Ronce contemplait la pleine lune suspendue dans la voûte nocturne. Là-bas, aux Quatre Chênes, les Clans devaient s'être réunis pour l'Assemblée. En pensant à la clairière envahie de félins s'échangeant les dernières nouvelles, il se sentit plus seul que jamais.

Toute la journée, ils avaient progressé tant bien que mal à travers le camp de Bipèdes, suivi des Chemins du Tonnerre, traversé des clôtures, sauté par-dessus des murs. Au moins, ils avaient laissé le pire derrière eux : maintenant, les Chemins du Tonnerre étaient bordés d'herbe et des jardins entouraient les nids de Bipèdes. La nuit, ils avaient dormi à l'abri d'un petit bosquet et avaient même réussi à chasser. Pourtant, l'anxiété de Griffe de Ronce le tenait éveillé.

Il ignorait toujours s'ils allaient dans la bonne direction. Isidore les guidait d'un pas assuré, mais le parcours sinueux qu'il suivait entre les nids de Bipèdes ne tenait pas du tout compte de la position du soleil. Le guerrier tacheté avait l'impression que leur destination était aussi lointaine que le jour de leur départ.

« À mon avis, on n'est pas près d'arriver », avait déclaré Nuage Noir d'un ton méprisant avant de s'installer pour dormir.

À croire que l'apprenti lisait dans ses pensées. Le guerrier du Clan du Tonnerre s'inquiétait avant tout pour l'épaule de Pelage d'Or. La chatte n'arrivait presque plus à marcher, même si sa fierté l'empêchait de se plaindre. La morsure ne saignait plus, mais son épaule était enflée et la plaie était rouge et gonflée. Pas besoin d'être guérisseur pour comprendre qu'elle s'était infectée. Nuage d'Écureuil et Jolie Plume s'étaient relayées pour lécher la blessure tandis que Pelage d'Or dormait d'un sommeil agité, mais ils savaient tous que cela ne suffirait pas à la soigner.

Griffe de Ronce sursauta en entendant un bruissement. Il fut rassuré de voir Pelage d'Orage apparaître avant de venir se coucher près de lui.

« Je vais monter la garde un moment, si tu veux, proposa le guerrier gris.

— Merci. » Griffe de Ronce fit le dos rond et plongea ses griffes dans le sol pour s'étirer. « Mais je ne sais pas si j'arriverai à dormir.

— Essaye quand même. Tu auras besoin de toutes tes forces demain.

— Je sais. » Jetant un autre coup d'œil vers la lune, il ajouta : « J'aimerais qu'on soit tous aux Quatre Chênes, sains et saufs. »

Pelage d'Orage le couva d'un regard amical.

« Nous y serons bientôt. Ne t'en fais pas. Le Clan des Étoiles veille sur nous de la même façon que si nous étions avec nos Clans, à l'Assemblée. »

Griffe de Ronce poussa un profond soupir. Perdus comme ils l'étaient au milieu du territoire des Bipèdes, il avait du mal à imaginer les guerriers étoiles frayant parmi eux. Avec un dernier regard vers la lune, il se pelotonna, ferma les yeux et parvint enfin à trouver le sommeil.

Des aboiements le réveillèrent. Il se leva d'un bond, tout tremblant. Comme aucune odeur ne lui parvint, il comprit aussitôt que le chien se trouvait trop loin pour représenter une menace. Une lumière grisâtre filtrait entre les branches des buissons, et les feuilles s'agitaient sous un vent frais qui semblait annoncer la pluie.

Les autres dormaient toujours, excepté Pelage d'Orage qui n'était pas en vue. Griffe de Ronce s'apprêtait à les réveiller lorsque Nuage Noir leva la tête. L'apprenti se mit debout avec difficulté, s'ébrouant pour chasser l'humidité.

« Écoute, Griffe de Ronce, lança-t-il d'un ton moins agressif que de coutume. Il faut absolument que nous sortions d'ici aujourd'hui. Tout irait mieux si nous pouvions trouver une forêt, ou même des champs. On devra peut-être faire une trêve de plusieurs jours pour que Pelage d'Or se repose, ce qui est impossible au milieu de tous ces Bipèdes. »

Le guerrier tenta de dissimuler sa surprise : l'apprenti faisait preuve d'une logique remarquable. De plus, son inquiétude pour Pelage d'Or semblait sincère.

« Tu as raison. Mais qu'y pouvons-nous ? Nous sommes obligés de faire confiance à Isidore pour nous sortir de là.

« — C'est bien dommage qu'on l'ait laissé nous accompagner », grogna Nuage Noir. Il fit quelques pas vers le vieux matou endormi, tas de fourrure informe qui ronflait et tressaillait. Nuage Noir lui appuya sur les côtes. « Debout !

— Hein ? Quoi ? » Isidore cligna des yeux et s'efforça de s'asseoir. « Qu'est-ce qui se passe ?

— Il faut qu'on avance. » Le ton de Nuage Noir était acerbe. « T'as oublié ? »

Trop fatigué et anxieux pour intervenir, Griffe de Ronce laissa Nuage Noir secouer Isidore et partit réveiller les autres. Il vint voir Pelage d'Or en dernier et renifla sa blessure.

« Aucune amélioration, lui souffla Jolie Plume à l'oreille. Je ne suis pas sûre qu'elle puisse aller très loin aujourd'hui. »

Pelage d'Or ouvrit soudain les yeux.

« Griffe de Ronce, c'est l'heure de partir ? »

Elle parvint à s'asseoir, mais son frère devina que sa jambe pourrait à peine la soutenir.

« Reste tranquille un moment, lui conseilla Jolie Plume. Je vais nettoyer la plaie. »

Pelage d'Or reposa la tête sur ses pattes au moment où Pelage d'Orage revenait avec une souris entre les mâchoires. Il la laissa tomber près de la blessée.

« Tiens, de la viande fraîche.

— Oh, merci... Mais c'est à moi de trouver mon propre gibier... »

Le cœur de Griffe de Ronce se serra. Jamais guerrier n'avait semblé moins capable de chasser.

Le guerrier gris effleura du bout du nez l'oreille de la chatte.

« Mange celle-là, murmura-t-il. Tu as besoin de reprendre des forces. Je pourrai en attraper d'autres plus tard. »

Après l'avoir remercié d'un signe de tête, Pelage d'Or se mit à manger. Ignorant la querelle qui enflait entre Isidore et Nuage Noir, Griffe de Ronce alla voir ce que fabriquait Nuage d'Écureuil.

La petite rouquine était assise sur la litière de feuilles qu'elle avait confectionnée la veille au soir. Elle marmonnait toute seule, se passant sans cesse la langue sur les babines comme pour en chasser un goût désagréable.

« Qu'y a-t-il ? T'as mangé ta fourrure ? » ajouta-t-il pour plaisanter.

Pour une fois, l'apprentie ne réagit pas.

« Non, dit-elle simplement, se léchant toujours les babines. Mais j'ai un drôle de goût dans la bouche. Je n'arrête pas de penser que je devrais savoir de quoi il s'agit.

— Pas du sel, j'espère ? » répondit-il d'un ton léger. Il n'aurait jamais cru que les reparties de Nuage d'Écureuil lui manqueraient, mais son sérieux soudain l'inquiétait.

« Non, c'est autre chose… Laisse-moi y réfléchir et je m'en souviendrai dans un instant. Je sens que c'est important. »

Ils se remirent en route, guidés par Isidore. La nuit de sommeil semblait avoir revigoré Pelage d'Or ; elle boitait vaillamment et parvenait à suivre le rythme tranquille du vieux matou. Griffe de Ronce gardait un œil sur elle, bien décidé à demander une pause s'il le jugeait nécessaire.

Isidore les guida à travers d'autres jardins de Bipèdes jusqu'à un Chemin du Tonnerre étroit bordé d'un côté par une clôture en bois et de l'autre par un haut mur. Deux ou trois monstres se tenaient tapis sur le bas-côté, avec de grands yeux étincelants. Griffe de Ronce les observa d'un œil soupçonneux lorsqu'il les dépassa avec ses compagnons, tous se tenant prêts à fuir s'ils se réveillaient en rugissant.

Le Chemin du Tonnerre s'incurva d'un côté. Isidore disparut dans le tournant et Jolie Plume s'arrêta soudain derrière lui, fixant d'un air incrédule ce qu'elle voyait droit devant elle.

« Ah non ! feula-t-elle d'un ton rageur qui ne lui ressemblait guère. Trop, c'est trop ! On ne peut pas aller plus loin, stupide boule de poils ! »

Comme pour lui répondre, un chien se mit à aboyer de l'autre côté du mur. Inquiet, Griffe de Ronce inspecta les environs mais ne vit aucune ouverture : le molosse ne pouvait les atteindre. Il rejoignit la guerrière grise en quelques bonds et aperçut ce qui l'avait mise en rage. À quelques longueurs de queues de renard, le Chemin du Tonnerre s'arrêtait brusquement devant un haut mur de ces mêmes briques rougeâtres qu'ils voyaient partout depuis des jours. Ils étaient coincés. Chaque muscle du corps de Griffe de Ronce se contracta à l'idée de faire demi-tour.

Isidore se tourna vers eux, l'air blessé.

« Voyons, il n'y a point de raisons de s'énerver.

— Avoue, tu es perdu, pas vrai ? » voulut savoir Jolie Plume. Elle s'aplatit contre la surface du sol. Griffe de Ronce ignorait si elle essayait de se cacher ou si elle se préparait à attaquer leur vieux guide. Dans ce cas, l'en empêcherait-il ? « Nous avons une blessée avec nous. Nous ne pouvons pas nous permettre de traverser ce... cet horrible endroit en long, en large et en travers !

— Calme-toi, intervint Nuage Noir qui rejoignit la guerrière et lui donna un coup de langue amical. Ignore ce vieil imbécile. On va trouver un plan pour sortir d'ici par nous-mêmes.

— Et comment ? feula-t-elle. Nous ne savons même pas où nous sommes ! »

Derrière le mur, le chien hurlait comme un dément. Griffe de Ronce se crispa, prêt à détaler si la bête réussissait à sortir du jardin. Pelage d'Orage bondit de derrière le tournant avant de ralentir l'allure en voyant que le chien ne représentait pas une menace. Il rejoignit sa sœur, puis Nuage d'Écureuil et Pelage d'Or arrivèrent à leur tour.

« Que se passe-t-il ? demanda la rouquine. Où est Isidore ? »

Griffe de Ronce remarqua alors que le vieux matou avait disparu. Il ne savait s'il devait s'en réjouir ou se mettre en colère.

« Bon débarras », grogna Nuage Noir.

Il avait à peine prononcé ces mots que la tête d'Isidore surgit d'un trou entre le mur et la clôture que personne n'avait remarqué.

« Alors ? miaula leur guide. Vous venez ou quoi ? »

De nouveau il disparut. Griffe de Ronce gagna l'ouverture et jeta un œil de l'autre côté. Lui qui s'attendait à voir d'autres nids de Bipèdes, il en resta bouche bée. Par-delà un sentier étroit en terre battue s'étendait une colline couverte d'herbe par-semée de bouquets d'ajoncs et, ensuite, couverte d'arbres ! Des arbres aussi loin que la vue portait, sans un seul nid de Bipèdes à l'horizon.

« Qu'est-ce que c'est ? lança Nuage d'Écureuil, impatiente.

— Une forêt ! » Le guerrier du Clan du Tonnerre couina comme un chaton. « Enfin une vraie forêt. Venez tous, allez ! »

Il se faufila par l'ouverture et se plaça près d'Isidore. Le vieux matou tigré l'observait d'un air entendu.

« Content ? ronronna-t-il. Vous vouliez sortir de là, eh bien c'est chose faite.

— Euh… oui, merci. Isidore, c'est formidable.

— Alors ? Qui me traitait de "stupide boule de poils" ? » demanda-t-il, lançant une œillade lourde de sous-entendus à Nuage Noir, qui apparut à son tour de l'autre côté.

Griffe de Ronce et l'apprenti échangèrent un regard méfiant. Le guerrier du Clan du Tonnerre soupçonnait Isidore d'être tout aussi surpris qu'eux d'avoir réussi à sortir du camp de Bipèdes, mais le vieux matou ne l'admettrait jamais. Enfin, cela n'avait plus d'importance. Les Bipèdes étaient derrière eux et ils pouvaient de nouveau chercher l'endroit où le soleil sombrait dans l'eau.

Ils traversèrent le sentier pour gravir la colline. Fou de joie, Griffe de Ronce se délectait de sentir la fraîcheur de l'herbe sous ses coussinets et les parfums de la forêt portés par la brise. Une fois sous les arbres, ils eurent presque l'impression d'être de retour chez eux.

« Voilà qui est mieux ! miaula Pelage d'Orage, balayant du regard les touffes de fougères et l'herbe haute et fraîche. Je vote pour que nous passions la journée et la nuit ici. Pelage d'Or pourra se reposer pendant que nous autres, nous chasserons. »

Griffe de Ronce ravala une protestation. Plus le temps passait, plus il lui semblait urgent de rejoindre leur destination, mais il savait qu'ils avanceraient plus vite s'ils prenaient le temps de se reposer.

Les autres félins acquiescèrent, excepté Pelage d'Or.

« Vous n'avez pas à vous arrêter pour moi.

— Ce n'est pas à cause de toi, cervelle de souris, lui répondit Nuage d'Écureuil en pressant gentiment son museau contre sa fourrure. Nous avons tous besoin de nous reposer et de manger. »

Lentement, les félins s'enfoncèrent dans la forêt, les uns contre les autres, guettant le moindre danger tout en cherchant un endroit où faire halte. Griffe de Ronce s'arrêtait régulièrement pour humer l'air, mais il ne distingua aucune odeur de renard, de blaireau ou de chat inconnu… Rien de menaçant. En revanche, l'air lui apportait de nombreux fumets de gibier. L'eau lui monta à la bouche lorsqu'il s'imagina en train de mordre dans une souris dodue ou, mieux encore, un lapin.

Ils trouvèrent bientôt un coin de verdure abrité par d'épais buissons d'aubépine, et qui descendait vers un ruisselet.

« On ne pouvait rêver mieux, déclara Nuage Noir. De l'eau et un abri. S'il y a des prédateurs par ici, ils auront du mal à nous attaquer par surprise. »

Pelage d'Or, dont la claudication s'était de nouveau accentuée, se laissa à moitié glisser le long de la pente avant de s'installer sur un nid de mousse entre deux racines tordues. Ses yeux verts étaient voilés par la douleur et l'épuisement. Jolie Plume se coucha près d'elle pour nettoyer une nouvelle fois la blessure. Isidore s'effondra à côté de la guerrière et s'endormit aussitôt, roulé en boule.

« Bien, vous trois, vous restez ici, décréta Nuage Noir. Nous autres, nous allons chasser. »

Griffe de Ronce allait lui faire remarquer qu'il n'avait pas à leur donner d'ordres, mais il se ravisa, jugeant que cela n'en valait pas la peine. De plus, il appréciait que, pour une fois, on n'attende pas de lui qu'il prenne toutes les décisions. Il se dirigea vers Nuage d'Écureuil.

« Ça te dirait de chasser avec moi ? » lui proposa-t-il.

L'apprentie se contenta de hocher la tête, comme si elle pensait à autre chose. Elle suivit Griffe de Ronce le long du cours d'eau. Ils n'avaient fait que quelques pas lorsque le guerrier aperçut une souris fouiner dans l'herbe au bord de l'eau. D'un geste agile, il adopta la position du chasseur avant de bondir et de tuer sa proie d'un seul coup. Lorsqu'il se tourna pour montrer sa prise à l'apprentie, il vit qu'elle levait la tête, les mâchoires entrouvertes pour mieux sentir les parfums alentour.

« Nuage d'Écureuil, ça va ?

— Hein ? fit-elle en sursautant. Quoi ? Ah, oui, bien, merci. Mais il y a quelque chose que je ne… »

Elle laissa sa phrase en suspens, se léchant de nouveau les babines.

Il comprenait qu'il ne pouvait rien attendre d'elle. Il enterra sa souris et s'enfonça plus avant dans les bois. La forêt était giboyeuse, à croire que les proies n'avaient jamais connu de prédateur. Chasser n'avait jamais été aussi facile.

La rouquine vint l'aider, mais à l'évidence elle n'avait pas la tête à cela. Elle, d'habitude si douée, laissa un merle lui échapper et manqua un écureuil qui grignotait une noisette à une longueur de queue de renard à peine.

Soudain, alors que Griffe de Ronce s'approchait furtivement d'un lapin, elle s'écria :

« C'est ça ! Là-bas ! »

Aussitôt, le lapin détala dans l'herbe, petite queue blanche sautillant dans sa fuite.

« Hé ! protesta le guerrier, indigné. Pourquoi t'as fait ça ? »

Elle ne l'écoutait pas. Elle avait filé jusqu'à la rive, où poussaient des touffes d'une haute plante aux feuilles vert foncé. Sous les yeux écarquillés du jeune guerrier, elle se mit à gratter vigoureusement la terre au pied des tiges.

« Nuage d'Écureuil, on peut savoir ce que tu fabriques ? »

L'apprentie s'interrompit juste le temps de le regarder d'un air triomphant.

« Du glouteron ! s'exclama-t-elle, essoufflée. C'est ça qu'il nous faut pour soigner la morsure de Pelage d'Or. Aide-moi à déterrer les racines.

— Comment le sais-tu ?

— Je me suis réveillée avec un drôle de goût dans la bouche, tu t'en souviens ? J'y ai pensé toute la matinée. Nuage de Feuille avait dû nous en parler le jour de nos adieux. »

Effectivement, ce matin-là, l'apprentie guérisseuse avait évoqué plusieurs plantes utiles, mais il ne se rappelait pas qu'elle ait mentionné le glouteron. Il haussa les épaules et gratta de plus belle. C'était la seule explication possible. Autrement, comment Nuage d'Écureuil connaîtrait-elle les effets de cette herbe ?

Une fois les racines déterrées, la rouquine les trempa dans le ruisseau pour les débarrasser de la terre, puis les rapporta au camp. Griffe de Ronce prit le temps de ramasser une partie des prises enterrées.

Lorsqu'il rejoignit les autres, Nuage d'Écureuil avait déjà mâché une bonne partie d'une racine et en appliquait doucement la pulpe sur l'épaule de Pelage d'Or. La guerrière du Clan de l'Ombre l'observait, immobile. Dès que le jus de la racine s'infiltra dans la plaie, elle se détendit et poussa un profond soupir.

« Ça fait du bien, miaula-t-elle. Je ne sens plus la douleur.

— Tant mieux, se réjouit Griffe de Ronce.

— Je vais finir par croire que tu es une guérisseuse qui s'ignore, ajouta la blessée en s'installant plus confortablement dans la mousse. Ou peut-être que l'esprit de ta sœur t'accompagne... »

Sur ces mots, elle replongea dans le sommeil.

L'apprentie regardait la guerrière endormie avec des yeux brillants. Griffe de Ronce sentit sa fourrure se hérisser. Nuage de Feuille avait-elle vraiment mentionné le glouteron avant leur départ ou bien un lien mystérieux unissait-il les deux sœurs ?

Il retourna dans la forêt pour récupérer le reste du gibier. Le temps qu'il revienne, Pelage d'Orage et Nuage Noir avaient eux aussi rapporté de nombreuses prises. Pour la première fois depuis des jours, ils purent manger à satiété. Isidore se réveilla et dévora la viande fraîche avec enthousiasme, comme s'il la trouvait bien meilleure que sa nourriture de chat domestique.

Ils dormirent tous d'un sommeil réparateur. À son réveil, Griffe de Ronce constata que les nuages s'étaient dissipés et que la lumière du soleil filtrait entre les branches, baignant la forêt d'une lumière orangée. Se levant d'un bond, il grimpa aussi haut que possible et repéra la direction que prenait le soleil déclinant.

« Nous devons continuer par là. » Pelage d'Orage venait de le rejoindre au sommet du talus. Sa voix était calme et déterminée, comme s'il avait lui-même reçu les visions du Clan des Étoiles. « Là-bas, nous découvrirons ce que minuit doit nous dire. »

Les pattes du guerrier du Clan du Tonnerre le démangeaient. Il aurait voulu courir vers le couchant, comme s'il était certain qu'Étoile Bleue l'y attendait pour leur exposer comment sauver la forêt. Mais il était plus judicieux de s'en tenir à leur plan originel : ils passeraient la nuit dans les bois et ne partiraient que le lendemain matin. Il prit soin de mémoriser la direction avant d'aller retrouver ses amis près du ruisseau.

Pelage d'Or mordait à pleines dents dans un

lapin. Elle fit une pause pour saluer Griffe de Ronce d'un signe de tête.

« Je meurs de faim, admit-elle. Et mon épaule va beaucoup mieux. Qu'est-ce que tu as mis dessus, déjà, Nuage d'Écureuil ?

— De la racine de glouteron. »

Elle n'essaya même pas d'expliquer comment elle savait que cela soignait les morsures infectées. Peut-être se posait-elle également des questions…

La novice entreprit de mâcher une nouvelle racine. Dès que Pelage d'Or eut fini son lapin, elle lui appliqua de nouveau une couche de pulpe sur sa blessure. Elle était maintenant moins enflée, et moins rouge aussi. En son for intérieur, Griffe de Ronce remercia le Clan des Étoiles, sans oublier Nuage de Feuille.

Lorsqu'ils se mirent en route le lendemain matin, après un copieux repas, Pelage d'Or avait retrouvé tout son allant. Elle boitait à peine et ses yeux brillaient de nouveau.

Ils parvinrent à la lisière de la forêt bien avant midi. Devant eux, la lande vallonnée s'étendait à perte de vue. Le vent balayait l'herbe rase, parsemée de trèfle et de thym sauvage. À première vue, il serait facile de voyager dans ce paysage à découvert.

« C'est comme chez moi ! » murmura Nuage Noir, qui repensait sans doute à la bruyère du Clan du Tonnerre.

Contrairement à l'apprenti, Griffe de Ronce regrettait de devoir quitter l'abri des arbres. Cependant, la nourriture et le repos leur avaient donné à tous des forces nouvelles et il espérait qu'ils atteindraient bientôt la fin de leur périple.

À la surprise générale, Isidore leur fit ses adieux avant d'avoir quitté la forêt.

« Je ne me sens pas bien à découvert, confessa-t-il, comme en écho aux pensées de Griffe de Ronce. Je me suis trop souvent fait pourchasser par des Deux-Pattes, j'imagine. J'aime pouvoir me cacher. De plus, vous n'avez plus besoin de moi. Ce n'est pas moi que votre Clan des Étoiles attendra à minuit, ajouta-t-il, les yeux brillants.

— Effectivement, miaula Griffe de Ronce. Merci pour ton aide. Tu vas nous manquer. » Ce qui était vrai, comprit-il à sa grande surprise. Au fil du temps, il avait développé une certaine affection pour le vieux matou exaspérant. « Si jamais tu visites notre forêt un jour, tu seras le bienvenu dans le Clan du Tonnerre. »

En achevant sa phrase, il entendit Nuage Noir marmonner à Pelage d'Or : « Ton frère le regrettera peut-être, mais pas moi. »

Griffe de Ronce montra les dents à l'apprenti, mais Isidore n'avait pas entendu la remarque.

« Je vous attendrai d'ici deux ou trois jours, promit le vieux guide. Au cas où vous auriez besoin d'aide pour le retour. »

Nuage Noir leva les yeux au ciel, Jolie Plume haussa les épaules.

« À supposer que vous reveniez, évidemment, ajouta Isidore en s'éloignant la queue haute. Moi, je ne m'aventurerais pas si près de l'endroit où le soleil sombre dans l'eau. Je ne serais pas surpris que vous finissiez tous noyés.

— Sympa, murmura Nuage d'Écureuil à l'oreille

de Griffe de Ronce. Rien de tel pour nous remonter le moral ! »

Tandis que la journée s'achevait, Griffe de Ronce commençait à perdre espoir. La chaleur du soleil l'avait épuisé et comme ils n'avaient pas trouvé d'eau dans la lande, il avait l'impression d'avoir la bouche pleine de sable. Les autres n'étaient guère plus frais, le pas traînant, la tête basse, la queue frôlant le sol. Pelage d'Or boitait de nouveau. Elle refusait qu'on examine sa blessure, mais son frère voyait bien que son épaule avait une nouvelle fois enflé. Sans glouteron, il se demandait combien de temps elle tiendrait.

Droit devant eux, le soleil se couchait, embrasant le ciel de ses flammes pourpres.

« Au moins, nous sommes dans la bonne direction, constata Jolie Plume.

— Oui, mais nous ne savons pas jusqu'où nous devons aller… » Griffe de Ronce avait voulu garder ses doutes secrets, mais il n'en pouvait plus de porter seul ce fardeau. « Si ça se trouve, il nous reste plusieurs jours de marche…

— J'ai toujours pensé que c'était une idée stupide, fit remarquer Nuage Noir, trop épuisé pour être vraiment agressif.

— Alors jusqu'où irons-nous ? » demanda Pelage d'Orage. Comme tous les autres se tournaient vers lui, il poursuivit : « Si nous ne trouvons pas cet endroit, tôt ou tard, il faudra que nous décidions… si nous continuons ou si nous faisons demi-tour. »

Griffe de Ronce savait qu'il avait raison. Dans un futur proche, ils devraient peut-être reconnaître leur défaite. Mais que cela signifierait-il pour leurs Clans, d'ignorer la volonté du Clan des Étoiles et de rentrer chez eux sans être allés au bout de leur quête ?

Soudain, alors que Nuage d'Écureuil s'était placée face au vent, l'apprentie pivota, les yeux pétillant d'espoir :

« Griffe de Ronce ! L'air sent le sel ! »

CHAPITRE 23

Griffe de Ronce contempla la rouquine un instant avant d'ouvrir la gueule pour mieux humer l'air. Nuage d'Écureuil avait raison. L'odeur de sel était bien là, le renvoyant à son rêve, au goût amer de l'eau qui l'avait emporté.

« C'est bien du sel ! Nous devons être tout près. Dépêchons-nous ! »

Il courut contre le vent, ébloui par le soleil. Un coup d'œil en arrière lui apprit que ses compagnons le suivaient. Même Pelage d'Or parvenait à boitiller plus vite. Griffe de Ronce sentait comme une énergie nouvelle irradier ses membres : il aurait pu courir une éternité ou même s'envoler dans le ciel embrasé, comme l'un des oiseaux blancs qui tournoyaient au-dessus d'eux en hurlant.

Mais il s'arrêta soudain au bord d'une immense falaise, terrifié. Ses versants sablonneux et abrupts plongeaient dans des vagues en furie. Une étendue d'eau bleu-vert courait jusqu'à l'horizon. Le soleil y sombrait, ses rayons si étincelants que Griffe de Ronce dut plisser les yeux. Le feu orange dessinait un chemin ensanglanté à la surface de l'eau, chemin qui atteignait presque le pied de la falaise.

Les félins restèrent un moment silencieux à contempler le paysage. Puis Griffe de Ronce se secoua.

« Hâtons-nous ! les pressa-t-il. Nous devons trouver la caverne aux dents pointues avant la tombée de la nuit.

— Et ensuite attendre minuit », ajouta Jolie Plume.

Griffe de Ronce regarda d'un côté puis de l'autre, ne sachant dans quelle direction partir. Il choisit au hasard et suivit le bord de la falaise. De temps en temps, il faisait halte pour jeter un œil en bas, guettant la grotte, ses griffes plantées profondément dans le sol. Il s'imaginait trop facilement basculer dans le vide et tomber, tomber, tomber dans les vagues prêtes à l'engloutir.

Peu à peu, le terrain s'inclina, si bien que l'eau ne fut bientôt plus qu'à une hauteur d'arbre sous eux. Le sommet de la falaise formait un promontoire qui les empêchait d'en voir le pied. La pluie avait creusé de profondes rigoles dans la paroi à pic. La falaise fut bientôt moins abrupte. Les guerriers réussirent à descendre plus près de l'eau pour poursuivre leur périple, parfois à portée de patte des vagues salées. Des crevasses, formées par d'anciens cours d'eau, divisaient de temps en temps la roche et forçaient les compagnons à sauter par-dessus. Ici et là, l'herbe laissait la place à de petites combes où poussaient quelques buissons biscornus accrochés au sol aride.

« Il y a plein d'endroits où passer la nuit si nous ne trouvons pas la grotte », fit remarquer Pelage d'Orage.

Griffe de Ronce commençait à croire qu'il leur faudrait effectivement trouver un abri. Le soleil avait disparu dans l'eau, même si de grandes zébrures orangées striaient toujours le ciel. La brise se faisait de plus en plus fraîche. Au moins, Pelage d'Or pourrait s'allonger, pensa-t-il, pendant qu'ils continueraient leur recherche.

Sa sœur s'était laissé distancer. Griffe de Ronce bondit vers elle. Il contourna une crevasse, mais il dérapa et glissa inexorablement dans la fissure, entraîné par le sable. Il tenta de planter ses griffes dans le sol meuble, mais il cédait sous ses pattes, l'attirant un peu plus vers le fond. Il poussa un cri de détresse.

« Griffe de Ronce ! » lança Pelage d'Orage avant de s'engager dans la crevasse. Il plongea ses griffes dans l'épaule du guerrier pour le retenir, mais son poids fit céder le sol et ils glissèrent ensemble plus vite encore. Le guerrier tacheté avait du sable plein le visage ; ses yeux le piquaient et sa gorge le brûlait. Un cri assourdissant lui parvint d'en haut et, au même instant, Nuage d'Écureuil se jeta sur lui.

« Non ! Remonte ! » articula-t-il malgré le sable qui pénétrait dans sa gueule.

Alors la terre s'ouvrit sous lui et plus rien ne le retint. Il tomba dans un hurlement de terreur, avant d'atterrir avec fracas sur du gravier humide.

Il resta sonné un moment. Un grondement retentit dans ses oreilles, et il crut que le monde tourbillonnait autour de lui. Lorsqu'il ouvrit les yeux, il contempla avec horreur une bouche géante aux crocs pointus qui menaçait de se refermer sur lui. Il voulut se lever mais une vague soudaine lui fit perdre l'équilibre. Son cri fut interrompu par l'eau qui pénétra dans sa bouche, déposant sur sa langue le goût salé de son cauchemar.

Il se débattit de toutes ses forces, mais les vagues impitoyables l'emportaient vers la gueule béante avant de le ramener en arrière au pied de la falaise. Il ne savait pas où il se trouvait ni dans quelle direction il devait nager. La masse d'eau rugissante s'insinuait dans ses yeux et ses oreilles. Il ouvrit la bouche pour prendre une goulée d'air mais ne fit qu'avaler un peu plus d'eau salée.

Ses gesticulations s'affaiblissaient et les vagues glacées l'engloutissaient chaque fois un peu plus. Soudain, il éprouva une vive douleur à l'épaule. Il n'était plus attiré vers le fond et put de nouveau respirer. Il tourna la tête en recrachant de l'eau et vit les yeux brûlants de Nuage d'Écureuil rivés sur lui, tandis que ses crocs étaient plantés fermement dans sa fourrure.

« Non ! émit-il dans un hoquet. Tu ne peux pas… tu vas te noyer… »

Elle ne répondit pas pour ne pas relâcher sa prise. Elle se propulsa en avant, et Griffe de Ronce sentit bientôt des gravillons rouler sous ses pattes. Mais les vagues les poussèrent encore vers les crocs acérés.

Puisant dans le peu de forces qui lui restait, il battit des pattes pour éviter que le courant ne les entraîne vers les rochers. Les vagues revinrent et les soulevèrent. Il aperçut près de lui un éclair de fourrure grise trempée – Pelage d'Orage –, avant que les vagues ne le projettent contre le sol dur.

Le souffle coupé, Griffe de Ronce s'efforça d'avancer parmi les gravillons pour éviter que le courant ne l'emporte de nouveau. Nuage d'Écureuil, qui n'avait pas lâché son épaule, l'aida à se relever. Derrière lui, un autre chat le poussa hors de l'eau. Enfin, il s'effondra sur un rocher, inerte, se laissant dériver loin du monde.

Un coup de patte dans son flanc le ramena à la réalité.

« Griffe de Ronce ? » C'était Nuage d'Écureuil. Elle semblait morte d'inquiétude. « Griffe de Ronce ? Tout va bien ? »

Il ouvrit la gueule et poussa un gémissement. Sa fourrure était trempée et il était transi, trop épuisé pour bouger. Chacun de ses muscles hurlait sa douleur, et son estomac était ballonné à cause de toute l'eau avalée. Mais au moins il était vivant.

Il parvint à lever la tête.

« Ça va, croassa-t-il.

— Oh, Griffe de Ronce, j'ai cru que t'étais mort ! »

Sa vision s'éclaircit et il aperçut l'apprentie penchée sur lui. Il ne se rappelait pas l'avoir déjà vue si bouleversée, pas même face à son père en colère. Ses yeux inquiets lui redonnèrent de la force : il s'assit et vomit aussitôt plusieurs gorgées d'eau salée.

« Je ne suis pas mort, hoqueta-t-il. Merci. T'as été géniale, Nuage d'Écureuil.

— Elle a pris un gros risque. » C'était la voix de Pelage d'Orage. Le guerrier gris se tenait près de lui. Avec la fourrure plaquée contre son corps, il semblait presque chétif. Malgré son ton désapprobateur, ses yeux luisirent lorsqu'il regarda la rouquine. « Mais elle a fait preuve d'un courage extraordinaire.

— Et d'une rare stupidité aussi », ajouta une voix.

Surpris, Griffe de Ronce comprit que sa sœur les avait rejoints. Les pattes léchées par les vagues et les yeux furieux, elle feula : « Et si vous vous étiez noyés tous les deux ?

— Ce n'est pas le cas ! rétorqua l'apprentie.

— J'aurais pu vous aider.

— Avec ta blessure ? dit Pelage d'Orage avant de presser son museau contre le flanc de la guerrière. Seul le Clan des Étoiles sait comment tu as réussi à descendre.

— Je suis tombée, comme vous tous », répondit-elle d'une voix sèche avant de se tourner vers Nuage d'Écureuil et de se détendre. « Je suis désolée. Tu as vraiment été courageuse. C'est juste que… c'est dur pour moi d'être blessée et de ne rien pouvoir faire pour vous aider. Moi aussi… j'ai cru qu'on l'avait perdu pour de bon. »

Peu à peu, Griffe de Ronce recouvra ses forces. En balayant les alentours du regard, il reconnut la grotte de son rêve. Ils étaient à l'intérieur ! La bouche béante ornée de crocs se trouvait tout près. De l'eau s'y engouffrait suivant le flux et le reflux des vagues, grondant d'abord puis sifflant en se retirant, faisant rouler les gravillons sur son passage. Les murs de roc étaient lisses et arrondis. Le sol s'élevait en pente douce vers le fond de la grotte, invisible dans l'ombre. La seule lumière venait de la bouche et d'une petite ouverture dans la voûte, d'où Jolie Plume et Nuage Noir les guettaient, l'air terrifié.

« Est-ce que ça va ? lança Jolie Plume.

— Oui, je vais bien, répondit Griffe de Ronce en se mettant sur ses pattes tremblantes. Je crois que nous avons trouvé ce que nous cherchions.

— Attendez-nous, on arrive », annonça Nuage Noir.

Griffe de Ronce faillit leur ordonner de n'en rien faire, mais Nuage Noir n'aurait sans doute pas obéi. Les deux félins choisirent leur itinéraire prudemment, utilisant une série de fissures et de prises qui leur permettraient à tous de remonter sans encombre. Une fois en bas, ils regardèrent autour d'eux.

« Devons-nous rester là jusqu'à minuit ? » voulut savoir Nuage d'Écureuil en s'arrêtant un instant de lécher sa fourrure humide. Sa voix se répercuta en un drôle d'écho.

« J'imagine... »

Griffe de Ronce s'interrompit, les muscles soudain tendus.

Des profondeurs ténébreuses de la grotte s'éleva un grattement sonore. Une odeur désagréable parvint à ses narines. Une ombre glissa, noire striée de blanc. Puis une forme terriblement familière s'avança dans la lumière : l'un des ennemis les plus dangereux qu'abritait la forêt.

Un blaireau !

CHAPITRE 24

Griffe de Ronce jeta un coup d'œil désespéré derrière lui, mais il n'y avait aucune autre issue, à part la mer. L'ascension jusqu'au plafond de la grotte leur prendrait trop de temps. La culpabilité s'abattit sur lui avec la force des vagues qui avaient failli le noyer. Toutes ses visions, toute son assurance avait conduit ses amis à cet horrible endroit, où ils ne trouveraient rien d'autre qu'une mort atroce et inutile. À quoi leur servaient leur foi et leur courage, maintenant qu'ils étaient pris au piège comme des lapins dans un terrier ?

Nuage Noir s'était tapi au sol et avançait doucement, les babines retroussées. Pelage d'Orage contournait le blaireau pour l'attaquer de côté. Griffe de Ronce se désespérait de les voir aller à la mort. Même à six contre un – et encore, ils étaient faibles et affamés – ils ne pouvaient battre un blaireau. Sous peu, coincés entre la grotte et les vagues, les griffes émoussées et les fortes mâchoires les massacreraient l'un après l'autre.

Le blaireau s'était arrêté dans le fond de la caverne. Ses épaules puissantes saillaient et ses griffes raclaient la roche. Sa tête s'agitait d'avant en arrière, ses rayures blanches luisant malgré la pénombre. Se demandait-il lequel attaquer en premier ?

Puis la bête parla :

« Minuit est venu. »

Griffe de Ronce en resta bouche bée et crut un instant que le sol se dérobait de nouveau sous lui. Un blaireau qui parlait, qui prononçait des mots compréhensibles, des mots qui avaient un sens... Le cœur battant, il fixa le prédateur, incrédule.

« Moi être Minuit. » La voix du blaireau était profonde et râpeuse, comme le bruit des gravillons roulant sous les vagues. « Avec vous, je dois parler.

— Crotte de souris ! cracha Nuage Noir, toujours prêt à bondir. Un seul geste, et je te transperce les yeux de mes propres griffes.

— Non, Nuage Noir, attends... »

Le rire caverneux du blaireau l'interrompit.

« Courageux, hein ? fit-il. Le Clan des Étoiles a bien choisi. Mais aujourd'hui, pas de combat. Aujourd'hui, nous parlons. »

Les guerriers échangèrent un regard indécis. Nuage Noir formula alors ce qu'ils pensaient tous :

« Est-ce que nous allons lui faire confiance ?

— Avons-nous le choix ? » répondit Jolie Plume.

Griffe de Ronce jaugea de nouveau le blaireau, en tout point semblable à celui qu'il avait vu aux Rochers aux Serpents. Se fier à cet animal signifiait oublier tout ce qu'on lui avait appris depuis qu'il était chaton. Pourtant, celui-ci n'avait pas fait mine de les attaquer. Le guerrier croyait même voir dans ses yeux une lueur amusée.

Il contempla ses amis : Nuage Noir, Pelage d'Orage et Jolie Plume pourraient se battre dignement, mais lui et Nuage d'Écureuil étaient épuisés et Pelage d'Or s'était laissée tomber au sol. Elle semblait à peine consciente et son épaule était plus enflée que jamais.

« Venez, les enjoignit le blaireau de sa voix cassée. Toute la nuit, nous ne pouvons attendre. »

Quel animal peu ordinaire, pensa Griffe de Ronce. Jamais il n'avait entendu parler d'un blaireau capable de communiquer avec des chats et encore moins d'un ennemi qui évoquait le Clan des Étoiles comme s'il en savait plus sur ses desseins que n'importe quel félin.

« Jolie Plume a raison, siffla-t-il. Nous n'avons pas le choix. Il aurait pu nous transformer en chair à corbeau, depuis le temps. Voilà sans doute ce que voulait dire Étoile Bleue lorsqu'elle m'a ordonné d'écouter ce que minuit aurait à me dire. Elle ne parlait pas du moment de la journée... » Il demanda alors au blaireau : « C'est toi, Minuit ? Tu as un message de la part du Clan des Étoiles ?

— Minuit est mon nom. Et il m'a été montré qu'ici je vous retrouverais... même si quatre vous deviez être, non six.

— Nous écouterons ce que tu nous diras, répondit Griffe de Ronce. Tu as raison : quatre ont été choisis, mais six sont venus, et tous méritent d'être ici.

— Mais si tu fais le moindre geste... menaça Nuage Noir.

— Oh, la ferme, cervelle de souris ! feula Nuage d'Écureuil. Tu ne comprends pas que nous avons fait tout ce chemin pour ça : "Écouter ce que minuit nous dira." C'est lui, Minuit. »

Nuage Noir lui coula un regard mauvais mais n'en dit pas plus.

Minuit se tourna vers le fond de la caverne et ne prononça qu'un seul mot :

« Venez. »

Griffe de Ronce discernait à peine l'entrée d'une galerie. Il prit son inspiration et déclara :

« D'accord, allons-y. »

Pelage d'Orage s'engagea le premier, suivi de Nuage Noir. Le guerrier tacheté espérait que l'apprenti se tiendrait tranquille assez longtemps pour qu'ils puissent entendre le message du blaireau. Jolie Plume poussa gentiment Pelage d'Or du bout du museau pour l'aider à se lever et lui prêta son épaule comme appui. Griffe de Ronce et Nuage d'Écureuil échangèrent un regard : le guerrier était étonné de voir que, malgré la fatigue et sa fourrure mouillée, les yeux de l'apprentie brillaient d'excitation.

« On aura de sacrés souvenirs à raconter quand on sera rentrés chez nous ! » miaula-t-elle en pénétrant dans le tunnel après Jolie Plume.

Griffe de Ronce ferma la marche, jetant un dernier coup d'œil vers les crocs qui encadraient la bouche de la caverne, où s'engouffraient les vagues incessantes. Les derniers rayons du soleil agonisant dans l'eau teintaient toujours le ciel. L'espace d'un instant, Griffe de Ronce crut y voir une rivière de sang qui se déversait sur lui, emplissant ses oreilles de cris de chats mis au supplice.

« Griffe de Ronce, appela Nuage d'Écureuil, interrompant ce cauchemar, tu viens ? »

La vision disparut. Le jeune guerrier se retrouva dans la caverne et constata que le rouge sanglant disparaissait peu à peu du ciel. Un guerrier solitaire du Clan des Étoiles brillait au-dessus de lui. Tremblant, il rejoignit ses amis et Minuit.

La galerie s'élevait vers la surface. Dans l'obscurité, Griffe de Ronce ne discernait rien, mis à part le sol sablonneux sous ses pattes. S'il percevait l'odeur de la peur de ses amis, la puanteur du blaireau l'emportait.

Ils débouchèrent sur une nouvelle caverne. L'air y était plus frais et, tout au bout, une ouverture donnait sur l'extérieur. Le rayon argenté qui s'y faufilait signalait à Griffe de Ronce que la lune s'était levée. Grâce à cette lumière, il vit qu'on avait creusé cette tanière dans la terre ; des racines entre-mêlées soutenaient le plafond tandis qu'une épaisse couche de fougères recouvrait le sol. Jolie Plume aida aussitôt Pelage d'Or à s'installer parmi les frondes avant de s'allonger près d'elle pour une nouvelle fois nettoyer sa blessure.

« Toi blessée ? s'enquit Minuit. Par quoi ?

— C'est une morsure de rat, expliqua Pelage d'Or, les dents serrées.

— Mauvais, ça, cracha le blaireau. Attends. »

L'animal disparut dans l'ombre avant de revenir, une racine entre les mâchoires.

« Du glouteron ! s'exclama Nuage d'Écureuil en jetant un regard triomphant vers Griffe de Ronce. Toi aussi, tu t'en sers ?

« — Glouteron bon pour morsure, pour patte infectée, pour toute blessure. » Il mâchouilla la racine avant d'en étaler la pulpe sur la plaie, tout comme la rouquine l'avait fait dans les bois. « Maintenant, reprit-il, le temps est venu de parler. »

Il attendit qu'ils se soient tous étendus dans les fougères. De plus en plus excité, Griffe de Ronce commençait à peine à comprendre que leur aventure était terminée. Ils avaient trouvé l'endroit indiqué par le Clan des Étoiles et allaient enfin entendre ce que Minuit devait leur dire.

« Comment se fait-il que tu parles comme nous ? demanda-t-il, curieux.

— Moi avoir beaucoup voyagé, et beaucoup de langages appris. Ceux d'autres chats qui parlent diffèrent de vous. Ceux de renards et aussi de lapins. Pas intéressants, grogna-t-il. Renard parle que de tuer. Lapin a chardon à la place de cervelle. »

Nuage d'Écureuil émit un ronronnement amusé. Sa fourrure était de nouveau lisse et ses oreilles bien droites.

« Alors, que dois-tu nous dire ? voulut-elle savoir.

— Bien des choses, le moment venu. D'abord, vous raconter voyage. Depuis que vous avez quitté vos tribus.

— Nos tribus ? » répéta Pelage d'Orage.

Minuit secoua la tête d'un air irrité.

« Moi aussi cervelle de souris. Oublié quel genre de chats vous êtes. Vous dites "Clans", non ?

— Effectivement », confirma Griffe de Ronce.

Il repoussa l'idée gênante que, quelque part, vivaient des chats comme eux, non des solitaires, qui appelaient leurs Clans des « Tribus ». Ils ne les avaient pas croisés au cours de leur voyage... ils devaient vivre très loin, dans une autre direction.

Avec l'aide de ses compagnons, il débuta le récit de leur périple, de leur premier rêve collectif jusqu'à leur départ de la forêt, en passant par sa vision du soleil sombrant dans une mare de sang. Minuit écouta attentivement, ricanant à l'évocation de leurs mésaventures avec Isidore, hochant la tête en entendant comment ils avaient tous, chacun son tour, reçu le signe de l'eau salée.

« Et nous voilà, conclut Griffe de Ronce. Nous sommes prêts à entendre le message du Clan des Étoiles.

— Et à apprendre pourquoi nous devions faire tout ce chemin pour ça, ajouta Nuage Noir. Pourquoi le Clan des Étoiles ne pouvait-il pas nous le dire dans notre forêt ? »

Son ton était toujours hostile, à croire qu'il refusait d'admettre que Minuit ne représentait aucune menace. Mais cela ne sembla pas perturber le blaireau. D'une caresse du bout de sa queue, Jolie Plume tenta de le calmer. Avec succès.

« Réfléchis, jeune guerrier, déclara l'animal. À votre départ, vous étiez quatre. Six, avec les amis... Maintenant, vous êtes un. » Sa voix se fit plus caverneuse encore, comme pour annoncer de mauvais présages. « Dans les jours à venir, tous les Clans devront devenir un seul. Sinon, danger vous détruira. »

Griffe de Ronce sentit des picotements lui descendre le long de l'échine. Le frisson qui le parcourut n'avait rien à voir avec sa fourrure mouillée.

« Quel danger ? » murmura-t-il.

Minuit hésita avant de répondre, son regard profond passant de l'un à l'autre félin.

« Vous devoir quitter la forêt. Tous.

— Quoi ? fit Pelage d'Orage en bondissant sur ses pattes. Quelle idée de souris ! Il y a toujours eu des chats dans la forêt.

— Cela ne sera plus, soupira Minuit.

— Mais pourquoi ? le pressa Jolie Plume qui griffait nerveusement le tapis de fougères.

— À cause des Bipèdes, soupira Minuit. Comme toujours. Bientôt, eux venir avec des machines… des "monstres", c'est ça ? Les arbres, ils arracheront, la roche, ils briseront, la terre même, ils éventreront. Plus de place pour des chats. Si vous restez, vous aussi, tués par monstres, ou bien morts de faim car plus de gibier. »

Le silence retomba dans la grotte baignée par le clair de lune. Griffe de Ronce luttait contre les terribles visions évoquées par le blaireau. Il imaginait les monstres des Bipèdes – ces créatures énormes, brillantes, aux pelages de couleurs vives et artificielles – ravager son précieux camp. Il pouvait presque entendre les cris qui l'avaient effrayé un peu plus tôt, comme s'ils venaient de ses camarades de Clans fuyant le désastre. Tout son être refusait de le croire, pourtant, il ne pouvait accuser le blaireau de fabuler. Chacun de ses mots était empreint de vérité.

« Comment sais-tu tout cela ? » s'enquit Pelage d'Orage en chuchotant. Sa voix ne trahissait aucun doute, simplement le besoin désespéré de comprendre.

« À mon terrier, aussi arrivé, il y a bien des saisons. Je sais comment ça se passe. Et je sais ce qui va se produire. Les étoiles vous parlent, elles parlent aussi à moi. Tout est inscrit. Déchiffrer signes, pas compliqué, une fois que l'on sait.

— Plus de Rochers du Soleil ? miaula Nuage d'Écureuil d'une voix fluette, tel un chaton effrayé d'être séparé de sa mère. Plus de combe sablonneuse pour l'entraînement ? Plus de Quatre Chênes ? »

Minuit secoua la tête, ses yeux semblables à deux baies brillant dans les ténèbres.

« Mais pourquoi les Bipèdes feraient-ils une chose pareille ? demanda Griffe de Ronce. Nous ne leur avons rien fait !

— Peu importe. Les Bipèdes pas savoir que vous êtes là. Eux construire de nouveaux Chemins du Tonnerre… Aller ici, et là, toujours plus vite.

— Cela n'arrivera pas ! déclara Nuage Noir, une lueur farouche dans le regard, comme s'il était prêt à affronter tous les Bipèdes de la création. Le Clan des Étoiles ne le permettra pas.

— Le Clan des Étoiles ne peut l'arrêter. »

Nuage Noir fit mine de protester de nouveau, mais il se ravisa. Il semblait éberlué que le Clan des Étoiles n'ait pas de tels pouvoirs.

« Alors pourquoi nous avoir envoyés là ? » s'enquit une petite voix. Pelage d'Or avait levé la tête de son nid de fougères, les yeux rivés sur Minuit. « Nous allons rentrer chez nous pour voir nos Clans se faire détruire ?

— Non pas, guerrière blessée. » Le blaireau parlait soudain plus doucement. « Car il y a espoir. Vous porter espoir. Vous guider vos Clans hors de la forêt pour trouver un nouveau territoire.

— C'est tout ? renifla Nuage Noir. Je suis censé

aller trouver mon chef pour lui dire : "Désolé, Étoile Filante, il faut qu'on parte tous" ? S'il n'en meurt pas de rire, il m'arrachera les oreilles. »

La réponse de Minuit vint du plus profond de sa poitrine.

« Quand vous rentrer chez vous, vous surpris de voir que vos chefs eux-mêmes vous écouter. »

La peur paralysa Griffe de Ronce. Qu'avait donc vraiment vu Minuit dans les étoiles ? Lorsqu'ils rentreraient chez eux, la destruction aurait-elle déjà commencé ?

« Nous devons partir immédiatement ! lança-t-il en bondissant sur ses pattes.

— Non, non, fit Minuit. Ce soir, temps est au repos. Demain, oui, vous voyager. »

Griffe de Ronce jeta un œil vers ses amis avant de hocher la tête à contrecœur.

« C'est logique, reconnut-il.

— Mais tu ne nous as pas dit où nous devions aller, fit remarquer Jolie Plume, les yeux troublés. Comment trouver une autre forêt où les quatre Clans pourraient vivre en paix ?

— Ne crains rien. La paix vous trouver, loin des Bipèdes. Des collines, des chênaies pour s'abriter, des ruisseaux.

— Mais comment ? insista Griffe de Ronce. Tu viendras avec nous pour nous guider ?

— Non. Beaucoup j'ai voyagé, mais c'est fini. Pour moi, cette caverne, le rugissement de la mer, le vent dans l'herbe, c'est tout. Mais vous pas seuls. À votre retour, vous monter sur le Grand Rocher, lorsque Toison Argentée brille dans le ciel. Guerrier mourant montrera chemin. »

La peur resserra un peu plus son étau autour de Griffe de Ronce. Les paroles du blaireau sonnaient comme une menace, non comme une promesse d'espoir.

« L'un de nous va donc mourir ? murmura-t-il.

— Cela, je n'ai pas dit. Faites ce que moi dire, et vous verrez. »

À l'évidence, l'animal n'en dévoilerait pas davantage. Le jeune guerrier ne remettait pas sa sagesse en question, mais il devinait que le blaireau ne savait pas tout. Griffe de Ronce entrevit d'autres puissances, dépassant même le Clan des Étoiles, et sa respiration se fit haletante. Ces puissances étaient peut-être si considérables que l'éclat de la Toison Argentée n'était pour elles rien de plus qu'un petit reflet de lune dans l'eau.

« Bien, soupira-t-il. Merci, Minuit. Nous ferons ce que tu nous diras.

— Maintenant, on devrait chasser », intervint Pelage d'Orage.

Le guerrier gris passa devant Minuit en s'inclinant respectueusement, avant de gagner la sortie. Nuage Noir et Jolie Plume le suivirent.

« Nuage d'Écureuil, tu restes avec Pelage d'Or, lança Griffe de Ronce. Repose-toi et sèche ta fourrure. »

Il fut étonné de la voir acquiescer sans protestation. Elle alla même jusqu'à lui donner un coup de langue sur l'oreille avant de se coucher dans les fougères près de la blessée. Griffe de Ronce les contempla un instant, comprenant soudain à quel point elles lui étaient chères, même la petite peste rousse qu'il avait tenté en vain de semer. Pelage d'Orage et Jolie Plume étaient aussi devenus de bons amis, et il considérait maintenant Nuage Noir comme un allié efficace en cas de combat.

« Tu avais raison, déclara-t-il à Minuit, pensif. Nous ne faisons plus qu'un.

— Dans les jours à venir, vous avoir besoin les uns des autres, répondit le blaireau, martelant ces mots comme s'il s'agissait d'une prophétie envoyée par le Clan des Étoiles. Ici n'est pas la fin du voyage, jeune guerrier. Mais le début. »

ÉPILOGUE

L'HERBE HAUTE QUI BORDAIT le Chemin du Tonnerre s'écarta sur le passage d'Étoile de Feu. Le soleil affaibli de la saison des feuilles mortes jouait avec les plis de sa fourrure. À son côté, Plume Grise huma l'air, soupçonneux.

« Par le Clan des Étoiles, quelle puanteur, aujourd'hui ! » s'exclama-t-il.

Flocon de Neige et Tempête de Sable les rejoignirent à petits pas. Nuage de Feuille, le dernier membre de la patrouille, se détourna des soucis qu'elle examinait. Flocon de Neige renifla, dégoûté.

« Chaque fois que je viens ici, grogna-t-il, il me faut toute une journée pour débarrasser ma fourrure de cette puanteur. »

Tempête de Sable leva les yeux au ciel mais ne dit rien.

« Vous savez quoi ? Je trouve ça étrange… miaula Étoile de Feu, laissant courir son regard le long du Chemin du Tonnerre. Aucun monstre en vue, et pourtant l'odeur est pire que jamais.

— J'entends quelque chose », le coupa Nuage de Feuille, les oreilles aux aguets.

Le vent apporta aux chats un rugissement grave qui semblait s'accentuer à chaque instant.

Flocon de Neige se tourna vers son chef, l'air troublé.

« Qu'est-ce que c'est ? s'enquit-il. Je n'ai jamais… »

Sa voix s'interrompit et il resta bouche bée.

Au bout du Chemin du Tonnerre apparut un monstre gigantesque. Les rayons du soleil se réfléchissaient sur son corps luisant et sa forme ondulait dans les vagues de chaleur qui s'élevaient de la surface du Chemin du Tonnerre. Son rugissement enfla tant et si bien qu'il retentit dans la forêt tout entière.

Il arrivait lentement, suivi d'un autre, et d'un autre encore. Des Bipèdes étaient accrochés comme des tiques et se criaient les uns sur les autres, leurs mots couverts par le raffut.

Tandis que le monstre de tête arrivait au niveau des félins, l'impensable se produisit. Au lieu de continuer tout droit, il bifurqua, écrasa l'étroite bande d'herbe qui séparait le Chemin du Tonnerre de la forêt, et se dirigea droit sur eux.

« Que se passe-t-il ? » s'écria Plume Grise, tandis qu'Étoile de Feu hurlait : « Dispersez-vous ! »

Il plongea dans les buissons pendant que son lieutenant se réfugiait sous une aubépine, aux aguets. Flocon de Neige sauta dans l'arbre le plus proche et se tapit entre deux branches. Tempête de Sable se dirigea vers une ravine où coulait un filet d'eau, et ne se retourna qu'une fois de l'autre côté, la fourrure ébouriffée tant par la peur que par la colère. Nuage de Feuille la suivit et se cacha dans l'herbe haute.

Le monstre progressait, détruisant tout de ses énormes pattes noires. Sous les yeux horrifiés des cinq félins, la chose donna des coups d'épaule à un bouleau qui frémit sous l'impact puis, avec un hurlement évoquant l'agonie collective de toutes les proies de la forêt, il arracha ses racines.

L'arbre tomba à terre. Le monstre poursuivit sa course folle.

La destruction de la forêt avait commencé.

Découvrez
le deuxième cycle

LA DERNIÈRE PROPHÉTIE
LA GUERRE DES
CLANS

Livre II

Clair de lune

Ouvrage composé par
PCA - 44400 Rezé

Impression réalisée par

La Flèche (Sarthe), le 02-05-2013
N° d'impression : 72535

Dépôt légal : octobre 2011
Suite du premier tirage : mai 2013

Pocket Jeunesse, une marque d'Univers Poche,
est un éditeur qui s'engage pour
la préservation de son environnement
et qui utilise du papier fabriqué à partir
de bois provenant de forêts gérées
de manière responsable.

12, avenue d'Italie – 75627 PARIS Cedex 13